Best Time

白 马 时 光

我一直在你身边

顾西爵 著

百花洲文艺出版社
BAIHUAZHOU LITERATURE AND ART PRESS

目录
contents

目录
contents
. .

第一章

相见应不识

节假日的火车站最能让人深刻地体会到中国的人口之多。尤其是在菁海市这种著名的旅游城市，假期里总有川流不息的人群。

当程园园脖子上挂着小皮包，满头大汗地拖着行李箱，从火车站密不透风的人群中杀出一条出站的路，历经千辛万苦终于呼吸了一口新鲜空气时，小皮包里传来了手机铃声。

一看是程胜华，程园园赶紧接起，在嘈杂的人声中不由自主地提高了音量："喂，喂，叔叔。"

"园园，你到了吗？"

"嗯，我刚到。"

"好的，我的车停在东广场的肯德基门口。你现在在哪儿，我过去接你？"

"不用了，叔叔。您不用过来，这里人太多，还是我过去找您吧。"

接下来程胜华说了句什么，因为周围过于嘈杂，园园根本没听清。反正前面过马路就是肯德基了，于是她匆匆说了一句"我马上到"就收了线。把手机收好，园园直奔肯德基而去。

此时，一辆白色越野车因为堵车缓缓停在了园园的右前方。园园恰好偏头看去，只见那车内风挡玻璃下方摆着一朵手掌大的芙蓉石莲花，而车里的人，园园只看到了一点侧影——男子身着白衬衫，拿着手机在打电话，手指纤长白净，温润如玉。这真是她平生见过的最漂亮的手了！园园的目光在那只手上停驻良久，直到那辆车驶出了她的视线。

"清风抚晚竹，离情映明月，痴迷红尘相思苦……"不知哪家店里放了这首歌。轻悠舒缓的歌声，跟当下这纷纷攘攘的环境很是不符。园园忍不住扑哧一声笑了出来，拖着箱子继续走。

而就在那一刻，白色越野车里的男子从后视镜中看到了园园的背影。他略一愣怔，眉间稍稍蹙了蹙，仿佛岫岚微动。

"嘟嘟！"前方的车子已经开出很远，他才在后面车子的喇叭声中踩下了油门。

园园到了路口，看到对面就是肯德基，正准备穿过马路，突然有只手伸过来抓住了她的手臂。园园吓了一跳，转头一看，更是一惊，眼前的人正是她最不愿见的人——胜华叔叔的独子，程白。

程白比她年长两岁，五官分明，清俊挺拔。园园还记得自己刚到城里上中学，寄住在他家时，在作文中那样形容过他——小白哥哥就像一幅水墨山水；当他站在人群里，仿佛是一溜儿地摊货中夹了一件国宝。

只怪当时年少，见的世面少，才会被表象给欺骗了啊。

"读了四年大学，连红绿灯都不会看了吗？"程白的声音不大，却如武侠书里高手的传音术一般，凝成一股线，直直地冲击着程园园的耳膜。

在他说完这话的时候，路对面的红灯才跳到了绿灯。这时候，程白松开手，转而接过园园拉着的行李箱。当他还要拿她挂在脖子上的小皮包时，园园终于回过神来了，条件反射般退后一步，同时脱口而出："不用了。"看着程白的手悬在空中，她赧然地火速拿下小包拎在手里。

程白看了她一眼，没有说什么，而那一刹那，园园却觉得，他眉间那种"煞气"更浓了，好在他很快向马路对面走去。园园低着头瞪着程白的脚后跟，跟着他穿过马路，心里不停地碎碎念：这次又要在你家借住一段时间，我也不想的呀！还有，之前我妈妈明明在电话里说，你已经去H大附属医院实习了，那医院不是每天都人满为患的吗？怎么还有空来接我这种芝麻绿豆的小人物……

园园想起昨天，毕业典礼刚结束，就接到妈妈的电话，得知奶奶突发脑溢血到市里住院了，她火急火燎地买了火车票赶回来。幸好她寝室里的大部分东西在上半年都已经陆续搬回家了。

两人一前一后过了马路。园园见到程胜华时，程胜华还是一如既往地亲切待她，仿佛他们真的是一家人。园园心道：即使胜华叔叔说过，她爸爸和他一起当兵时对他有救命之恩，他把她当亲生女儿，可她到底不是。

三个人上车后，程胜华跟园园聊天，程白坐在副驾驶座上始终没有参与话题，一直在玩手机，一副置身事外的模样。园园搞不懂他今天为什么来，她努力不去看他，但自己跟他那些年的"点点滴滴"却如泉水一般涌上心头……这人，是真的不喜欢她，还总拿冷脸吓唬她。而她因妈妈一直嘱咐她寄住在别人家里要乖，要听话，所以无论他对她态度多差，她也不敢告诉家长，只能自己默默消化。

园园忆往昔，无限惆怅，不禁喃喃道："那可真是一段消化不良的岁月啊。"她下意识地在"消化不良"四个字上加重了音量。

前面的程胜华"嗯"了一声，问道："园园说什么？"

"没、没什么。"

终于到了程家。程白先行下车，将后备厢的行李拎进了屋。园园跟程胜华进去的时候，看到她妈妈戴淑芬站在客厅里。程家的客厅很大，装修风格倒是简约，没有太多的色彩，墙面是白色和棕色的配搭，家具材质也多是原木或皮质。

戴淑芬跟程胜华连连道谢："又麻烦你了，大哥。"

"弟妹，你就别再跟我客气了，都是一家人。"

园园上去叫了声"妈"，然后说："我先去房间整理行李。"

园园熟门熟路地上楼，在阔别了四年的房间前站定，她的行李箱就靠在房门口。隔壁房间的门虚掩着，透过窄窄的门缝，只能看到一点衣橱，看不到程白，但她却知道他就在里面……她刻意放轻了脚步，打开自己的房门，将行李箱拖了进去，然后小心翼翼地关上了门。

二十平方米左右的房间，简单温馨的装修，放着床、衣柜、书桌，还有一张米色的单人小沙发，小阳台上有几盆吊兰，可能因为天气热，又没人打理，叶子有些蔫蔫的……一切都是她当初走时的模样。虽然大学这四年，每年寒暑假她都会随妈妈来这里问候胜华叔叔，但这间房间，她确实是四年都没有进来过了。

园园倒到床上，咕哝道："回到这里，惹不起，又躲不了，唉。我一定要努力工作赚钱，给妈妈减轻压力，有了钱就不会再给胜华叔叔添麻烦了。至于程白……"这时，有人有节奏地敲了三下门，园园霍然转身面朝大门，"是谁？"

"我。"带着点低沉味道的年轻嗓音，是程白。

园园一时间有些仓皇，"什么事？"

结果对方直接开门走了进来，园园大惊失色地坐起身，"你、你要干吗？"

只见他将手上的一盒药扔到了床上。园园一看，是健胃消食片。

看着扔下东西就离开的人，园园无语。如果告诉他，她要消的是他，不知他会扔什么给她？

之后的晚餐，程胜华关照家里的用人朱阿姨做了六菜一汤。在饭桌上，程胜华又宽慰满脸忧愁的戴淑芬："弟妹，伯母住院期间，你就放心在这里住下。我每天去公司，顺路送你到医院。那边有护工在，你也不必太操心。"

"谢谢你了，大哥。"

园园看了一眼妈妈，感觉妈妈虽不至于尴尬，但也略有些局促。她心里明白，妈妈一直不愿劳烦别人。这一次，如果不是奶奶必须到市里的大医院治疗，而他们家在城里举目无亲，经济情况又捉襟见肘，妈妈是绝对不会同意住到胜华叔叔家的。一如当年，妈妈其实不大愿意麻烦胜华叔叔接她到市里读中学……园园想着想着，一不留神就卡到了一根大鱼刺。

"你这孩子，吃鱼就不能小心点？赶紧吞口饭试试。"戴淑芬焦急道。

园园刚要动筷子，就被程白起身抓住了手腕，"吞饭不可取，一不小心可能会刺穿食道。"

园园一听，吓得脸都白了。

程胜华担心道："要不要去医院取出来？"

在厨房忙碌的朱阿姨听到园园被鱼刺卡住了，赶忙倒了一小碗醋出来，戴淑芬接过，递给园园说："先把这醋喝下去看看。"

程白刚要说什么，园园已经拿过戴淑芬手里的碗，硬着头皮吞了一大口呛鼻的醋。然后，园园要哭了，鱼刺还在。

程胜华起身说："还是带她去医院吧，我去车库先把车开出来，弟妹你去拿下医保卡，然后带着园园出来。"

园园反射性地摇头，但程胜华已经走了。当园园看到妈妈也走开的时候，她无助了。让她无助的源头，鱼刺跟程白各占一半。

程白走到她身边，园园是坐着的，所以她微微戒备地仰视着他。当程白微凉的手指轻轻扣住她的下颌时，园园瑟缩了一下，想撇开头。

"不想去医院，就让我看看。"

园园确实不想劳师动众地去医院，可是……

程白轻轻地抬起她的下巴，"张嘴。"

园园张大了嘴。

程白眯着眼道："能看见鱼刺，你忍着点。"他说着拿起一双银筷子，伸入她的嘴里，园园马上闭上了眼睛。此刻的程白近在咫尺，他身上的味道，清清甜甜的，像雨后的栀子花香。园园想到了自己老家古镇上的老房子。她爸爸当年在院子里种了一方小叶栀子，每当春末夏初，朵朵小白花盛开，花香四溢，雨水一打，更是沁人心脾。突然的一阵刺痛让园园眉头紧锁，然后她就感觉到程白松了手。

"好了。"

园园睁开眼，就看到他把筷子放回了自己的碗边……是他的筷子？亏他还是医学硕士，高才生呢，懂不懂卫生？园园心里一阵别扭，赶忙起身跑去了玄关处的卫生间。

程白转身，看到了拿着包愣在楼梯边的戴淑芬。他顿了一秒，便若无其事地对戴淑芬说："园园没事了。我去叫我爸回来。"

戴淑芬一听，点了点头说："好。"

晚上，程园园窝在房里的布艺小沙发里玩手机。阳台上的门敞开着，晚风吹过，带来丝丝凉爽。

园园在微信朋友圈里发了条自己被鱼刺折磨了的消息，结果短短十分钟里就获得了一大片"赞"。

唉，这年头果然不能跟人分享自己的不愉快啊，因为那只会让别人愉快，自己更不愉快而已。

园园回想起给她挑鱼刺的程白，又是一阵回肠九转，"我以后再也不碰鱼了！"

这时楼下传来一声猫叫，程白家养猫了？园园好奇地跑到阳台上张望，试探性地说："鱼，鱼……"

结果，那不知躲在哪一处草丛里的猫又"喵呜"了一声。这下园园乐了，饶有趣味地还想开口说"鱼"时，眼角瞟到旁边的阳台上有道眼熟的人影立在那里。她当即就傻眼了，一急之下差点咬到了舌头，"你、你还没睡？"

程白清清淡淡回了一句："月色撩人，岁月静好，你还没丢人现眼，我怎舍得去睡？"

园园心说，看吧，看吧，我就知道，之前的那些"帮忙"都是虚情假意装模作样做出来的吧？"体贴"一词真不适合程白。程白这人，在外人看来，他客气有礼，但在园园看来，则是十足的冷酷无情之人，说话还恶毒得要命。看着那道转身回房的背影，园园心里极其复杂地想：在你见不到我的那些日子里，你不得天天睡不好？

第二章

瓶与梦

　　隔天，园园很早就起床了，因为上午胜华叔叔要送她和妈妈去医院。走出房间的时候，她下意识地往隔壁看了一眼，程白的房门紧闭，如果他的习惯没变，应该是晨练去了。

　　吃过早饭，程胜华送园园母女去医院。程胜华药材生意忙碌，就没在医院久留。

　　程胜华走的时候，戴淑芬送他出去。

　　病房里，独自被留下的园园望着奶奶，老太太正安安静静地躺在病床上，不再无理挥拳、肆意辱骂。

　　程园园家可以说是很不幸的。园园的爷爷过世得早，老太太一手把园园的爸爸拉扯大，送他去当兵，看着他娶媳妇，看着他也当了爸爸，又看着他变成了一具冰冷的尸体，静静地躺在河塘边。老太太一直不怎么喜欢园园的妈妈，沉默是她对园园的妈妈最常见的态度。园园的爸爸过世后，她就不时地咒骂甚至打园园的妈妈，但过后又开始沉默，似乎丝毫不记得自己之前做了什么。

园园每次回想起自己的家庭状况，都有些感伤。她妈妈就是因为不想让她在这样的环境中长大，所以当年胜华叔叔告诉她妈妈可以让她到市里读书时，她妈妈即便不愿麻烦别人，最终也同意了。

园园不知道自己对奶奶是一种什么样的感情。是亲人，可是不亲近。想恨她，却又恨不起来。

这时园园突然看到奶奶的头微微向上抬了抬，嘴里含含糊糊地念道："瓶子……我……对不起……"

园园听得心里一闷。她下意识地想逃离，便在离病床最远的沙发上坐了下来。

没一会儿，戴淑芬开门进来，发现园园的脸色不太好，以为她是担心奶奶，便道："你奶奶中风后，身体时好时坏，医生说这次抢救得还算及时，过些天就可以出院了。你昨天坐长途火车回来，如果太累，就回去休息吧。"

园园摇了摇头，伸手拉住妈妈的手，又抬眼看了看病床上已经恢复安静的奶奶，说道："妈，我陪你会儿。"

母女俩并肩坐了下来。

"妈，"园园斟酌了一下，还是开口了，"这几年奶奶的痴呆症越来越严重，却始终没忘记自己没有孙子，不能给程家传承香火这件事。如果……如果我是男的，奶奶她就不会那样对你了吧？"园园说着，心里有些不平和委屈，"还有那什么祖传的瓶子，我都没有见过它长什么样子，为什么它不见了也是因为我？"

戴淑芬无奈地叹了一口气，伸手抚上了园园瘦削的肩，"妈妈从来没有因为你是女孩子，而感到过一丝遗憾。而你奶奶的想法，我虽然不认同，但可以理解她。她这一生也是够苦了，至于那个祖传的瓶子……"戴淑芬顿了顿说，"我不是早跟你说过，也许它就是被人偷了。"

"可是——"

园园还想说，但是被戴淑芬打断了，"园园，奶奶这边其实也没什么事了，有妈妈在就行了，你别在医院待着了，去做自己的事吧。听话。"

看戴淑芬一心要她走，园园知道自己留在这里也帮不上忙，只好乖乖"哦"了一声，跟妈妈道了别，离开了病房。

走在医院长长的走廊上，园园心里还想着那个失踪的祖传瓷瓶。奶奶总说，是因为程家的子嗣香火到她这代断了，所以祖宗收回了瓷瓶，这是对他们的惩罚。这对她这一代受过科学教育的人来讲，实在是太荒谬了。

"早，小程。"

"赵医生。"身后不远处，一道熟悉的声音传入园园的耳朵里。

感觉声音的主人慢慢靠近，园园全身一凛，马上迈大步伐，一路充军似的往前赶，直到接近大楼的门口才停下，因为外面下雨了。

园园怔了怔，早上出门天气还不错，她就没带伞，忘了夏日的天气说变就变。

"跑那么急，赶着去投胎吗？"这时清淡的声音从园园身后响起，她缩了下脖子转过身去，看到了身穿白大褂的程白。

"我还要问你呢，你跟着我做什么？"她说完就看到程白手上拿着一把沾着雨水的黑伞，眼睛不由在那把伞上停留了几秒。跟程白借伞？园园立刻在心里摇了头。

程白却直接将伞扔给了她，园园慌忙接住。有水滴甩在了她脸上，她抬起一只手抹去脸上的水，瞪了程白一眼。

"不要？"

"不要白不要！"园园果断拿过雨伞撑开，头也不回地走入了雨里。

程白看着那道纤细的背影走远。直到察觉自己持久的凝视，才轻轻按住额头，心里无奈地叹息一声。

之前他刚到办公室换了衣服，就看到她从门外的走廊上走过。他看了眼外面的雨，想起了很多年前，她撑着伞在雨里等他，怀里还紧紧抱着一把伞。而后来，她再也没有那样等过他。

在程园园走到公交车站牌处站定等车的时候，马路对面的一家茶馆内，正坐着一男一女，男人面容雅致，眉宇间一派山清水秀，抬手拿起面前的青瓷茶盏送到嘴边抿了一口。

对坐的女人是他的助理，等他放下茶杯，才说："九点了，我们差不多过去了吧？"

男人却是从容不迫，清清淡淡道："不急，活动是十点，从这边走过去，十分钟就到会场了，去早了要应付一堆人。还是先喝点茶，醒醒神吧。"

女助理笑问："您是因为刚回国，时差还没调整好，所以没睡好吗？"

"我多梦，睡眠一向不太好。"

他说着，朝窗外看去。

外面的雨幕里，深深浅浅的绿树、匆匆而过的行人，如同一框时序轮转的风景，而他在框外，不知道身处何处，今夕何夕。

他只知道，有个人，他今生必须去遇到。

"傅……"

男人隐约听到有人在叫他，他回头看向助理，"什么？"

"您手机响了。"

园园回到程家，朱阿姨给她做了她最爱吃的蟹炒年糕，两人简单解决了午餐。下午的时候，园园在房间里满怀期待地查看邮件，结果收件箱里干干净净。中文系不是万金油吗？怎么她投了那么多封简历都像泥牛入海，杳无音信? 园园欲哭无泪。

要说程园园大学期间, 申请助学金, 拼命拿奖学金, 给老师打杂, 做家教, 学费、生活费, 几乎都是她自己赚的, 如同无敌小超人。程胜华为此感叹过好几次, 园园这孩子真是懂事, 却又让他这长辈无奈。

如今园园毕业了, 自然更是迫切需要工作赚钱。因为她要赡养妈妈和奶奶, 要回报叔叔。"给予人心安, 欠了人心焦。"这是她父亲说过的话, 她一直记在心里。

"邮件邮件快点来, 工作工作快点来。天灵灵地灵灵, 工作啊你就快来吧。最好是报社、杂志社的编辑工作, 我定会好好疼爱你的。"

园园坐在书桌前的椅子里, 那椅子可以转动, 所以她一边念着"魔咒"一边转着椅子, 双手还伸向天花板, 俨然一副在施展巫术的模样。然后也不知道转了几圈, 模糊地看到房门口好像站着人, 她慢慢把椅子转到正对着房门, 当看到程白时, 她差点从椅子上摔下来。

因为朱阿姨出门去了, 说是要回趟家办点事, 回来时还要去采购, 所以园园以为晚饭前不会有人来, 也就没关门。哪会料到程白会这时候出现。园园猛地站起来, 结果之前转圈转多了, 刚起来就一阵犯晕, 东倒西歪不说, 最后还膝盖一软, 直接单膝跪在了床尾的地毯上。

园园当下脸红得不行, 然后听到门口的人说: "跟我求婚?"

园园爬起身, 没搭腔, 程白似乎挺赶时间的, 也没再多挤对她, 丢了句"我来拿点东西, 晚饭也不回来吃"就去了他自己的房间, 没一会儿他又下楼离开了。

园园这才哀叹道: "我要去庙里烧香了。"

当天晚上, 程白果然没回来吃晚饭, 而在饭桌上, 程胜华倒是提及了园园工作的事。园园本不想再麻烦胜华叔叔, 只是自己投出去的那些简历都石沉大海，而她是真的急需要工作。

一番天人交战后，园园还是接受了程胜华为她开的这扇"后门"。因为程胜华的一句话：我只能为你打开一扇门，但出门后的路却要靠你自己一步步走好。

而程胜华介绍给她的，正是一份完全符合她理想的杂志社编辑的工作。

第三章

浮梁采访去

两天后，园园走进期刊中心大楼，这是她二十三年的人生中第一份正式工作。总编是程胜华的老同学，十分亲切地拨冗见了见园园，然后又亲自打电话给人事，如此这般地嘱咐了一番。

采编部的办公室很大，里面黑压压地坐满了人，跟园园想象中文艺清新的编辑办公室完全不同。里面的人走来走去，十分忙碌，看见有人进来，没什么反应，都在继续工作。

园园被人事领到墙角的位子上坐下。离开前，人事指着一间办公室，跟园园说："你的主编是张越人，那间是他的办公室。他现在人不在，他来了你记得跟他报到。"

然后他顿了顿，犹豫着说："张主编是我们这儿的骨干，总编很欣赏他。不过你知道，能干的人总是有点脾气的。"

园园看了看人事，心里一阵憋笑。估计因为自己是总编亲自招进来的，所以他想跟她搞好关系。但又不敢直说张越人的坏话，只好兜来转去，变着法地提点她。园园微笑点头，"谢谢，我会努力的。"

人事前脚刚走，张越人就来了。

张越人年约四十的样子，很高，大概有一米八，身形偏瘦，头发略有些乱，像是早上出门忘记打理了。再加上一身麻质的中式衣服，让他看起来颇像个落魄的艺术家。

园园赶紧进了他办公室，跟他做自我介绍，张越人抬眼看了她一下，什么也没表示就直接问："会做什么？"

园园在大学里参加过记者团，于是就响亮地回答了句："会采访。"

她马上就后悔自己嘴巴这么快了。因为张越人听完，眼睛一眯，嘴角一扬，就扔了任务过来。

"甜蜜蜜，你笑得甜蜜蜜，好像花儿开在春风里……"

长途车上放着邓丽君的歌，清晨嫩红的阳光透过斑驳的车窗玻璃，投射在园园纤细的手指上。在《甜蜜蜜》的歌声里，车子向景德镇行进着。

园园看着窗外，不禁感慨，她的第一份工作，凳子还没坐热呢，就被外派了……

犹记得三天前，第一次见到主编张越人，他就给她下达了任务：做一期陶瓷的专题，地点是瓷都景德镇。她当时忍不住弱弱地问："有别的同事跟我一起去吗？"

主编直接丢了一句："这里不是学校了，来了都是直接上手。景德镇那边我给你三天时间，回来我要成稿。具体要求我会发到你的邮箱里。下周一出发，这两天你先看下相关资料。"说完给了她一张名片，让她联系名片上的高翎，说是那边的负责人，会安排她在景德镇的行程。

本着不给胜华叔叔丢脸的原则，园园硬着头皮接了任务。而对于这位主编张越人，她的第一印象就是：言简意赅，高效率。

之后的两天周末，她都在埋头看资料，那两天程叔叔去外地采购药材了，而程白也不见人影。今早她出门的时候，妈妈跟她说，程白天快亮了才回来的。

园园当时看着妈妈一脸担忧，忍不住接了一句："程白他年纪也不小了，偶尔放纵一下，夜不归宿，也正常的……"然后她就被妈妈教训了一通。

经过四个多小时，终于到了景德镇。

园园下了车，在出口处找到了来接她的小李，小李长着一张娃娃脸，看起来年纪跟她差不多，寡言而朴实。

他们要去的地方是小李老板高翎的庄子。园园回想起前两天跟高翎在电话里沟通事项，即便只是简短的交流，便已让园园觉得这位满口京腔的高老板为人爽快，没什么架子。

高翎算是圈内不折不扣的名人。他之所以有名，不是因为他在景德镇市郊的山腰上有座庄子，也不是因为他的制瓷技艺高超，而是因为他拥有一座柴窑。园园原本也不懂何谓柴窑，但从周末两天她看的一大堆资料中获知——拥有一座柴窑是一件相当了不得的事！首先，烧柴窑一次需要将近两千斤的松柴，没有雄厚的财力，绝对玩不起。其次，烧柴窑不仅需要足够的资金，更需要拥有一支经验丰富的团队，能有一位国宝级别的把桩师傅坐镇，柴窑才能显示出惊人的能力。

园园坐在小李驾驶的小轿车里，一路穿过市区出了城，渐渐甩开了喧嚣的人群，进入了山区。走了半小时的山路后，一座隐在青松翠柏间的灰瓦白墙的徽派建筑出现在园园面前。

小李把车开到了大门边，园园下了车。小李迅速从后备厢拿出行李，然后一路引着园园进了庄子。这眼看着是要去客房安顿，园园忍不住开口："小李，高老师在哪儿，我想是不是可以先见见他呢？"她本来是想叫高老板的，转念一想，现在的有钱人都爱装文化人，还是"老师"听起来比较有格调。

"老板去参加市里的陶瓷工艺研讨会了，要下午才回来。他让我跟你说声抱歉。你有什么要求，尽管跟我提。"

园园倒也不意外，毕竟是大老板嘛，贵人事多。

园园笑着回道："好，谢谢！"

小李点了下头，没再多说什么，领着她继续往前走。

园园刚进客房，电话就响了，园园一看竟是程白的号码，犹豫再三，还是接了："喂？"

电话那边停顿了两秒，"打错了。"有些沙哑的声音不慌不忙道。随即，电话就挂了。

园园皱眉，耍她呢？！

程白确实是打错了，他按了按太阳穴，这几天都跟着医院领导在外省忙，今天回来又跟了一场大手术，实在是疲惫得很，本来想拨同学的电话，却鬼使神差地拨到了她那里。

据说她去景德镇做采访了。程白看着手机出了会儿神，随后他才拨通原本要联系的人的电话。

高翎回来的时候，已经接近黄昏。这次的会议是由景德镇瓷器研究所与菁海市陶瓷博物馆共同主办的。他本不打算去，但得知傅北辰也参加后，他改变了主意。

傅北辰是他一直想结交的国内陶瓷界青年领军人物。而今日，也算是得偿所愿了。

高翎问过园园所在的客房，便立即去找园园了。高翎是朋友圈里有口皆碑的信义之人，他之前答应了老朋友张越人，会好好招待这位社里新来的

"小朋友"，结果却让人家等了大半天，自然很是过意不去。

园园所在的客房是间坯房。坯房是老式的单层泥瓦房，只有两扇窗，还是木质的窗棂。

高翎走到门口的时候，看到坯房被夕阳照着，靠窗的那一小方天地里，有一抹纤长的女性身影，扎着长马尾，正认真地看着拉坯师傅在落日余晖下慢慢地拉出一只浅盆来。

高翎在门边轻咳了一声，拉坯师傅抬头看到他，立刻打了招呼："高老板。"园园循声看过去，门口站着的人高高大大，穿着一件短袖格子衬衫，神采奕奕。

园园立刻微笑着迎上去，"您好，高老师。"

"你好，你好。对不住，今儿实在是招待不周。"高翎语带歉意，"你们老张要是知道我这般怠慢他的人，估计要给我甩脸子了。"

园园心说，这老张，应该就是主编张越人吧？所以她只能陪着笑了下。

高翎接着想到什么，又喜形于色道："不过明天，我想也许可以补偿程小姐！"

补偿？莫非要送她一件柴窑烧的瓷器吗？那她一定不会失望的，因为据说就算是只小杯子，也值好几万哪！园园的眼睛有些放光了，但她嘴上还是客气道："没关系的，高老师您是大忙人嘛，我今天其实已经跟这里的师傅们了解到不少知识了。"

高翎不再接茬，只是笑着说："眼下时候也不早了，我们先去吃晚饭？"

看来他似乎还不打算明说，园园觉得这人挺有意思，于是点点头，表示听他安排。

第二天，当园园知道了高老板的补偿是什么后，她深深觉得自己果然是俗人一个。高翎所谓的补偿，完全不是她想象中的昂贵的柴窑杯子，而竟然是带她去见一位瓷器界的"高人"。

"说起来，傅先生还是你们菁海市的人。之前一直在欧洲访学，不久前才回来。他做的是功能瓷研究，国内做这一块的人还不多。所以他一回来就备受瞩目……"

听着高翎滔滔不绝地说着这位傅先生的研究，园园心下暗暗琢磨：看来这位傅先生倒真是不简单，能让高老板这样有钱，在陶瓷产业又有地位的人这般推崇。

不过园园确实很感激高翎，本来高翎是单独约见傅先生的，如今却带上了她，说让她跟傅先生交流，定会受益匪浅。

第四章

重逢还初识

　　高翎跟那位傅先生约了上午在高岭村见，但高老板还要去见当地的一位烧窑户，在征求了园园的意见后，两人提前驱车进了高岭村。但园园考虑到人家谈生意，自己在一旁也碍事，就决定自己先在附近走走。

　　跟高翎分开后，园园从水口亭沿古道一路往上。两旁古木参天，枝叶密密匝匝，挡住了大部分的日光，以至于在这种炎热的天气里，竟还能隐隐地感觉出一丝凉意。

　　没走多久，园园就发现前面有座古色古香的亭子，亭子里还立着一块大石碑。她快步跑上前去，抬眼就看到了这座亭的名字——接夫亭。原来这就是古代窑工的妻子等待丈夫挖瓷土归来的地方啊。

　　园园正想着，有人冷不丁从石碑后面走出来，着实把她吓了一跳。倒不是那突然出现的人长相丑陋，相反，他长得很好看——身材颀长，一身浅灰色休闲夏装，没有多余的修饰，单就站着，便让人想起"萧萧肃肃，爽朗清举"八个字。反而他的年纪让她摸不准，虽然看起来只比她大了几岁，但那种沉稳优雅的气质却似有岁月的沉淀，让人猜不透。

园园不由自主地傻看了他一会儿，莫名其妙地就生出了一种似曾相识的感觉。她差点就脱口而出："我是不是以前见过你？"不过还好她忍住了，因为这句话听起来特别像拙劣的搭讪开场白。

"对不起，小妹妹，吓到你了吗？"男人开口，那声音低缓温和，细听之下还稍稍带了一丝沙。而说话时，他望着园园，嘴角似乎还有笑意。这样的凝望，让人感觉很奇妙，却也绝不唐突。

不过，小妹妹？程园园低头看了看自己，白T恤，七分牛仔背带裤，因为戴凉帽而扎成了两条麻花的辫子，双肩包……整体的效果确实很、不、成、熟。

这时高翎打来了电话，园园连忙接听。高老板说他已经忙完了，这就过来跟她会合。跟高翎沟通好，园园发现眼前的男人依然看着她，然后，他叫了她的名字："程园园？"

"嗯。"园园傻傻应道。

男人露出了一抹淡笑，说："你好，我是傅北辰。高翎跟我提起过你。"

傅北辰？

园园看着面前的男人，感叹：果然是曾见过的人啊。如果她没记错的话，他是程白爷爷的姑姑的孙子。按照辈分，他与程胜华是同辈，但年龄只比程白大了五岁。不过因为程、傅两家的关系比较远了，两家人已不太走动，在她刚到市里读中学，住进胜华叔叔家不久的时候，傅北辰到过程家来还一叠当年程家太公的医案。她当时不好打扰，只在楼上默默张望，直到他离开。因为他给她一种莫名的亲近感，也因为她记人的能力超过常人，所以虽然只是年少时一次远远的观望，但就这么留下了印象。

搞了半天，原来高老板口中的"傅先生"就是"傅小叔叔"。还真是应了那句"生命中充满了巧合"。

园园想，要不要攀下交情呢？但很快她在心里摇了头。他又不认识她，再者他跟她的关系，那真是远到不能再远了。

园园连忙挤出笑容，恭恭敬敬地伸出手，程式化地回道："傅老师，久仰了，我是《传承》杂志的编辑，我叫程园园。我正在做一期瓷器的专题，希望傅老师能多多指教。"

傅北辰伸出手，礼貌地相握。

他的手干燥温暖，园园这才注意到，他的手也生得极好……傅北辰发现对方握着的手并没有松开的意思，仿佛见怪不怪地看了她一眼。园园发觉，不禁大窘，脸上一阵发红，慌忙把手撤了回来，低声说了句"对不起"。傅北辰不以为意，接着她之前的话说道："不敢当，我们就随便聊聊吧。我看过你们的杂志，做得很不错。"

傅北辰学术成果那么丰厚，又被那么多人追捧着，居然还会如此谦逊，实属难得。

而对于前一刻自己的分神，园园总结原因为：画面太美……

园园端正态度说："傅老师，您的名字是不是取自那句'为政以德，譬如北辰，居其所而众星共之'中的'北辰'？"刚说完，又发觉自己犯傻了——刚才貌似去姓直接叫了他北辰。

傅北辰看着眼前的女孩子，始终带着笑意，"是。"

园园见对方好像并没察觉到，暗暗松了口气，又说："傅老师——"

傅北辰却打断了她的话："你叫我傅北辰就好。"

园园为难，直呼其名怎么想都有种高攀大人物的感觉，但想到自己以前就见过他，总有种他是"熟人"的感觉，最终园园从善如流道："好吧，那我就叫你……叫你傅北辰了！"

"好。"

两人正说着，又有人走进了亭子。来人年逾半百，长得很有特色，倒挂眉，三角眼，冲天鼻外加两撇山羊胡子，还穿着一身所谓的中式衣裳。刚进到亭子里，他的眼睛就在傅北辰和程园园身上滴溜一转，眉梢微微地动了动，张嘴便笑道："两位都未婚？"园园一愣，下意识地往傅北辰那边靠了靠。谁知，傅北辰看了她一眼，却回复了那个人一句："是未婚。"

园园不由心说，他怎么能这么确定她未婚呢？

而那人又嘿嘿一笑，山羊胡子随之抖了抖，"二位情路坎坷，原本三年内是最好不要结婚的。但万事都有化解之法，只不过费点工夫。"这句话说得很有技巧，他没有点出他们两人是情侣，若不是，他没错；但若是，两人自会顺着想下去。

园园看了傅北辰一眼，等着他的反应。她是不知道怎么应付这种"算命先生"，但傅北辰也没有表现出明显的态度。

"哦？"傅北辰挑眉。

那人一看有戏，赶紧接着说："我这儿有几道天禧符，你们可以买两个去，随身戴上，便可尽快有情人终成眷属。"

园园一听，心道：果然，骗子的尾巴露出来了。正想示意傅北辰离开，却听他问道："多少钱一个？"

"我跟二位也算有缘，就意思意思，一百一个吧。"那人捋了捋胡子，一副忍痛的模样。

"这么贵？！"园园终于忍不住说话了。

傅北辰却神色自若地从口袋里拿出钱包，抽了两张一百元的钞票，递给那个人，"我要一对。"

园园震惊地看着他，一脸不可思议。

那个人一拍大腿，"好咧！"随即从包里掏出两个黄色荷包，递过去，一转手把那两张一百拿了过来。

"二位，我去山上还有事，有缘再见。祝二位早得佳偶，姻缘美满。"

买卖既成，那人乐颠颠地离开了。

看着他飞快地消失在山间，园园不解地回头问身边的人："你……他明明就是骗子，你为什么还要花钱买他的符咒呢？"她不信连她都看得出那人是骗子，傅北辰会看不出来。

"真真假假，又何必太在意。况且有时候，宁可信其有，也没什么不好的。"傅北辰淡声说。

青年领军人物果然不差钱啊，园园心中感叹。

傅北辰将绣着并蒂莲的荷包递给她，"既然买了，那这个送你。"

"啊？"园园赶紧摇摇手，尴尬一笑，"这个，我还是不要了吧。"看刚才那个人，一口一个"二位"，就差把他俩凑一对了。这要是拿了荷包，不就真成一对了。

傅北辰一笑，也没有强求，随意地收起了那两只荷包。

等到高翎赶到接夫亭的时候，园园正在跟傅北辰聊高岭村的古迹。其间园园跟高老板发过信息，告诉他自己已跟傅先生会合。

"北辰，不好意思，让你久等了！不过看你跟咱们程小姐聊得颇为愉快，想来，我再晚点也没事。"

傅北辰依然一派春风和煦，对高老板的说辞只笑了笑。

而园园望着高翎心道：实在不信高老板跟傅北辰昨天才认识。不过园园想到她跟高翎也是认识不久，交流起来也已经毫无芥蒂。不得不承认，高老板就是有那种"上一刻才结识，下一刻就成老友"的本事。

这大概就是性情中人高老板的魅力吧，园园兀自想着，没注意到傅北辰在跟高翎交谈时，眼神总会似有若无地流转在她身上。

这一天园园的收获很大。不仅在高岭村见到了很多资料上的名词所代表的实物，而且还在两名"专业导游"的带领下，知道了它们的功用，这是她光看资料永远都理解不了的。

最后她还被带着去见了景德镇硕果仅存的把桩师傅王家炆。

关于把桩师傅的资料，园园在来之前自然是查看过的，但是基本上没有懂。唯一让她印象深刻的就是那位明代万历年间，以身殉窑的把桩师傅童宾万。即便是后来被封为"风火仙师"，受一代又一代窑工的祭拜，园园还是觉得，他的故事太惨烈——惨烈到让她每每想起来都有种心有余悸之感。

因为如今镇上很多窑炉都复建了，王家炆师傅成了不可替代的大忙人，所以见他一面很难。这次园园能拜会到王师傅，自然是全靠傅北辰和高老板的面子。已年过古稀的王师傅跟傅北辰似乎是相识已久，言谈间看得出老师傅对傅北辰很是赞赏。

园园采访王师傅没多久，就有车子在外面等他了。园园明白王师傅很忙，也不好意思多问，匆匆结束了采访。王师傅走后，时间也不早了，园园他们一行三人便在高岭找了家餐馆吃了晚饭。

回高翎庄子时，园园坐傅北辰的车。一上车，她就隐隐闻到一股檀香味，随后便看到风挡玻璃下方摆着一朵芙蓉石莲花。她"咦"了一声，看向傅北辰，又恍然大悟地"啊"了一声。

"怎么？"傅北辰侧过头看她。

园园摇头，"没、没事。"那种旁枝末节的偶遇还是别说了吧。

之后在路上，园园翻看自己今天记录的内容，不由感慨道："果然读万卷书不如行万里路。当然，路上若有师傅指导，那就更是如虎添翼了。"

在开车的傅北辰听了这话，不禁笑了笑。

到了高翎的庄子，两人下车后，傅北辰问："你明天回菁海是吧？"

"是的。唉，今晚要赶工写稿了。"今天晚上写好，明天回去再修改完善，后天上交主编审判……应该不会死得很惨吧？园园有点没把握。

“我今晚也住这儿。明天走。”

园园欢悦道：“那我有任何问题，都可以请教你，对吗？”

“自然可以。”傅北辰笑道，然后顿了顿，又不急不缓地说，“你明天也可以坐我的车回家。”

“那真是太好了！”园园觉得这次在景德镇能遇上傅北辰，实在太幸运了。

晚上高翎借出了他的工作台给园园，自己拉着傅北辰出去吃夜宵。高翎的大工作台特别好用，园园开了电脑，把笔记本和带来的资料摊在旁边，时刻准备查阅。

山里的夜有些凉，园园穿的是一条黑色的无袖连衣裙，这时候觉得肩膀有些冰。站起来想活动活动，谁知起了一阵风，将桌上的资料吹掉了几张。她蹲下身子去捡，突然有人弯腰捡起了最后一张纸。

“写得怎么样了？”原来是傅北辰。

“快好了。”园园看到他，没来由地一阵欣喜。结果起身太快，一头撞向桌角。

咦，怎么不疼？她疑惑地看上去，原来傅北辰及时用手拦在了她跟桌角之间。

“对不起，对不起，你没事吧？”她看着他被撞红的手，不知道该怎么办。

“没事。”傅北辰收回手，回了她一抹浅笑，“写的时候，有问题吗？”

“有，不，没有。”园园觉得很对不住他，也就不好意思再麻烦他。

谁知傅北辰却心有灵犀似的，走到她的笔记本前，问：“我能看一下吗？”得到园园的同意后，他真的坐下来从头到尾认真地看了起来。园园定定地看着他的侧脸，心里不由想：什么样的家庭才能教出这样的人呢？

门外一阵风吹进来，她不禁瑟缩了一下。

傅北辰从屏幕的背光中抬起头，询问："你冷了？"

如果不是一直在留意她，必定不会注意到这种细节。

但园园却没多想，弯眼一笑，说："没事。对了，高老师人呢？"

"他喝醉了，我让小李把他拖去屋里睡了。"

园园听了，忍不住笑出声来，"你住他的屋子，就这么对他呀？"

傅北辰只摇头说："酒品太差。"说着，他又道，"山里夜凉，你去加件外套吧。我在这儿帮你看着。"他明明很温柔地讲着，可是园园觉得自己完全不能反驳，只好乖乖地上楼。

等她再下来的时候，看到傅北辰已经把桌子都收拾好了。

"我看你的稿子写得差不多了。我改了一些，你明天再看吧。"傅北辰说完就把电脑关了机，合上了。

园园扑哧笑出来，"你都关机了，我只能听你的了。"

傅北辰抬起头看她，问："逛逛？"

"好呀。"园园欣然接受。

院子里摆满了烧坏的瓷器，瓶瓶罐罐，大大小小，什么样的都有。月光如水，这些瓷器各自孤傲地立着，发出清冷的光，显得遗世而独立。

傅北辰驻足，望着这些残缺的艺术品，神情在不太明亮的光线里，有些难以分辨。

"高老师为什么不把这些残次品低价处理掉？"园园低声问。

良久，傅北辰也没有出声。正当园园以为他没有听见时，只听他慢慢说了一句："瓷器如玉，宁为玉碎，不为瓦全。看得出来高翎很珍惜它们，所以宁可留着，也不愿低价处理。"

月明星稀，四周是高高低低、此起彼伏的虫鸣声。园园望着地上的瓷器不由重复念了句："宁为玉碎，不为瓦全……"

傅北辰转头看向她，仿佛自言自语道："我好像记得，曾经我也问过类似的问题，而有人就是这么回答我的。"

"谁啊？"园园顺口问道。

傅北辰略一迟疑，笑着摇了摇头，"我忘了。"

园园心说，看来还是我记人的本事高啊。

她仰起脸看向他，却发现傅北辰也正定定地看着她，眉眼间的神情深邃难辨，让她竟一时有些不知所措。她只得转头，向远山眺望。随后她又偷偷看了傅北辰一眼，他已在看那些瓷器。

园园想，刚才他那神情是自己看错了吧。

次日，因为高翎醉酒一直没醒，园园跟傅北辰都是礼仪周到的人，在这里叨扰了高老板许多，走时必然是要跟主人家当面道别的。好在园园这一天还算在"出差行程"里，只要今天能到菁海市就行。而傅北辰好像也不急。于是两人上午就在高老板的坯房里看师傅忙碌了。偶尔交谈几句，多数是关于陶瓷的话题，如此竟也觉得时间过得飞快。

快到中午的时候，高老板总算是醒了，因怠慢了客人而深感歉意的高老板又坚决地挽留他们吃了午饭。最后傅北辰跟程园园离开高翎庄子时，都快十二点了。高老板给他们送行，并热情邀请他们下次再来。

"高老师，您那么客气，我还没走，已经想着什么时候能够再来了呢。"园园笑着说。

"随时欢迎啊。"高翎一拍胸脯，又指着傅北辰轻声说，"只是来的时候，记得把傅专家也一并带来。我可急需他的指导。"

傅北辰含笑不语。园园却假装生气，叹了一声道："原来高老师只是利用我。"

"哪儿的话。"高翎喊冤，然后挤挤眼睛道，"是北辰昨晚吃夜宵时说的，你如果再来采访，他不介意再……"

这时候，傅北辰终于开口了："看来高老板昨晚上喝的酒还没醒，我们就不打扰了。"然后边说边开了车门，示意园园上车。傅北辰有些无奈，本是普普通通的客套话，被这高大老板一曲解，就变了味道。

园园倒是没多想，赶紧跟高翔道了别，钻进了车里。

等车开了，她摇下车窗，侧头欣赏着沿路的景色。她想，等她老了，她一定要回到有山有水的家乡养老。

傅北辰看了一眼园园被吹乱的头发以及单薄的T恤，开口道："今天风大，小心吹着凉。"

园园伸手随便捋了捋头发，笑着说："我不冷。"随即，她发现他微蹙的眉间又紧了紧，便一吐舌头，赶紧关上了车窗。

傅北辰问道："你住在哪儿？待会儿直接送你回家。"

园园不想麻烦他，"没关系，你方便的时候就把我放下，我自己坐公交回去。"

"还当自己坐的是长途客车？"傅北辰微笑，"或者，不方便告诉我你的家庭住址？"

"没有啦……"于是，园园简单跟傅北辰说了她家跟程白家的关系，以及她年少时在程家看到过他一次。

傅北辰听完，轻笑了一声，"原来如此。看来，我们还真的挺有缘。"

"是哪。"

车内暂时又恢复了安静。

傅北辰的余光扫过身旁的人，他轻而悠长地呼吸了一下，任由心口被丝丝缕缕的情绪缠绕，那是种淡薄却又仿佛深入骨血的牵念。

第五章
回不去的少年时光

    程白从医院下班回来，回房间浴室洗了澡，擦着头发走到阳台上想打电话，看到前院门口有辆车开走，而程园园就站在门边使劲儿挥着手，挥了好一会儿，她才收手，笑眯眯地走进来。

    "园园回来了？"围着围裙的朱阿姨从厨房里探出头来，笑着跟园园打招呼。

    "嗯，朱阿姨。"

    "刚看到有车送你回来，是男朋友吗？"朱阿姨问。

    园园想起傅北辰，敬重与感恩之情涌上心头，刚要开口，看到楼梯上走下来的人，硬是将要说的话咽了回去。

    程白从她面前经过，也没看她一眼，走到客厅里坐在沙发上，打开了电视。

    园园刚想要上楼去，戴淑芬回来了，程胜华晚上有饭局，所以连车都没下就直接走了。戴淑芬看到女儿跟程白都在家了，说了句"都饿了吧"，就进了厨房，去帮朱阿姨的忙。这段时间住在别人家里，戴淑芬一直很过意不去，所以但凡有空，她就会帮忙做些家务事。园园自然也马上跑进厨房里帮忙——主要是为了避开程白。

"出差累吗？"戴淑芬问女儿。

"不累，还挺好玩的。"

这时，程白也走进了厨房，戴淑芬忙问道："程白，要什么？"

"没事，您忙，我弄盘水果饭前吃。"程白走到冰箱前。

戴淑芬一听，笑道："你们医生世家，吃东西就是比较讲究一点。"

园园打算溜出厨房，却被戴淑芬喊住让她帮程白洗水果。园园非常不情不愿地"哦"了一声。

水槽前，园园拘谨细致地洗着苹果，只要站在程白旁边，她都会显得有些小手小脚。

朱阿姨跟戴淑芬在一旁讨论着菜的做法。没一会儿，朱阿姨的电话响了，因为高压锅呜呜作响，她便去客厅里接电话，而戴淑芬也走到了外面去择葱。程白装好荔枝，拿了园园洗好的苹果，从刀架子上抽了把尖刀出来，动作熟练地削起来。

"交男朋友了？"

"这个，嗯……"不实的话脱口而出，如同遇到某些危险就自动开启的自我防卫。可说谎真不是她擅长的，说完她就脸红了。尽管对于程白，即使骗他说她近日就要结婚，都没必要有半点惭愧之心。而让她最感到惭愧的，是有种亵渎了傅北辰的感觉。

"干吗要这么廉价地抛售自己？你也还不算过季货。"

园园恼羞道："总比你有价无市好。"说完才反应过来：好像这是夸了他？

程白扯开嘴角笑了一下，但笑得不怎么真诚。

园园看到那个被他切得四分五裂的苹果，抖了一下，惜命地闭口。

从景德镇回来后的第二天，园园去上班，第一时间把稿子交给了主编张越人。张越人身上带着一股浓浓的烟草味道，估计昨晚熬夜赶稿了。园园从小就有点鼻炎，闻不得烟味，于是屏着呼吸退后了半步。

张越人拿着稿子迅速地浏览了一遍，园园心里不禁有些忐忑，怕他直接就把稿子扔回来，让她重写。哪知张越人一句评价都没给，却问："听高翎说，这次去景德镇，你遇上了傅北辰？"

园园分不出主编这句话要表达的意思是褒是贬，只能点头，想想还是加了一句："傅北……老师，他人很好，还帮我改了稿子。"

她叫傅北辰叫惯了，一下子脱口没刹住车，差点就溜了出去。

张越人看了她一眼，不咸不淡地跟了一句："我倒不知道原来他还是复姓。"

复姓傅北。

园园愣在当场，这么冷的玩笑，她实在是无力接。

张越人倒是并不纠结她回不回应，"还有两期，闵教授书画赏析的专栏就结束了。接下来，我计划做敦煌。"说着，他笑了一下，"傅家声教授是这方面的专家。我希望你可以请到傅教授主笔。"

"主编，请问傅家声教授是？"

"傅北辰的父亲，H大古籍所教授。"张越人道，"下周末之前，我需要对方的答复。"

"……"

简明扼要的任务要求，却让园园听得头疼不已。景德镇那根弦还没有完全松下来，新的弦就已经绑上了，还是那种嘎嘣脆的音色。

《传承》的传统特色专栏，就这么丢给她这个初出茅庐的新人了？只因为她认识傅北辰吗？主编还真放心。

回到座位上，园园给傅北辰发了条短信：我的稿子交上去了，谢谢你！

但等了半天，对方都没有回复。园园估摸着他应该是在忙。

午饭时，园园跟与她同一间大办公室负责其他刊物的同事们聊天，八卦到了她的顶头上司张越人，终于解开了她心里的某些疑惑。

一，为什么《传承》杂志，除去美编、外聘编辑，就只有主编和她两个人呢？答案是：张越人要求极高，甚至可以说严苛，每次招人给他，那些人都待不足两周就跑了。

二，总编为什么会欣赏张越人？答案是：本来《传承》订量太少，快做不下去了，但张越人来做了主编后，愣是单枪匹马地把这本极小众的刊物做成了一本大众普及读物，订量直线上升，迅速扭亏为盈。

园园正想着自己不知道能不能熬过两周，电话响了。正是傅北辰。园园跟同事们示意了一下，寻了一处安静角落接听电话。

"不好意思，上午一直在开会，没看到短信。"

"没关系，没关系，我只是交了稿子，想感谢你。"

傅北辰顿了下，笑道："不客气。以后有什么问题，如果我能帮得上忙，都可以来找我。"

园园心说，我眼下就有事想麻烦你。可她实在是开不了口说傅教授的事，便说："那你忙吧。我挂了。"

傅北辰温声回："好。"

收起手机后，园园仰头长叹了一声，还是自己去找傅家声教授谈吧。

傅北辰若有所思地放下手机，敲门声就响了起来。

"进来。"

进来的是他的助理陆晓宁。

"《陶瓷收藏》杂志的章编辑问您什么时候有空？她想请您喝咖啡，顺便让您指导下上次的那篇稿子。"

"你替我谢谢章编辑，告诉她咖啡我就不喝了，稿子烦请她把关，我相信不会有问题的。"傅北辰的声音不大，但是不带情感，不容反驳。

陆晓宁应了声是，然后离开。关门时，她抬眼看了看傅北辰，心里不免嘀咕：咱们傅专家还真是不给人一点机会啊。

因为七月份的《传承》马上要出片，园园忙碌了几天，其间也一直在了解傅家声教授。

傅家声，四十年代生人。历史系本科，古代文学硕士，文献学博士，曾就读的学校都是中国响当当的名校，目前是国内研究敦煌学的少数几个大牛之一。

难怪傅北辰年纪轻轻就那么厉害，原来是家学渊源。园园心想，小时候妈妈给她讲故事，讲到女娲造人，有些人呢，是女娲捏出来的，还有些人呢，是女娲用藤蔓甩出来的。看来傅家人就是女娲捏出来的那种了，真是羡慕不来。

这天整理完傅教授的资料，走出期刊中心大楼的时候，都已过八点了。菁海市到底是大城市，期刊中心又是在市区较繁华的地段，入夜了也是灯光璀璨，一派不夜城的景象。

园园刚准备到路口去打的——因为她要坐的公交没了，就看到有道熟悉的身影迎面走来。

是下午就不见了人影的张越人。

园园恭恭敬敬地喊了一声："主编！"

张越人看到她，脸上闪过一丝惊讶，"怎么这么晚？"

"……"

张越人也意识到是自己给员工的工作量大了点，但说出的话听不出一点起伏："回去注意安全。"

等张越人进了电梯，园园在路口等了十来分钟，愣是没有一辆空车。这时候，身后又传来张越人的声音："还没走？"

园园回身，这时候已经没力气对他笑了，只是疲惫地点点头。

"住在哪里？"

"啊？"

"……"张越人似乎不愿意再重复一遍。

园园的脑袋有点蒙，空气一时有点凝滞，直到一道声音响起："你打算睡这儿了？"

她闻声迅速扭头——

简洁的T恤，牛仔裤，程白的惯常打扮。看到他出现，园园自然是无比惊讶。

程白朝张越人点了点头，算是打了招呼，然后拉了园园就走。

园园内心迅速权衡了一下，比起主编大人，似乎还是跟程白走比较恰当，虽然这感觉就像是选吃药还是打点滴。她回身跟张越人说："主编再见！"

张越人没什么表示，转身朝自己的车走去。

"手机为什么不开？"程白系上安全带，并没有马上开车，转头问。

"啊……"园园赶紧掏出手机，发现已然没电。她咽了口唾沫，低声回道："没电了。没注意到。"

程白知道原因后，皱了下眉头，一脚油门踩下去，再也没理她。

他大概是很不愿意来接她的吧，园园想，一定又是胜华叔叔让他来的。车里很安静，她不知道为什么他不放点音乐或者听点广播，至少不会这么尴尬。

"工作是不能胜任吗，才会弄到这么晚？"

园园嘀咕："要你管。"

程白回："没办法，我最近无聊。"

园园不由想到了某句俗话：下雨天打孩子，没事找事做。

"刚才那人是你单位的领导？"

"嗯。"

"不是男朋友？"

园园张口结舌，"怎么可能呢。"

程白也一点都不意外道："确实。"

"……"

之后，两人一路无话到了家。

周日，园园忙里偷闲，回了趟老家，去看望前天已出院回家的奶奶。那天她在单位，胜华叔叔送了奶奶跟妈妈回去，妈妈给她打电话叫她不用担心，让她专心工作。奶奶住院这段时间，她去看望过几次，奶奶只要清醒着，就对她恶声恶气。妈妈不想她受委屈，索性就不让她去医院了。

园园的老家在玉溪镇——菁海市最东边的一个古镇。从菁海市坐车过去，大约一小时的路程。

这几年玉溪镇的名声越来越大，因为前任的书记和镇长都特别有远见，他们顺着全国旅游的大潮，努力挖掘本镇的水乡古镇特色，将老街重新规划了一番，最终把玉溪镇打造成了很多文艺人士钟爱的休憩心灵之地。

但其实玉溪镇这个名字是新中国成立后才有的，它最早以前只是一个村，叫公主村。因为村南有个祠堂，供着南宋时期的一对公主和驸马。不过玉溪镇的居民们都姓程，而被供奉的驸马却姓傅，关于这一点，如今镇上已经很少有人知道了。

而也许有着帝王血脉庇佑，公主村历来文脉兴盛，出过不少进士和学者。

对于这些历史旧事，园园只有一个想法：幸好自己出生得晚，公主村什么的，跟旁人说这种家庭住址，压力会很大的。不过话说回来，她家祖先还真会选地方，跟皇孙贵胄做邻居。

园园的家在老街上，门面租给了镇上的一个子女都在国外的退休女老师。女老师把自己家里的藏书都搬了过来，开了一个咖啡书吧。往来的游客都爱来这里坐一坐，不为看书喝咖啡，只为体验一种悠闲自在的感觉。

园园快到家的时候，远远就望到了那棵高大参天的红豆树，枝丫纵横交错，绿叶层层叠叠。这棵红豆树被验证已有一千多年的树龄，它长在玉溪镇最北边的废墟上，与公主驸马的祠堂南北遥望。而据说红豆树所在的那片废墟地在清朝的时候原本也是一个祠堂，但太平天国的时候突然莫名坍塌了。之后，这个废墟一直有闹鬼的传言，因此也没有人再去建屋子。到如今，那里只剩下断壁残垣，以前究竟是什么样的布局，已经看不出来了。在全镇特色改造的时候，这个废墟是重建还是留存的问题也被多次搬上会议讨论。但因为始终争执不下，被暂时搁置。只有那棵千年红豆树，被围了铁栏杆保护了起来。

园园想到自己小时候很爱去废墟那里，那时候，绝大多数孩子不敢去，但她偏偏却对那里情有独钟，尤其喜欢那棵红豆树——每当春末夏初，它就会开出红白相间的花，那花像是蝴蝶的形状，一朵朵停在树上。而到了深秋，就会有豆荚成熟落地，掰开豆荚，里头就是一对一对的红豆。

她站在家门口眺望了红豆树片刻后，才从包里翻找出钥匙。因为前面是女老师的店，她回家一般都走后院的门。

园园这天在家陪着妈妈给奶奶擦了身子，又惹得老太太说了很多胡话……连她是不祥之物这话都说出来了。

她明明看起来比北京奥运会的吉祥物还萌！想完，自己也觉得很冷地抖了下。

戴淑芬看着女儿委屈，却又佯装不在意的样子，心里有些难过，轻轻摸了摸孩子的脸。

傍晚，园园吃了晚饭离开的时候，绕路去了那片有着那棵老红豆树的废墟。这时刻大部分的游客已经散去，只有稀稀拉拉几个人在树下，或休息或拍照。一线夕晖，慢慢自西天隐去。曾经这里荒芜、神秘，不像现在，游人如织，喧嚣终日。

园园抬头看着这活了千年的古树，苍苍然地绿了满天满眼。

"不知是谁在千年前种下了这棵树？"园园听到身后有游人说。

第六章

为你洗手做羹汤

　　周一，园园联系了傅教授，电话是之前几经周转，通过同事朋友的老师问到的。

　　电话刚一接通，园园便恭敬道："您好，傅教授，我是《传承》杂志的编辑，我叫程园园，冒昧打扰您——"

　　那边的人缓缓说道："程园园，我们确实有缘。"

　　园园愣住了，这声音，是傅北辰的！

　　有缘什么的，园园心说，其实是我上司知道我认识你，才特别派了我找傅教授谈的。但我不好意思一再地劳驾你。

　　可结果呢，还是先撞上了他。

　　之后园园老实说明了原委。

　　傅北辰笑了，"我父亲今天约了人去钓鱼了。你明天有时间可以过来。至于傅教授愿不愿意接受，得靠你自己跟他沟通了。"

　　"谢谢！"园园此刻的感觉有点复杂，但感激的心再诚不过。

"明天你直接到我家吧，地址我短信发给你。"傅北辰说，"我现在要去机场，出差两天。"

"又出差啊……"园园不假思索道，"你别太辛苦。"说完才察觉自己似乎有点逾矩了。

"嗯。"挂断电话后，傅北辰把父亲的手机放回到餐桌上，写了一张便条，告知自己出差的事，以及明天有人要来找他谈点事，让他务必见一下对方。

陆晓宁拎着傅北辰的公文包站在一旁，等他做完了一切，才说："我还是第一次见您这样。"

傅北辰拎起行李袋，没有回应助理的探询，只道："走吧。"

隔天，园园吃过早饭，带上栏目计划，就出发去了傅北辰发给她的地址——孚信新苑。

孚信新苑位于H大的一隅，是学校给教工造的住宿楼。H大作为百年名校，走在里面，园园脑海中不禁飘过了零星的一些词句，比如"是日也，天朗气清，惠风和畅""茂林修竹，又有清流激湍，映带左右"……果然是文化人的聚集地，就连四周的一草一木、迎面吹来的一阵风，都带着文化气息。她刚要深呼吸，感叹下"人杰地灵"，就有一辆自行车从前方快速靠近。看清了车上的人，园园瞬间有种"恶灵缠身"的感觉，否则怎么会一大早就碰到他呢？

程白的头发轻扬，阳光从树叶间洒落，星星点点照射在他身上。她赶紧低下头，祈祷他没看到自己。同时园园也总算是想起来，程白正是H大医学院的学生。

程白骑过了五六米，忽然停下，掉头。他骑到程园园旁边，问道："你怎么会在这里？"

园园心里叹息，你都过去了，干吗还返回来？

"我来找人。再见！"阿弥陀佛，你快走吧。

程白却回身，把后座上刚从图书馆借的两本书递了过去。

"帮我拿着。"

"啊？"

"找什么人？我带你过去。"

"不、不用了。你忙吧。"

程白眯了下眼，说："我不忙。上不上车？"

园园看着眼前快要戳到她脸上的医学用书，一咬牙，转身就跑！

之后发生的事，让园园懊悔不已！

程白很快骑车追上了她，他也不叫她停，直接狠毒地拉住了她的斜挎包带子，一下子就把她勒得倒退了两步，倒在他身上。确切地说，是直接趴在了他踩着踏板的那条长腿上，她一只手还抱住了他的腰……

园园当时就差点疯掉，火速跳开一大步。虽然现在学校里人很少，但也不是没有。三三两两的人看过来，她羞恼得脸红得像路边的夹竹桃。

程白脸色也明显不好看，"你是猪吗？你也不想想你那两条短腿跑得过自行车吗？"

园园低头不语。程白冷淡地看了她一会儿，最后直接掉头走人。园园如释重负，但看着远去的身影，想到自己前一刻的投怀送抱，又痛苦地闭上了眼。

之后园园一路郁闷一路探寻，终于找到了孚信新苑12幢1单元，然后按下了铁门锁上302的按铃。

叮咚的铃声连响了三下之后，锁终于吧嗒一声开了。走到三楼，园园发现302的门是开着的，想来是傅教授给她留了门，但是礼貌起见，她还是先敲了门。

"请进。"一道疲惫的声音响起。

是傅北辰？！

他不是去出差了吗？她犹豫着进了屋，随即就被眼前的景象震撼到了。满屋子都是书！四周都是书墙，所有的角落也堆满了书，甚至座椅茶几上，也都是书。

而傅北辰，就陷在这书堆里，坐在那唯一没有被书占据的长沙发上。

他一身干净的浅色衬衣和休闲裤，柔软的头发盖在额头上，看起来特别温文尔雅。

"不关门吗？"傅北辰捏了捏眉心，低声说了句。

园园这才回神，轻轻地关上了大门。

"你……"

"我父亲昨晚不小心摔伤了，早上刚做完手术，所以暂时不能跟你谈专栏了。抱歉，忘了给你发短信告知。"

"没关系没关系。那傅教授现在怎么样，手术还顺利吗？"

"还好。"

园园看着一脸倦意的傅北辰，不由问道："你是连夜赶回来的吗？"

"嗯。"他点点头。

看来今天的任务是完不成了，可如果转头就走，似乎也不合适。她正思考着该怎么告辞，好让他休息，傅北辰的手机响了。

几句话后挂断，傅北辰嘴角一扬，指了指手机，说："我父亲的电话，他让我下次过去时给他带盘棋。他说他腿摔坏了，脑袋没坏，所以你的任务如果比较急，可以去医院面谈。"

园园心想，这恐怕不妥，毕竟人家刚做完手术，正是需要静养的时候。

"我没关系，等傅教授方便了，我再找他谈吧。"说完脑子里闪过主编张越人的脸，左眼皮轻轻跳了一下。

"早饭吃了吗？"傅北辰站起身，看着她问了一句。

"啊？吃过了。"

他点了下头，便去泡了杯茶端过来给她。园园接过的时候，他的食指无意间碰到了她的手心。

因为园园体质偏虚寒，手的温度常年偏凉，而傅北辰的手很温热，被他碰到的时候，园园不禁被那种触感弄得不知无措。而傅北辰似乎并未注意到，说："我去弄点吃的。你如果无聊，这边的书都可以拿去看。"

"哦……"

就这样，傅北辰进了厨房，园园发了会儿呆，之后她过去坐到了沙发上，随手拿了一本茶几上的书——《霍乱时期的爱情》。园园发现书本的最后夹着一张火红火红的枫叶。而枫叶压着一段话："在五十三年七个月零十一天以来的日日夜夜，弗洛伦蒂诺·阿里萨一直都准备好了答案。'一生一世。'他说。"

而旁边有人用潇洒漂亮的字写了一句话：长相思兮长相忆，短相思兮无穷极。

园园一滞，然后她闻到了一股泡面味，收回了心神。她放下书，起身走到厨房门口，只见傅北辰正站在一盒泡面前，等着它泡开。

她忍不住开口说："你就打算吃泡面吗？很不健康的。"

傅北辰侧头，回道："我只会做这个。"

园园闻言笑了出来，那么卓尔不群的一个人，进了厨房，竟然会是这般无能为力。

"那平时……"

"很少在外面吃，大多是家里的阿姨做饭，不过阿姨去医院照顾傅教授了。"傅北辰直言不讳。

园园踟蹰了一下，走进了厨房，站到冰箱前问："我可以打开看看吗？"

傅北辰轻笑道："你随意。"

看冰箱里材料挺多，园园询问："你想吃什么？还是汤面吧？这有青菜、鸡蛋、西红柿、土豆、肉……"

傅北辰对泡面确实没有胃口，但为了不饿到胃痛，本打算将就一下。看着眼前要给他煮面的女孩子，他恍惚道："你还能下厨？"

套上了围裙的园园侧头看了他一眼，难得露出几分骄傲神情，"嗯，普通家常菜，基本都会一点。"

傅北辰看着她，莫名地说出了："肫掌签、群仙羹。"

"啊？"园园回头。这什么菜？听都没听过嘛。

傅北辰回过神，几不可闻地叹了一声，才说："逗你的。"

园园笑道："哦，那我拿主意啦，西红柿鸡蛋面吧？"

"好。"他说。

园园很快熟悉了傅家的厨房，风风火火地当起了厨娘。傅北辰斜倚着厨房的门，看她为了一碗面条忙来忙去，眼里带着淡淡的笑意。

等到园园把面条做好，呼哧呼哧地端上桌的时候，傅北辰确实也饿惨了。只是他坐下吃的时候，依旧是那样有条不紊、礼仪十足。

"味道怎么样？"园园满心期待地问了一声。她做的东西，连一向对她挑剔的奶奶都会夸一句的。

果然，傅北辰抬头说："很不错。"那双如墨般的眼里带着浅浅的笑。

园园高兴道："真的吗？"

"嗯。"傅北辰停顿了一秒，又真切地说，"挺合我口味的。"

在满室书籍和古旧家具的屋子里，一男一女，一坐一站，竟有种奇妙的融洽感。没一会儿，有人敲门，傅北辰一愣，园园因为离得近，就去帮忙开门。

看到园园，门外的人显然很意外。而园园则是满眼惊艳。

园园不知道怎么形容面前这个女人的美丽，只觉得眼前一亮。她心想，所谓的眉目如画应该就是这样的吧。

"大师兄！"美女朝走过来的傅北辰笑着说，"我还以为自己走错了呢！"

园园疑惑地转过身，终于确定她所谓的大师兄，就是傅北辰。她突然想笑，因为想起了那句"大师兄，师父被妖怪抓走了"。

傅北辰朝美女点了下头，示意她进来，美女边进门边说："我刚从老家回来，给老师带了些他爱吃的合川桃片，结果给他老人家打电话，却得知他住院了，吓死我了，好在不严重。老师让我不用去医院，他说大师兄你在家，我就把东西直接拎这儿来了。顺便再跟老师借几本书回去看看。"

"嗯。"

美女放下东西，这才看向园园。

这时候园园正打算把傅北辰吃完的面汤拿去倒掉。

"大师兄，这位是？"美女冲着傅北辰一眨眼，轻声道，"不介绍一下吗？"

傅北辰并无丝毫不自然的神色，即使此刻围裙还在园园身上挂着。

"她叫程园园，是来找傅教授的。因为阿姨不在，我又很饿，所以她好心给我煮了一碗面。"

一句话惹得美女大笑，也把园园窘得一头黑线。还好美女笑过之后，就走到园园面前，自我介绍道："你好，我叫沈渝，是傅教授的学生。"

"你好。"园园觉得，有些人光芒太盛，会有种让人不敢直视的压迫感。沈渝就是这样的人。

之后园园离开傅教授家时，沈渝也跟她一并出来了。傅北辰送她们出门。等两人进了电梯，沈渝便说："原来你是想找老师写专栏的。"

"嗯。"

沈渝意味深长地笑道："老师不太会接这种活，不过，如果是大师兄带你去，就不一定了。大师兄对你够好的呢。"

园园点头，"傅先生是大好人。"刚才道别的时候，傅北辰说他明天下午会带她去医院找傅教授。

傅北辰站在窗口，望着楼下渐渐远去的身影，直至看不见，他才走回沙发边坐下，将茶几上那本翻开的书轻轻合上。

翌日，阳光灿烂，万里无云。中午的时候，园园把要跟傅教授商谈的关于专栏的一些想法整理了一遍，弄得差不多的时候，傅北辰发来了一条短信：我到了。

园园要下楼的时候，负责其他刊物的同事王玥看到她，拉住了她，"园园，去哪儿呢？"

"约专栏去。"

王玥笑道："看着不像，这着急的小模样，倒是有点像是去见男朋友。"

"你想多了……"

"好啦，我信你！回来时，帮我带吃的。"随后报了某鸭店的辣鸭脖、辣鸭爪。

"你其实就是想让我给你带吃的吧？"

"乖，去吧！"

园园如同一只皮卡丘，被放了出去。

园园跑到楼下，一眼就看到了傅北辰的车，以及车里的人。她想到之前王玥说她的"着急的小模样"——她那是不好意思让人久等。当然，也有点期待见到他。

毕竟傅北辰是她遇到过的最让她……她想不出合适的形容词，就是跟他在一起时，她有种"无憾于时间"的感觉。

园园坐上副驾驶，她本来还想问下傅教授恢复的情况——她还是有些担心会打扰到傅教授的休息。

但傅北辰已开口说："你不用担心，傅教授精神很好。系好安全带。"对于她的想法、言语，他好像总能轻易就明白。

傅北辰等园园系上安全带，便发动了车子。

"傅北辰，多谢你。"不仅给她牵线，还亲自带她去。

傅北辰转动方向盘转弯，"没事，反正我也要去见傅教授。"过了一会儿，他又轻声问道，"你多大了？"

园园愣了下，答："二十三。"

"二十三……"他重复了一遍，但并没有接下去说，而是转移了话题，"喜欢瓷器吗？"

"陶瓷？挺喜欢的啊。"

"那下次送你一件。"傅北辰轻声笑了，见她要推拒，他又加了句，"只是件小东西。"

园园道："我觉得遇到你之后，我一直在受惠。"

傅北辰看了她一眼，半开玩笑地说："我吃过你的一碗面。"

园园"啊"了声，"我的手艺竟然有这么值钱吗？傅北辰，你千万别做生意人。"

对于园园的"建议"，傅北辰只是笑道："赚不赚，我心里有数。"

前面堵车了，傅北辰放缓了车速，顺手开了车里的音响，柔和的歌曲流淌而出，"所谓美人，以花为貌，以鸟为声，以月为神，以柳为态……"

园园想到那天的大美女沈渝，她还挺"念念不忘"的，但她不会探听别人的私事，她就好奇一点，"沈渝，就是那天我见到的大美女……她叫你大师兄，那你也是傅教授的学生吗？"

对于这个，傅北辰有些许无奈，"傅教授没教过我。我这'大师兄'纯粹是他那群学生瞎闹叫出来的。"

一路上两人有一搭没一搭地聊着，很快到了医院——H大附属医院。园园隐约有种不好的预感，但马上甩了下头，将其抛在脑后。

傅教授是享受国家特殊津贴的，因此住在一间独立的病房。园园在走到门口的一刹那，突然有些忐忑。边上的傅北辰似乎有所察觉，伸手拍了拍她的肩膀，鼓励安抚之意溢于言表。

园园的情绪竟很神奇地安定了下来，她朝他感激地笑了笑。等她进去，抬眼看去，只见病床上坐着一位穿着病服的老先生。说是老先生，是因为园园看过傅家声的资料，知道他今年七十一岁。不然他那一头乌黑的头发，以及精神矍铄的样子，她还真不敢确定。

"傅教授，您好。"园园上前打了招呼，并从包里掏出名片，做了自我介绍。

"程园园。"傅教授没戴老花镜，只好把名片拉到很远，看着念道。而后，又抬头，对着园园笑着说，"请坐，小姑娘。"

"谢谢。"园园在边上的沙发坐下。沙发不大，刚好可以坐下她和傅北辰。

"北辰跟我说过这事。你们主编也一直有给我寄你们的杂志，你替我谢谢他，做得很用心，也很有特色。最近那期陶瓷专题，北辰说是你写的，写得挺不错。"

园园受宠若惊，"关于陶瓷的这篇报道，是多亏了当时在景德镇的傅北辰……老师指导我。"就在园园刚开口说的时候，就有几名医护人员推门走了进来。带头的是傅家声的主治医生，H大附属医院的骨科主任郑立中。而郑立中后面跟着的其中一名长相清俊的男医生，正是程白。园园说完上面那些话，回头就看到了他。而他的表情有些莫测。

傅北辰站了起来，园园也跟着站起身。郑立中上前问了傅教授一些问题，言语间看得出，他对手术结果很满意。郑立中跟傅教授交流完，程白朝傅教授叫了声"姑爷爷"。

傅家声大笑道："跟你说了，不用叫我姑爷爷，你这一声姑爷爷叫下来啊，我脸上皱纹都多了三条！"

程白笑了笑，不置可否。

傅北辰是在场的人里身形最高的，他站在那儿跟郑立中聊了两句，看到程白看向他，便朝程白微一颔首。程白没叫他，他也没在意。

傅家声看着程白又说："你爷爷当年可是千金难求的中医，你这孩子，怎么就学了西医呢？"

郑立中听到这话，转头对结交多年的傅教授笑说："中医西医各有优势。程白是我的得意门生，不管他学中医还是西医，都是不可多得的人才。"

"我这不是为我国的中医事业可惜嘛，人才流失啊。"傅教授幽默地说。

郑主任是大忙人，跟傅教授闲聊了几句后就离开了，走前让程白留下来，跟傅教授再说说腿骨复原期间的注意事项。傅教授知道医生都忙，再者要注意的那些地方，护士也提点过，就没让程白多待。程白双手插在白大褂的口袋里，点头说："好，那您有什么需要就按铃找护士。"

"知道。"

程白走出了病房，其间没有看园园一眼。在走到护士站时，有护士叫住了他："程医生，我从家里带了些自己做的糕点来，你过来吃点？"

程白停下脚步，礼貌地婉拒："谢谢。你们吃吧。"

等他走远，护士站里就又小声讨论开了。

"程医生不爱吃甜食吧？"

"不知道他喜欢什么。看他好像除了医学，其他都不感兴趣。"

程医生长得好，上班开的是高档轿车，人又文质彬彬。总之，很受医院里单身女孩子们的青睐。

而那天园园跟傅教授交流得很不错，傅教授似乎挺喜欢她，最终也答应了她的请求。她离开医院时，傅北辰跟她一同出来。他也要回研究所。

"说起来，你跟程白是从小一起长大的？"一上车，傅北辰便开口问。

"嗯。"

"挺好的。"

园园心说，哪里好呀。那完全是剪不断，理还乱，别是一般滋味在心头。园园寻思着还是得早点跟胜华叔叔提要租房子搬出去的事。傅北辰发动了车子，却看见她依旧愣愣地坐着，便俯过身去，伸手把她的安全带拉过来，系好。等园园反应过来时，他正是离她最近的时候。傅北辰的身上有股淡淡的香味，园园的身体僵了僵，她清晰地听到了自己的心跳声，她头往一边侧了侧。

"谢谢……"

"不客气。"

有些热度的气息吹过园园的耳畔，烫红了她的耳朵。

等园园回到办公室后，才想起来，她忘记给同事买吃的了。

王玥见两手空空地站在她跟前的程园园，惆怅叹息道："曾几何时，故山疑梦还非，我让你记得回乡时带点口粮，你却转眼即忘，弃我如尘埃。唉，今日种种，似水无痕。你走吧。"

园园心道，做诗刊的就是不一般啊。

于是，园园屁颠屁颠地走了。

王玥在她背后喊话："下次再忘，灭了你！"

园园那晚下班回到程家没多久，程白就回来了。朱阿姨在厨房关着门炒菜，园园见他面色不善，刚要悄悄地上楼去，就听程白开口说："上次从景德镇送你回来的是傅北辰？你'男朋友'是傅北辰？"

程白的表情很平静，园园却被他看得有点毛骨悚然，有种天要亡她的感觉，她大着胆子，昧着良心说："如果是呢？"

"傅北辰会看上你？"

园园脸红了，脑子一热，就开始口无遮拦了："哦，你不是应该叫他小叔叔吗？那我就是你小婶婶了？"

脑海里马上浮现出傅北辰的身影，玉树临风、温文尔雅。园园心里猛地咯噔了一下——自己是不是太大逆不道了？

程白似乎也笑了一声，冷笑，好像极为厌恶她在称谓上占了他的便宜，"你想得美。"

那不屑的语气让园园差点没忍住扑上去把眼前那人给咬了——居然瞧不起她！虽然她也承认，自己拿这种事轻慢傅北辰，有点犯上作乱的感觉。

最终园园瞪了眼前的人片刻，然后逃走了，她到底是没胆子，是尿货。

当天吃晚饭的时候，园园从头到尾都耷拉着脑袋，心事重重的，食欲自然也欠佳了。

"园园？园园？"程胜华连叫了两声。

"什么？"

程胜华笑道："吃饭发什么呆？饭菜都凉了，赶紧吃。"

"哦哦。"

好不容易熬到吃完饭，程胜华又把园园和程白叫住了，说道："程白，园园工作的单位跟你医院离得不远，以后你送园园上下班吧。"

"我……"园园张口就要拒绝，可身边的人已经接了话："好。"

程胜华一锤定音："那就这么定了。"

"不、不用。"园园觉得，择日不如撞日，要不把搬出去住的想法现在就说了吧？反正迟早要实行的，于是鼓足勇气道，"叔叔，我想以后去外面租房子住。我已经毕业了，不想再麻烦你……们。叔叔，我一直很敬重您，感激您，往后我依然会。就算我不住您家了，但一有空我就会回来看您的。等我哪一天有能力了，虽然我也不知道什么时候才能有出息，反正我以后一定会像孝敬妈妈那样，好好孝敬您，给您买好吃的、好用的。"园园这番话里，对程胜华的感恩是真真切切的。

程胜华听了自然动容，但还是不放心让她独自去外面住。

园园见胜华叔叔还在犹豫，本想不让叔叔为难了，可看到边上人的衣角，一咬牙，说："叔叔，我是想，回头我找了男朋友，住外面可能会方便点。"说完，脸就红了。

程胜华听了，哈哈大笑，"我都没注意到这层，是啊，你们现在都大了，要处对象了。"

但程胜华哪会不知道，这孩子不过就是不想一直承他家的情罢了。

最终程胜华答应了。程白听完结果，只道："那没事我上楼了。"

第八章

画中人

　　那一周的周末，园园搬出了程白家。房子是程胜华朋友的，就在市中心一带。园园不想让长辈担心，便没有拂逆叔叔的再次关照。不过房租她坚持一定要自己付，大学打工四年攒了点钱。程胜华也就随了她。

　　房子不大，坐北朝南，一室一厅，带卫生间、厨房，装修、配置虽简单，但整体很整洁干净。搬家那天，程胜华人在外地。园园在妈妈的帮助下将小窝收拾妥了。等她妈妈吃完午饭走后，园园又去花鸟市场上买了两小盆仙人球，摆在小房间的窗台上。那刻，她抬头看外面的天空，突然觉得无比满足，仿佛新的生活正隆隆起航。

　　就在她打算好好休息一番的时候，程白打了电话给她，一上来就说："你忘了点东西在我家。"

　　园园拧眉，她走前有仔细检查过一遍房间，应该没有东西落下了，就算有，想来也不是值钱的东西。因为她的笔记本电脑就在旁边，手机就在手里——好吧，她是穷鬼，值钱的就这两样物件。

　　"那就麻烦你扔掉吧。"

对面的人沉默了两秒，"是你的内衣。"

园园当下就窘了，连忙道："你别动，我马上回来拿！"

怎么会把内衣给落下了？真是粗心大意，怎么会犯这种低级错误？园园一边反复地自我检讨，一边出了门。

虽然天色不算晚，还有公交车，但园园比较急，所以直接打车过去了。到了程家，园园在门口按密码的时候想到，今天胜华叔叔不在，这会儿朱阿姨也已经回家，也就是说只有程白在家。开门进去前，园园不禁用脑袋敲了两下门，"唉，落什么不好，落下那个……"

一楼没见到人，园园不得不跑到了楼上，她先在自己房里找了一圈，没有，又去阳台上看了看，确定衣架上也没有，最后只能厚着脸皮去敲了程白的房门。

房门很快被打开，程白穿着一套白色的休闲装，看起来俊逸清爽。

"我的东西呢？"

程白侧过身，园园就看到了她的内衣，一件粉色的、很保守的、不大的内衣……正静静地躺在程白的床边缘。

园园窘迫地走进去，拿了就准备走，结果刚拿起就发现有点不对劲，"这是……四年前的吧……以前莫名不见了的……"她怀疑地看向程白，"你、你藏起来了？程白，你是变态吗？"

程白走到她身边，小声喃语道："你再说一遍。"

园园马上低下了头。

"你那房间既然以后不用了，我想清理下当书房用。你这内衣在那张小沙发后面。"

园园听得羞愧不已，她把内衣往包里一塞就想走，却被程白一把拉住了手。不过也只抓了一秒他就放开了，园园却被他弄得莫名其妙，有些惊慌。程白看她这样子，心里突然就有点憋闷。就在这时，外面一道闪电划下，园园被吓了一跳，她刚转身，却被程白推了一把，使她一下跌坐在了床上。在园园反应过来之前，程白伸手关了灯，房内瞬间陷入了黑暗，随即园园就感觉到自己被他用力抱住了。当下一道响雷打下来，房里两人紧紧贴在一起的身影投影在了墙上。

"程白，你开灯。"园园的声音已经抖了。她不是怕打雷，她怕在这种环境里跟程白在一起，还是以这种诡异的姿势。鼻息间似有若无闻到的淡淡冷香，是她久远记忆里所熟悉的，却是如今避之不及的。她暗自挣扎，却一点用都没有，她能感觉到他呼在她脖子上的热气。园园的手都出汗了，她想掰开腰上的手，却无力得像是小孩子在跟大人掰手腕。

"你不是说我是变态吗？"

好在他说完后，便撤去了力道。当灯光亮起时，园园不敢去看他，起身跑出了房间。

等她跑到小区外面打到车后，下起了滂沱大雨，把本来很闷热的天气一下泼凉了不少。园园开了点车窗吹着风，还是觉得呼吸不太畅通。

而程白在窗前站了许久，回想着刚才她愤然离去的身影，以及她脖子后面那道疤痕，如一根手指长——那是当年她为他受的伤。

昨天电闪雷鸣，下了好大一场雨。到了第二天早上，太阳出来了，又是晴空万里。闷热的夏日午后，园园跟饮食口味差不多的王玥进了单位附近的一家餐厅，因为园园没吃早饭，早已饿得前胸贴后背，所以她屁股一坐下，就招手叫来服务生："麻烦先给我上一碗白米饭吧，谢谢。"

王玥看着她好笑道："哪有一上来就要米饭的？"

"不行了，太饿了，菜太慢，先吃碗饭垫垫肚子。"园园说着看到不远处一道眼熟的身影。她当即就拿起桌上的圆盘子挡住了脸。王玥正翻着菜单，从眼角看到园园莫名的行径，抬头问道："怎么了，园园？"

"没，我没事，王姐姐，你别看我……但麻烦你帮我看看，你右手边五米外，靠窗那桌的人里面，其中穿黑色T恤的那男的，他行为举止有没有异常？"忘了H大附属医院就在他们期刊中心附近，会遇见并不意外，只能自认倒霉。

王玥闻言望去，那一桌坐着三男一女，看样子已经吃完饭，正聊着天。而穿黑色衣服的男子，侧对着她们这边，背靠着椅子，两只手拿着手机，正懒洋洋的，像在发短信。

"没有异常。"王玥看回园园，"是你朋友吗？"

"不是。"园园否决得很果决。不过也并没错，她跟程白不算朋友。正想征询王玥能不能换地方吃饭，她口袋里的手机却响了起来。园园摸出来看，是一条短信，发件人号码再熟悉不过。

"看到我吓成这样？"

园园放下盘子，坚定道："王姐姐，这里的糖醋肉很好吃，我们点吧！"

园园一再告诉自己，她已经不再寄住在他家里了，无须面对，也就不必再害怕他了。天高皇帝远，他能奈她何？好吧，其实也没多远。唉，到底何时才能跟他"远不可及"呢？

程白看着程园园跟着和她年纪相仿的女子走出餐厅，看她一路上视线都是望着天，他心里不由嗤笑了一声，这么走路，没摔死她，算她运气好。

"程医生，看什么呢？"有人笑问。

程白转回头，在场的都是跟他同期进H大附属医院实习的医生，也都是他的校友，"汪洋，你们眼科汤主任是周几门诊？"

汪洋道："周一上午，周五下午，你要干吗？"

"没，有人有需要，帮忙问问。"

"谁啊？"

但程白却无意再说。

在场唯一的那位女生看着程白，眼里隐隐有着欣赏，程白为人可靠，学习工作更是认真。她一直记得以前有男生抱怨学医苦，他们又是本硕连读，一学就七年，程白当时说了句"我们将来的水平直接关乎的是人命，所以辛苦是职责，也是道德"。再者，程白这人长得好，家世也好，不少女生私底下都叫他公子小白。但不知道程白是情商太低还是太高，一直以来他从未谈过恋爱。虽然对他有好感的女生着实不少，但就是不见他动凡心。上次有男生勾肩搭背套他话，说他年纪也不小了，怎么还不找女朋友？他说太忙，没有空。医学院学生，这借口倒也合情合理。

园园这边闷闷不乐地回到单位，想到下午还要去找傅教授商谈专栏的具体事项，她面朝窗口深呼吸，重整旗鼓——半蹲下身，双手握拳，屈肘做双峰贯耳式，扎起了马步。路过的王玥看到了，忍住笑说："我们这间办公室里，现在你说你最二，真没人敢跟你争了。"旁边一圈同事连连点头。

园园却不为所动地继续"修炼"着。从小到大，她但凡被程白弄得烦闷了，都是这么排忧解难的。

"不经一番寒彻骨，怎得如今金刚身。"

下午，园园出发去找傅教授。距离上次见傅教授已过去好几天，她本来是想等傅教授休养好了再去找他，后来反倒是傅教授打她电话，说他已出院回家养身体，关于专栏的选题可以随时去他家中找他讨论、敲定。

再次来到孚信新苑傅教授家，园园敲了门，来开门的却是沈渝。进屋后，她发现客厅里还有两个不认识的人，正在跟傅教授讨论着什么。傅家声见到她，热情地招呼她过去坐。

他们应该都是傅教授的学生吧。园园心里想着，面上一一跟他们打了招呼。

"那就先到这儿吧。你们回去再修改下，完了给我发邮件。"傅家声结束了这边的指导工作，转头对园园说，"先坐会儿，喝口水。"

园园绽开了笑容，道："没事，我不急。您先忙。"

这时候，沈渝坐到了园园边上，朝她偷偷地眨了眨眼，悄悄说："又是傅老师和师母的二人时间了。"

师母？园园心中疑惑。她抬头看去，只见傅家声从一个案台上取了三支香，对着墙拜了一下，而后插在了香炉里。

"那是师母的遗像。"沈渝轻声说，"有时候真羡慕师母……"

园园稍稍探出头，上次她来，倒是没注意到那边墙上还挂着一张黑白照片。照片里的女人很年轻，大概三十几岁的样子，慈眉善目，带着柔和的笑容。

"傅老师跟师母的故事在我们学校可是佳话。师母生前是京剧票友，而傅老师为了追求师母，就去学了琴。师母去世后，傅老师无论多忙，都会抽出时间到师母的坟前，拉上一段给师母听。"边上一个学生也凑过来，跟园园八卦说，"最近傅老师的脚不方便，所以就在家里拉了。"

园园听得不由感动，又见傅家声从墙上取下一把京胡，安然坐在了边上的一把椅子上开始定弦。霎时，沙甜的琴音就从他的指尖悠然滑出。园园听着听着，仿佛回到了童年。那时候，她爸爸还在，爸爸和妈妈一起在古镇上租了幢二层小楼开小旅馆。有一回，小旅馆里住进了一个附近县的京剧团。因为送戏下乡，他们在她家的旅馆整整住了一个月。那个京剧团小，只有一个琴师，是个二十几岁的大姐姐。园园记得，她拉的琴特别好听，有种老唱片的味道。于是她一有空就去找琴师姐姐，听她讲了很多关于京剧、关于胡琴的故事。用妈妈的话说，她差一点就以为自家闺女要跟着这京剧团走了。事实上，她真的偷偷问过爸爸，可不可以让她跟着琴师姐姐学琴……

"你怎么听那么认真啊？"沈渝拍了园园一下，瞬间把她从回忆里拉了出来。

"因为好听啊。"园园发自内心地赞叹。

"你觉得好听？是不是真的啊？我觉得胡琴的声音实在是太刺耳了，吵得人头疼。"

边上另一个学生听到了，轻声说："小心老师扁你。"

"师兄，你少拿老师吓唬我。反正我们都不是知音，这个老师早就从无奈到接受了。"沈渝不以为意。

这时候，琴声摇曳着停了下来。傅家声看着墙上妻子的笑容，也露出了微笑。

"好。"园园不禁鼓了两下掌。

傅家声提着胡琴起身，对着园园感慨道："多少年没人给我'好'了。"

因为前一次的相处，园园也大概了解了傅家声的脾气。于是并不打算安慰，反而调侃说："可是，您当着我们大家，这么深情地与夫人傍妆台，这是要嫉妒死我们啊。"

"小姑娘，你居然知道这是《傍妆台》？"傅家声一听，两眼都快放光了。

园园不好意思地点点头。

"傅老师，您总算是遇到知音了。"沈渝笑着说。

"可不是，哪像你们，一个个的，都去玩西洋乐，什么钢琴、小提琴，把自个儿老祖宗的东西都丢了。"傅家声故意叹了口气，"不过总比我那儿子好，整个儿五音不全。"

"哈哈，傅老师您又编排大师兄。在您的宣传下，大概连我们古籍所的猫都知道大师兄五音不全了吧？"

刚说完，正巧傅北辰开门进来。结果，屋里所有的人一看到他，不约而同地笑了出来。沈渝捂着肚子，倒在了园园怀里。园园也抿嘴笑着。另外两个因为是男生，只好赶紧把笑憋了回去，脸涨得通红。

傅北辰看了一眼傅家声，已心知肚明，淡声说："你们慢慢笑，我就不打扰了。"走进自己房间前，他特别看了眼程园园。

沈渝看着他的背影，又回头看了看园园，涌出难以言喻的情绪。

一扇房门隔断了客厅的喧闹，傅北辰独自在书桌前坐下，从右边的抽屉里拿出了一个档案袋。打开，里头是一叠画稿。最上头的几张是一个古装女子的背影。

在沈渝和她两位师兄走后，傅家声跟园园只聊了半个多小时，便定下了十期专栏的选题，之后又"志同道合"地聊起了京剧。

"会拉琴吗？"

"不会。"园园笑着摇了摇头，"他们住的时间太短，我根本来不及学。"园园之前跟傅教授简单说了自己如何跟京剧结的缘。

园园正想着怎么跟傅教授道别，因为她想傅教授毕竟刚出院，不能聊太久，傅北辰从房里出来，打断了他们的对话，"爸，您不会又想收学生了吧？"

园园扭头看去，只见傅北辰已经换了一身衣服，看样子还要出去。

"还有事？"傅家声问儿子。

"嗯。晚上有个茶话会。"傅北辰说完便往玄关走去。

"晚上？"傅家声看了看钟，"那你这么早走？"

傅北辰拿起鞋柜上的车钥匙，看向园园。傅教授看看儿子，又看看身边已站起来的小姑娘，了然一笑，对园园说："好，那常来坐坐。我总算找到了一个知音。"

园园连声答应。

傅北辰等园园走到他身边后，对傅教授道："我今晚住自己那儿。您早点休息。"傅北辰怕回来得晚，打扰到父亲。

傅教授笑着点了点头，看着他们的背影被关上的门阻隔不见，他才兀自沉吟了句："北辰似乎对这个小姑娘有些不同啊。"傅教授已经被数不清的同事、亲戚问过儿子的婚事，但他却不忍心催问——每次回想起儿子本科时发生的那件事，那个叫赵珏的女生，傅教授便满是唏嘘和惋叹。而那件事以后，北辰则变得更内敛了。

园园跟着傅北辰下楼。因为是老房子，楼道里即便开着灯，也有些暗。

"谢谢你，傅北辰。"园园侧头说。结果一不小心，脚下踩空了一步，幸好边上的傅北辰接住了她，"小心。"

园园也条件反射地一把抓住了他的手臂。

傅北辰只觉得臂上一阵冰凉。而这冰凉丝丝地沁入他的皮肤，随着血液一路直抵心里，竟涌出了暖意。

等站稳后，园园有些难为情地松开手。

傅北辰也收回了手，说："你那声谢谢，是因为早料到我会'救'你吗？"

园园笑道："因为你，工作上我得了很多便利，还总搭你的便车，以及刚才没让我摔跤。滴水之恩，当涌泉相报。刚好我也搬了新住处，要不就感谢加乔迁饭一起请了吧？不知道傅北辰先生愿不愿意赏光呢？"

傅北辰嘴角带着笑，不介意她的"精打细算"，"搬哪儿了？"

园园乖乖答："红枫新村。"

"那，你打算什么时候请我？"

园园想了想，说："要不就明天吧，明天晚上，H大后门那家桂记老鸭煲，怎么样？"

"好。"

下楼后，傅北辰从裤袋里拿出一只扁平的木盒子，"上次说要给你的。"

园园犹豫了一下才接过，木盒不大，甚至有些陈旧，盒子盖上刻着一朵腊梅，"我能现在就打开看吗？"

"当然。"

此刻，两人正站在一棵老樟树下，夕阳西下，照过来一层暖暖的橙光，静幽幽地铺在他们身上。

盒子里放着一块形状不规则的瓷片，瓷片上没有具体的图案，但是上头的釉彩仿佛包罗了无数种颜色，玫瑰紫、海棠红、葱翠青……流光溢彩。且细看去，上头还有些冰裂纹的开片，简直美不胜收。

"这是什么？好漂亮。"园园忍不住惊叹。

"是宋钧官窑的碎瓷片。"

"汝、官、哥、定、钧的那个钧窑吗？"上回在资料中有看到。

"是。"

"那它应该很贵吧？"

"不会。它只是碎瓷。"

园园用手轻轻地抚上去，只觉得冰凉沁骨。

"你说，它原本该有多美啊！"

"小心手。这是原片，所以边缘还比较锐利。如果你想做项坠或者小饰物，可以找人打磨。"

园园将瓷片小心收回盒子里，看向傅北辰，"我会好好对它的。"

傅北辰微微笑了，"好。"

园园到家洗了澡，把傅北辰送她的钧瓷片拿出来又看了看，只觉得其中色彩万千变化。"烟光凌空星满天，夕阳紫翠忽成岚。"她不禁念出了这句诗。这句诗是古人赞叹钧瓷釉色之美的。只是她想，它再美也是碎了，不知道原来的它，会是怎样一件绝美的艺术品。

隔天，园园下班前就接到了傅北辰的电话，说要过来接她。

"现在是下班高峰期，堵车堵得很厉害，你别再绕路过来接我了。我坐地铁过去就行了，就两站路。说不定我还比你先到呢，因为地铁不堵车。"

傅北辰在电话那头笑了，"好，那你注意安全。"

桂记老鸭煲在H大后门那一系列针对学生的饭店中，算是比较高档的一家。一般H大学生的谢师宴和毕业散伙饭都会选在那里，平时去的学生比较少，都是周围的上班族。

最终果然是园园先到，不过傅北辰也很快就来了。园园已经找好了位子，一看到西装革履的傅北辰就招手。等人一坐下，她就双手端起菜单，往傅北辰手上一送，说："今天我请客，你随便点。"

傅北辰笑着接过，反问："真的点多少都可以？"

园园故意皱起眉头，哀求道："傅北辰，你不会是想吃穷我吧？我可是要多穷有多穷……今天请客，那是一咬牙一跺脚，存了寅吃卯粮的心啊！"

看着她演，听着她说，傅北辰笑意更深了。

而园园被傅北辰看着看着，突然就有点害羞了。

下一刻，两人都感觉到有目光投向他们。

程白是在医院里遇到的沈渝。两人的名字在H大经常被放在一起，都是校园里风云一时的新闻人物。

传闻中，沈渝的父母都是重庆高校的老师，不仅遗传给了女儿如花的美貌，还自小对她实行女子要独立自强的教育，以至于一路走来她无论美貌、成绩，还是能力，都笑傲同龄人。但在高考填志愿时，她却发生了人生中第一次重大乌龙事件——错拿了上一年填志愿的书！结果明明填了经济学的代码，最后却被物理系录取了。她不想复读，于是将就去学了物理。因为内心的抗拒，能窝在寝室睡觉就坚决不去上课。直到有一天，她逃课去图书馆找闲书，在一堆小说中间，夹杂了一本《周敦颐传》。她随手借了，拿回去却看入了迷。本以为是小说，想去找作者其他的书，结果却发现那个作者压根不是写小说的，而是一位大学者！沈渝从小到大没敬仰过什么人，这位傅家声教授却让她佩服得五体投地，以至于让她树立了一定要考傅教授研究生的目标。之后，她便开始了跨系蹭课、复习、备战考研。这让S大校园的怪象里又多了一条——物理系女神每天在中文系蹭课。

等沈渝考上了H大，在选导师时，由于傅家声从前一年开始只带博士了，因此并不在被选之列。而沈渝初生牛犊，直接表示非傅教授的研究生不做，场面一度十分尴尬。最后是傅家声看了她的成绩，亲自面试了一回，再跟学校沟通后，破例收了她。

经过这一场，刚入H大的沈渝立马就成了H大研究生院新生中数一数二的风云人物了。

程白有名气，则是早两年在学校里，有位家长气喘病发，他遇上救了那家长。当时刚好边上有人把这一幕拍了下来，还发了微博说："我们H大帅哥不仅人长得帅，心灵更美有没有！医学院的程白，公子小白有没有！"照片里的程白一身白衣黑裤，干净休闲的打扮确实让人惊鸿一瞥，过目难忘。如此这般，公子小白的名号就不胫而走了。

而程白跟沈渝认识，则是因为长袖善舞、广交善缘的汪洋。

沈渝见到程白就说："下班了程医生？一起吃顿饭？"

对点头之交的人，程白一向不愿太花心思。沈渝见程白有拒绝的意向，便又说："我今天来你们医院检查，结果出来很不乐观，你就不能请我吃顿饭，安慰我一下？好歹咱们也算是朋友一场。"

"绝症？"

"什么话。"沈渝哭笑不得，"我有颗牙补救不回来了，只能拔去装假牙了。"

程白见推托不了，只能问："去哪儿吃？"

"我挺想吃烧烤的，但我这口牙目前吃不了，去吃清淡养生点的吧？吃我们H大那边的桂记如何？"

"随便。"

程白没想到一进桂记就见到了程园园，以及傅北辰。

"大师兄？！"沈渝像发现新大陆似的，兴高采烈地拉着程白走到傅北辰他们桌前。

程白抽回手，朝着傅北辰点了下头。

傅北辰笑道："既然大家都认识，那就一起吧？我们换张大桌子。"

"不必麻烦了。"程白客气地打断。

"是啊，大师兄，你看这也没有大桌了。"沈渝嬉笑着说，"而且，我们可不做电灯泡。"说着，又冲着园园眨了眨眼。

傅北辰没有反驳，面上一如往常，从容不迫。

园园则看着眼前的沈渝和程白，心想，真是一对璧人啊。

当程白和沈渝在与他们隔了一桌的位子坐下时，园园还在愣愣地想着什么，而傅北辰也不开口。场面就这样静了一会儿，直到傅北辰轻叹了一声，说："程园园，在想什么？"

园园这才回过神来，笑着说："看着他们，我就想到金童玉女了。"

傅北辰微愣了一下，随即哑然失笑。随后，他要拿水杯，手却突然颤抖了下，水杯没拿稳，落到桌上，溅出了些水。傅北辰闭上了眼，眉头微拧。

"你怎么了？"园园紧张地问。

等傅北辰睁开眼，看向面前的人，表情才慢慢地舒缓下来。

"没事。"

这时候服务员端上来两盘菜。

"先吃吧。"傅北辰收回目光。

园园见他面色已如初，便点了下头，"哦。"

园园今天中午吃多了，现在还不是特别饿，而傅北辰胃口一向一般，好在他点的菜不多，结束时两人也算把桌上的菜吃了个七七八八。

因为园园晚上还要回家开夜工赶稿，傅北辰坚持为她叫了一份夜宵打包。走时他俩隔着位子跟程白和沈渝打了招呼，接着傅北辰去取车，而园园则拎着夜宵在门口等他。

餐厅附近车多，挪车很慢。

园园在等傅北辰的时候不经意见到不远处的墙边，有个乞丐坐在地上，正痴痴地望着来往行人。她低头看了看手里的夜宵，走了过去。

正当她落落大方地将夜宵交给乞丐时，她感觉到身边多了一个人。园园以为是傅北辰，便开口说："我把你替我点的夜宵送人了。"

"让让。"这冷淡的语气哪里会是傅北辰？

她叹了声，侧头看向程白，对于他这种态度有点不痛快，但还是不想多生是非，挪开了身子。程白把刚结账时收到的余钱都给了乞丐。

沈渝站在他们后面回想起刚才，程白刚埋完单，一见程园园走向乞丐他就马上追了出去。她看着程白站在程园园身后，以一种保护者的姿态。沈渝还是第一次看到这样的程白，淡泊寡情的人原来也有这样的一面。真稀奇。

她忽然想到什么，又回头看去，果不其然，傅北辰的车已经停在餐厅门口。他也正看着那边的两人，不动声色。

园园走回来经过沈渝时朝她笑了一下，沈渝回以一笑。之后园园朝傅北辰的车走去。

等她上了傅北辰的车离开后，沈渝看向身边的人，"原来你也'认识'程园园。"

程白看向沈渝，后者耸了下肩膀，说："她的杂志社在跟我导师合作专栏，我见过她两面。而我大师兄，其实是我导师的儿子。"

程白自然清楚，不想多说什么，看了眼不远处的H大后门，问："要我送你进校吗？"

沈渝摇头，亦真亦假道："不用了，我看你也不怎么情愿的样子。"

程白对沈美女的直白不予置评："那好，再联系。"

沈渝走前，看着还站在那儿的程白，又望了一眼已经开远的车子。她今天是知道傅北辰在桂记吃晚饭的，是她之前打电话询问老师问题的时候，无意中得知的。但傅北辰约了谁，她不清楚。在医院里遇到程白，脑子一转，就拉了他到了这儿，然后就看到了程园园。说真的，见到程园园她不怎么意外，让她意外的是，程白跟程园园的关系。不像情侣，却又看起来极其熟悉彼此。

沈渝边走边沉吟："该不会是兄妹吧？都姓程。"

园园坐在车上，她想到小时候，自己叫程白哥哥那会儿，她觉得自己挺傻的。人家明显一副爱理不理的样子，她还偏偏就看不明白，还一天到晚地围着人家打转，变着法地想去亲近他。

这时，车刚好驶过市图书馆。园园转头看去，入口处是一条很宽的林荫道，两边都是银杏，一直延伸到里头的主体建筑。园园微一愣怔，下意识抬手摸了下后颈，她颈上的伤疤，便是在这里留的——

那天是周六还是周日，她忘记了，只记得，自己跟着程白去市图书馆看书。出来时，天色已有点暗了。两人原本是并肩走的，但在经过这条弄堂时，她的鞋带散了，她便蹲下身去系。她抬头要叫他等等，却发现他已转身在等她，她刚要朝他笑，却突然看到有人抄着一根锈迹斑斑的铁棍，从小弄里跑出来向他砸过去。她想也没想就跳起来朝他扑了过去。

铁棍的表面很糙，刹那间她就感觉后颈一凉，一股钻心的剧痛袭来。他被她推开的那一刻，有人在后面凄厉地尖叫了一声，行凶的人慌忙逃了。

"你颈后的伤，是什么时候弄的？"

园园听到傅北辰的声音，她侧头看向他。他发现了啊？

"高一……"她高一，程白高三。

傅北辰沉默了一会儿，随后问："晚上你吃得不多，连夜宵也送出去了。路上再给你买点？"

"不用啦，回头饿了我可以自己煮夜宵的。"

"也好。"傅北辰想,外带回去的,放凉了也不好吃。

之后傅北辰的电话响了,是傅教授打来的,似乎是嘱咐他什么事,园园隐约听到什么"文章""姑妈"。等傅北辰挂了电话,看了眼正好奇地看着他的人,笑道:"傅教授让我记得去看我姑妈的文章。"

"你姑妈是作家吗?"

傅北辰云淡风轻地点了下头。

"哇,你们一家都这么厉害!"园园感叹,果然龙生龙,凤生凤啊。就不知道傅北辰的爷爷是干什么的,生的孩子都这么厉害,"网上能搜到你姑妈的文章吗?"

"不用搜,你打开你前面的储物格,里面就有。"

园园打开,果然看到了一本《轨迹》。"这不正是国内最高冷的纪实文学刊物嘛。"她拿出来翻看。

"被傅教授折页那篇就是。"

"烈嫛?"园园疑惑道,"你姑姑的笔名好奇怪呀。"

"那不是笔名,是真名。"

"真名?"园园又一次惊叹,"傅烈嫛?"

"不,我姑姑姓烈。"

园园闻言彻底愣住了,这似乎是问到了人家的私事,还是适时打住吧。

"咳咳。"园园清了清嗓子说,"烈这姓倒真是少见。我记得我只见到过一次。"

"哦?"

"我以前看到过一篇报道,我们本省前前前任省委书记——如果没记错的话,似乎就姓这个。其他就再没见过了。"

"嗯。"

"但是我记得,那个书记本人也不是姓烈的。好像是后改的,他原本是姓……姓什么来着？"那个字呼之欲出。

"傅。"

"啊？"

"我爷爷叫傅峥嵘。"

园园傻了两秒，才说："你家可真……"人才辈出啊。

"不过是各司其职，各负其责罢了。"他又仿佛知道她在想什么，接了这么一句话。

"……好吧。"

她望着身旁的人，其实她很早之前就想告诉傅北辰，他给她的感觉，就如同那种古代电视剧里的王侯将相，学养深厚，风雅蕴藉。

但不知怎么，有时，又无端地让她觉出一分孤独味道来。园园觉得应该是自己的错觉。因为傅北辰看起来什么都不缺。

第十章
葬礼

连着几天，天气都阴沉沉的，却一直没下雨。这天下班后，傅北辰开车去了厚德堂。

厚德堂是一间开在菁海延龄巷的中药堂，门脸很小，是那种旧式的黑漆双开木门，椒图门环暗暗的，长了些铜绿，很有年代感。但进了门，里面却别有洞天。

最前面是药堂，一排排的中药柜子整齐地列着，店里香气扑鼻。后面是看病的地方，定期有坐堂的医生。再后面是熬药的场所，而就在熬药房的边上，有一座独立的小院，店主何朴就住在里面。

何朴是傅北辰的发小，两家当年同住在夕照湖边的大院里。

"今天怎么有空来找我，傅大忙人？"何朴给傅北辰沏上茶后说。

傅北辰端起茶杯吹了一口茶。

"来替傅老太太看看你。"

"我一直觉得吧，你这人不太正常。"

傅北辰侧着脸看向他，"你总这样说，不烦吗？"

"说别人坏话怎么会嫌烦？"何朴一脸玩世不恭地说，"你丫从小就一本正经到令人发指的地步，开始我还以为你装深沉，故意跟在你后面，看你什么时候露马脚。"

傅北辰没有回，何朴便又贱兮兮地继续道："谁知道跟着跟着还跟出了感情。想我本来是齐天大圣的气性，愣是跟着你混成了四不像，还屁颠屁颠地想做郎中。你说，你是不是趁我不注意给我下了降头？"

傅北辰自然没理何朴的嬉皮话，抿了一口茶，缓缓道："当年老太太手上的那叠医案你倒真是看得比我用心。如今，你这厚德堂也算是做出了点名堂，挺好的。"

"难得几位老先生看得起，愿意教我，我就打算这辈子好好发扬中医事业了。"何朴半真半假地说，"怎么样，我觉得咱老太太在天上一定特感动。"

"的确，老太太没白疼你。今年冬至记得再去陪老人家聊聊天。"

"聊什么？哦，聊你何时娶媳妇吧，老太太一定感兴趣！"何朴乐得拍手。

"我也很感兴趣。"傅北辰低头看了眼杯中的茶叶，却让人看不到他眼中的情绪，"麻烦你好好问问她老人家。"

晚上园园又在赶稿子，突然桌上的手机响了，过去一看，是她妈妈打来的。她立即接起，"妈。"电话那头却传来了戴淑芬虚弱的声音，"园园，你奶奶过世了。"

"啊？"一瞬间，园园心里仿佛有千百种滋味翻腾起来。一直以来奶奶没有给过她半分亲情的温暖，相反，却是她与母亲过早分开的主要原因。没丝毫怨念是不可能的，可如今老人真的走了，她有说不出的怅然。

戴淑芬让她明天回家，可园园挂了电话后，越想越不放心，最后拿起包和手机就冲了出去。

园园一路跑到小区外面，背后已经渗出了一层汗。因为是老住宅区，路灯老旧昏暗，她站在路边焦急万分地等出租车。好不容易远远地有车光出现，她想也没想就跑出两步拦车。那是辆私家车，自然没有停，很快从她身边驶过，甚至差点撞到她。

下一秒园园就被人用力往后拉了一把！

惊魂未定的园园扭头看去，却看到一张熟悉的脸，"傅北辰？"

傅北辰从厚德堂出来后，就开车到了这里。他在车上坐了许久，最后闭了一会儿眼，等再睁开时就看到了她在前方的路边拦车。他有些意外，随即下了车朝她走去。因为前一刻看到她差点出事，他的脸色不太好，所以对她说话的语气首次带了点严厉："再急也不能这么拦车的。"

园园却突然用力抓住了他的手，"傅北辰，傅北辰！"

傅北辰刹那间恍了一下神。

"傅北辰，你送我回家好吗？现在，回我老家！"园园像抓着一根救命稻草一样，紧紧抓着他的手。

那张冒着细细汗珠的脸上充满了急切，傅北辰的心不由紧了紧，他暗暗深呼吸了下，便把她带到了车上。

他没问原因，那种表情必然是家里出了事。

她说她家在玉溪镇。

玉溪镇……这地方，他曾去过一次。

一路疾驰。园园下车就看到自家后院的门开着，一进院子更是见到有不少邻居挤在她家里。

一位大婶看到园园便急忙道："园园你回来了，你妈妈晕倒了。"

戴淑芬正歪在过厅的藤椅上，面色灰白。园园跑过去，连叫了几声，戴淑芬却一点反应都没有。

"让我看看。"傅北辰拉起她，那力道不轻不重，却充满了安抚味道。

他蹲下，探了探戴淑芬的鼻息，继而翻看了下眼皮，又把了下颈动脉。傅北辰的奶奶傅老太太是中医，他从小耳濡目染，也略懂医学知识。

"不能躺躺椅，得平躺。"傅北辰说完，就有人上来帮他一起把戴淑芬扶到了旁边的宽长凳上。傅北辰之后掐了戴淑芬的人中穴，嘴上又道，"园园，你去泡杯热茶或者糖水过来。热的就行。"

园园一听，连忙跑到厨房里去冲糖水。

戴淑芬果然没多久就悠悠醒转了，园园看了眼傅北辰，傅北辰微微点头，她便立即把碗里的糖水喂给了妈妈喝。

戴淑芬脑子清醒了些，当看清是女儿时，她惊讶道："你怎么回来了？"

园园红了眼睛。

之前跟园园说话的大婶开口说道："阿芬，你之前晕过去了。跟园园一起过来的年轻人，三两下就把你弄醒了。"那大婶说着看向傅北辰，"是园园男朋友吧？"

"不、不是。"园园有点窘迫地说。

傅北辰看了眼园园，随后跟戴淑芬说："阿姨，我是园园的朋友。我姓傅，傅北辰。"

"妈，今天是他送我回来的。"园园补充说。

戴淑芬朝傅北辰感谢道："有劳你了。"

傅北辰只是微微颔首。

之后大家也没再多说什么。毕竟今夜不是能轻松聊天的日子。

这晚，跟园园家有点亲戚关系的老辈，同戴淑芬一起为园园的奶奶换了寿衣，替老人守灵，其余人安慰了一阵戴淑芬也就回家了。

园园坐在妈妈边上，耳边是那几位老辈念佛的声音，偶尔谈几句家长里短，人生苦短。

园园听得头昏脑涨。

夜渐渐深了，戴淑芬让园园去休息，园园却摇头。她不想妈妈独自一人辛苦。

又熬了一阵，园园实在困得不行，起身走到院子里想打水洗下脸，却意外地望到锈迹斑驳的铁门外，那辆车子还停在那里。

她十分讶异，马上跑了过去。车窗摇下来，傅北辰的脸在只有点点亮光的黑暗里，有些模糊不清。

"傅北辰……"她发现自己喉咙有点哑，便干咳了两声，"你怎么还没走？"离先前她送他出来时，已过去几个钟头了。

"别太伤心。"他轻声安慰。

园园愣了下，"嗯……"

傅北辰又看了她一会儿，这次终于开动车子走了。

园园看着车子消失在黑沉沉的夜幕里，心里有一丝暖意涌上来。

园园最终守夜守得发起了低烧，她忘了自己是什么时候睡到床上的，甚至做了很多梦。

她梦到儿时爸爸骑着自行车，她坐在前面那条横杆上，在小弄间穿梭；梦到奶奶用筷子抽她的手心，说她没用；又梦到自己朝一道越走越远的年少背影喊着什么……

最终，她跌落进一片茫茫海水里，有人在水的上方，明明近在咫尺，她却始终看不清是谁。

等园园醒过来的时候，已是日上三竿，头依然有点晕乎。

楼下人声喧沸，她赶紧简单梳洗了一下，匆匆下了楼。院子里、客厅里已经摆上了酒桌，园园见在忙碌的妈妈脸色苍白，她心里很自责，明明是回来帮忙的，却反而成了累赘。她赶紧上去帮忙，"妈，你去休息一下吧。"

戴淑芬摇头，"休息过了，我没事。你呢？还好吗？"

"嗯。"

这时园园口袋里的手机就响了，她手忙脚乱地拿出来，结果一不小心竟给按掉了。

一看，竟是主编张越人的电话。她忘记跟单位领导请假了！

主编是衣食父母，可不能怠慢。因为周围很吵闹，园园便跑到院子外面回了电话。张越人严厉的声音从手机里传来："无故翘班，还拒接电话，你如果不想干了，也应该先把辞职报告递给我。由我批准以后，才能走。"

"我……"园园气结，一时竟然接不上话。

"我给你一分钟的时间陈述你的理由。"

园园的声音黯然，如实告知："我奶奶昨晚过世了，我现在在老家。对不起，我忘了跟您请假。"

电话那头一瞬间沉默了，正当园园以为电话信号断了时，张越人道："需要几天？"

"两天。您要的稿子我已经写了大半，我……"

张越人直接回复："处理好家事，回来补假。稿子回来再说。"末了又加了一句，"如果有困难，可以找我。"

"嗯，谢谢。"园园知道，世界上有一种人，面冷心热。张越人就是这种人。

午饭的时候，程家在玉溪镇最有头有脸的人程建林到了。程建林是上一届玉溪镇的镇委书记，玉溪镇的开发，他算得上是头位功臣。

戴淑芬很郑重地接待了他，把他迎到屋里坐，喊了园园，让她泡杯茶过来。有人找戴淑芬问事，她便走开了。没一会儿园园端着茶过来，叫了声："建林叔公。"

　　程建林看着园园问："你是……园园？"

　　"嗯。"

　　"都长这么大了啊。"程建林退休后很少出门，加上园园一直在外地上学。他上一回见到园园，还是在她父亲的葬礼上。没想到这孩子竟还记得他。

　　"叔公身体可好？"

　　"嗯，好。"

　　闲聊之间，程建林得知园园已经毕业，便问起了她的工作。园园说自己在一家杂志社工作，还说到这份工作是程胜华介绍的。按辈分，程胜华是程建林的侄子辈。程建林提起程胜华，倒是一脸的荣耀。当年程白的太公程谦是公主村出去的，程谦医术精湛，在清末曾入宫做过御医。在任御医期间，还得过光绪帝钦赐的"功同良相"匾额一块。所谓"不为良相，当为良医"，光绪帝的这块御赐金匾，使得程胜华家在文人辈出的玉溪镇也算是一枝独秀。

　　而园园对于自己五百年前跟程白也算是一家这点，以前是沾沾自喜，现在是感慨良多。

　　"听说胜华的儿子现在也做了医生？"

　　"嗯。不过他学的是西医。"

　　程建林上了年纪，一聊起来就停不下来。园园开始也随着他聊，说着说着她突然想起了一件事。

　　"叔公，我家以前有个祖传的瓷瓶，它后来不见了，这事您知道吧？"

　　"自然知道。"

　　"我奶奶说，是因为我是女孩子，没法延续程家的香火，使得祖先留下来的宝贝没有办法再传下去，所以祖先把它收回去了……"园园说着，看向程建林，"您也这么认为吗？"

　　"丫头，你读了这么多年书，这样的问题，还用得着问我吗？"程建林语气慈祥道，"多半是被人给偷了去，怎么说，它也算是宋朝的古董。虽然不见了很可惜，但也不能因为这样，就把责任归在你这个小丫头身上。你奶奶是犯糊涂了。"

听程建林这么说，园园只觉心里一松，又问："建林叔公，那您知道，这个瓷瓶，它有什么特别之处吗？"如果没点翻空出奇的寓意，也不会被当成传家宝世代供着吧，以至于在她出生没多久失踪后，奶奶那样耿耿于怀。

"我对瓷器也不了解，据说它是个玉壶春瓶……"程建林想了想说，"好像是有祖训，瓶子由你们家这一支保管。"

"哦，祖训啊，都没听说过……"

"这些陈年旧事，今朝知道的人不多了，我也是听我的太公讲的。"

园园还想问，这时戴淑芬走了过来，她看到园园和程建林在聊天，先是一愣，而后便说了园园一句："小孩子不懂事，别烦你叔公。"

程建林倒是不以为意，对戴淑芬说："我挺喜欢园园的，我们聊得也很开心。你不要说她。"

戴淑芬看程建林确实没有不耐烦，点了下头，对程建林恭敬道："建林叔，丧事结束后，我想去庙里，在地藏殿立个往生功德牌位给妈。"

"嗯，挺好的。"程建林颔首，"镇上的崇福寺不错。你妈生前总去，老方丈也认得她，一切都方便。"

这天下午，程胜华也过来了，帮忙做了不少常规的葬礼事宜。

而这天夜幕降临的时候，园园觉得自己可能在火葬场那边吹了半天冷气，然后出来又是九蒸三熯，加上昨晚没睡好，一番折腾下来，本只是有点头痛，现在却喉咙也痛，鼻子也塞。屋里、院子里人多，都在吃饭抽烟喝酒，闷得她都有些喘不过气，便走到房子外面的弄堂里，远处的山顶上就是那座寺庙，在朦胧月色下只能看到一点。园园忍不住靠着墙想，菩萨，我怎么就觉得你一点都不仁慈呢？

她迷迷糊糊地闭上了眼，隐约感觉脑袋靠到了一片温热。

"你来了……"园园那刻心里还在恍惚地想菩萨呢。

"你怎么可以这么不仁慈？"她以为自己不会为奶奶流泪的。但当她看到奶奶被火化成灰时，还是哭了。

站在她身前的高挑身影没有动。

程白今天有手术要跟，请不出假。等到下班才过来。刚下车，就看到了她。

她呼出的气息有些烫，他摸了下她的额头，都是虚汗。

"你感冒了。"

园园终于睁开眼，挺直了身体，看着面前的人，在昏暗的光线中艰难地辨认，"程白？"

"嗯。"程白应了声。

园园笑了，她摇了摇头，脑子里嗡嗡作响，她说："我以前是不是特别喜欢跟着你？"

"难为你了……"

"那时候，爸爸走了，奶奶不理我，妈妈要照顾奶奶……你就当我、当我太寂寞了吧。"

她与他，是青梅竹马，却不是两小无猜。

程白站着没动。园园虚浮无力地走向屋里，他听到她喃喃说了一句："我怎么会以为他是菩萨呢。"

两天过后，送葬的人渐渐散去。

一切尘埃落定，这天傍晚，戴淑芬和园园去了崇福寺。崇福寺是一座始建于明代的庙宇，在历史上几经损毁，又几经重修，到了现在依旧香火绵延。戴淑芬事先已经联系过，所以直接进到寺里说明来意，便有小沙弥喊了知客师出来接待。

走出来的和尚身量高大，身着一袭褐色的宽大僧袍，眉目舒朗，双眸中带着一抹细不可寻的微笑，向着她们双手合十。

好年轻！园园心想。但园园又觉得，这位大师很面善，但她想，应该、不可能是她认识的那位吧？

"不认识我了？程园园，我是姜小齐。不过，现在法号净善。"知客师不紧不慢地说。

园园愣在当场，这位光头大师真是自己的小学同学啊……

戴淑芬也很意外道："你是小齐？"戴淑芬记起来这是女儿小时候的同学，到她家玩过几次。

"是的，阿姨。"

之后由姜小齐领着，在地藏殿，园园最后告别了奶奶。趁着戴淑芬跟着小沙弥去办理一些事宜，园园对着姜小齐扑哧一声就笑了出来。

"姜小齐，真的是你呀！"

"阿弥陀佛，如假包换。"

"对不起，我感冒了。"园园捂着嘴退开一步，又道，"我就记得小时候课上讲'我的志愿'。有人要当科学家，有人要当作家，有人要当画家，只有你，上去就说要做和尚，大家都笑趴了。没想到，我们长大都做了平凡的俗人，只有你，还真出家了。"

"靡不有初啊，嘿嘿。"

"以前没见你语文学多好，做了大和尚，居然还出口成章了。"园园被他逗乐了，又问，"做和尚感觉怎么样？"

"还行，最主要六根清净，没人烦我了。可惜不能吃肉很痛苦。"姜小齐调侃道。

要是边上还有不知情的人，听了也许会觉得这和尚有点不着调。只有园园知道，他的这句话里包含了多少辛酸。

姜小齐出生后不久，妈妈就过世了，他爸对他很凶，动不动就打骂。他上学穿的衣服多数是破了洞的。三年级的时候，园园和他成了同桌，好心的她偶尔会帮他把破了的衣服拿回去，让她妈妈补好，也常常拉他到自己家吃饭，因为上课的时候她常听到他肚子叫。

看着园园的表情由晴转阴，姜小齐赶紧扯开话题："怎么，如果我说感觉好，你也想来？"

园园面上笑了一下，心里还有点闷闷的，于是也就没有说话。

"我看你满面桃花的，还是别来了。"姜小齐说着，伸手一指西北的方向，道，"那儿有几间禅房，是留给大施主偶尔来住两天的。虽然我现在已经是个槛外人了，看在我俩青梅竹马的交情上，以后你要是有什么不开心的事，可以找我。我免费腾一间给你参禅。怎样，够义气吧？"

园园好笑地说："我大概有点知道，你为什么年纪轻轻就能混上知客师了。"

姜小齐赶紧伸出食指放到嘴前，嘘了声，道："万事心知就好，别点破嘛，哈哈。"之后他问园园，"你妈妈可能还要忙一阵，我带你走走？"

"阿弥陀佛，恭敬不如从命。"

园园想起自己小时候，经常被妈妈带到崇福庙里拜佛，求平安，求学习好。但长大后她就不太拜佛了，她觉得信佛，是想舍去些什么，而不是去求得什么。她把她的这种想法说给了姜小齐听。

姜小齐赞道："有点慧根。"

此时，园园的电话响了起来。她拿起一看，是傅北辰，赶紧接了。

"喂。"她的嗓子有些沙哑，但并不严重。

"感冒了？"傅北辰却马上就听出了不对。

"嗯……"

电话那头顿了顿，"是什么症状？"

"有点发烧，但又觉得冷，还一直流鼻涕……我鼻子有点鼻炎。"

"多注意休息。"

"嗯。"

两人又简单地聊了两句，等结束通话，园园才想回来，他这通电话，好像没说什么特别的事情，似乎只是打来关心她一下？

然后她听到姜小齐说："程园园施主，你笑得都快媲美弥勒了。"

园园心里其实还因为奶奶的离去有些伤感，但傅北辰的几句话，一时冲淡了她心中的怅惘。

第十一章

神秘的送药人

园园回到单位上班，找主编补假条。本来如果严格按照社里的规章，她这算是旷工的性质，要扣不少钱，年终也不能评优了。但等她拿到假条时，园园发现请假日期签的是她走的那天，她疑惑地看向主编。张越人说："之前我要的稿子一小时之内发到我邮箱里。"

园园差点就涕泪横流了，"好的！谢谢，谢谢主编！"她谢过了帮她请假作弊的主编大人，回到自己位子上，开始呕心沥血地赶稿。

王玥看着这一幕，摇头说："这孩子，太好收买了。"

园园一边擤鼻涕一边奋斗，中途王玥过来问："感冒了啊？要吃药吗？我那儿有。"园园摇头，"小小感冒不用吃药，吃药一周好，不吃药七天好。"她主要还是因为感冒导致鼻炎加重，鼻子难受。

"你这是谬论。小心严重起来变成肺炎。"王玥恐吓她。

正这时，有快递小哥在门口喊了一声："程园园，快递，签收一下。"

"咦？我没网购啊。"园园边奇怪边往门口走。等到她拿到东西拆开来一看，里面竟是几小袋煎好的中药，还有一张药单，上面写着服用方法以及注意事项。最后还有一条，是用手写的——适应证：发热恶寒，有汗不解，流清涕等。这字迹凝练端庄，气象雍容，在园园看来，差不多已经是书法家的水准了。再看药单的抬头，印着药堂的店号：厚德堂。

园园想，如今好多中药堂，都有安排帮忙快递的业务，倒也不奇怪。她感到奇怪的是，到底是谁知道她感冒，还给她送药呢？等她回到位子上，王玥也凑过来瞧了眼她手上的药，"不是你自己买的吗？"

"不是。可能是我叔叔吧，他做药材生意的，跟这种药馆应该挺熟悉。"园园想了半天，觉得只有可能是胜华叔叔。

"哦，那怪不得，毕竟现在感冒谁还吃中药呀，那么费事麻烦。不过吃中药比吃西药好，确实不伤身。你这长辈真不错！回头你帮我问问，减肥但不伤身体，吃什么药好？"

园园有点无奈道："如果有，应该已经风靡全球了。"

"呀！"王玥本来已经转身要走开，突然看到了什么，叫出了声。

园园被吓了一跳，"怎么了？"

"你家叔叔是有钱人吧？"王玥惊叹，"不对，也许还不止。这厚德堂的号，可不是光有钱就能挂上的。"

"什么意思？"园园拿起手边的药单，指着上面的店名问，"这药馆很有名？"

王玥点头说："之前出版局的某位领导肝出了点问题，据说托了好多关系才挂上这家的号，光挂号就花了好几千呢。"

园园听得咋舌，"这家是能生死人肉白骨吗？"

"具体我也不知道，总之看起来特别高大上的样子。不属于我等小民的知识范围。"王玥耸肩。

园园半信半疑地看了她一眼，"要真跟你说的一样，我倒忍不住了，要赶紧喝了试试。"她边说着，边拆了药包倒到杯子里泡上，皱眉一口气喝掉。

"味道怎么样？"王玥追问。

"不太好。"园园实话实说，"苦苦的，还带点麻辣……"

"良药苦口，你就等着痊愈吧。"王玥看到自己的领导从远处走来，拍了拍园园的脑袋，赶紧溜回了座位。

"程医生，程白。"

有人叫了两声，站在窗口的程白才回过神来，看到门外的汪洋。

"什么事？"

"大哥，吃饭了啊。"

程白看了眼墙上挂着的钟，快十二点了。他拿了手机站起身，双手插入白大褂的口袋里，走到门口说："你那儿还有西比灵吗？"

"有，怎么？头痛了？"

"有点。"他抬起一只手按了按颈后的天柱穴。

两人到食堂，买了饭菜坐下吃的时候，汪洋左右看了看，便挑眉说："程医生，你知道我们医院有多少美女中意你吗？"

程白正吃着盘里的炒青菜，拿筷子的手指纤细修长，可以想象他拿手术刀时的干净利落。

程白抬头看了汪洋一眼，意兴阑珊道："汪医生你也不差，何必来说我。"

汪洋摇头笑道："好了，不拿你开玩笑了。"继而说，"今天晚上，大美女沈渝过生日，她之前打我电话时，让我也叫下你，不用礼物，人到就行。你意下如何？"

程白本要张口就拒绝，但又一想，却说："等会儿过去的路上，给她买点水果。"

汪洋当即喷出饭来。

"程公子，你当你是去探望病人啊？"

程白见自己的盘里被喷到了几粒饭，当下放下筷子。他本身就有点洁癖，学医之后就更是讲究"卫生"了。

汪洋抹了把嘴道："不好意思，哥们儿再去给你买一份过来。"

"不用了。"程白拿出白大褂口袋里的手机，嘴上说，"没什么食欲，你吃吧。"

汪洋见他又在玩"逃出红房子"，不禁无语。在程公子眼里，医院里的美女们，俨然敌不过手机小游戏有魅力。

傍晚，汪洋搭程白的车去赴沈美女的饭局。

等到了目的地，汪洋一进包厢就看到有不少人已经到了。包厢很大，设施齐全，不光有饭桌，旁边还有麻将桌、小型KTV，真是将吃喝玩乐全都囊括其中。

"汪医生来了！"有人笑着朝汪洋招手。这人是沈渝的师兄王嘉元，跟汪洋吃过两次饭，一来一去已经混得很熟了。

"王兄，三日不见又刮目相看了，你这发型剃得够潮的啊。"汪洋跟那人插科打诨了一句，说完转头把一束香水百合递给沈渝，"鲜花送美人，祝你年年美如花。"

沈渝接过，满意道："谢谢！"

"不客气，程白付的钱，我选的。"

沈渝看到后一步进来的程白，笑得开心，"我今天面子足，把最难请的两位都请到了。"回头对站在后面，一身简单衣装，却依然风雅十足的傅北辰说，"大师兄，虽然今天喝茶不喝酒，但我们也必须玩得痛快。"

"不喝酒？"汪洋瞠目结舌，"那怎么痛快？"

王嘉元鄙视汪洋道："就你俗，不懂他们俊男美女的雅趣，还非要说出来。"

"雅趣？别吓我，难不成还要琴棋书画轮番来一场？"

沈渝看着他们，嫣然一笑，说："琴棋书画可不行，这么玩，大师兄肯定完胜啊，太没悬念了。"

她这么一说，所有人都看向傅北辰。傅北辰虽然平时不常和父亲的这些学生们说笑，但也是个开得起玩笑的人，于是笑着说道："古籍所里还有谁不知道我五音不全？你们要真玩琴棋书画，第一场我就得'惨败'。"

傅北辰的话引起了一片笑声。

沈渝笑不可抑，道："咱们先上座吃饭吧，吃完娱乐，大俗大雅都可以来。"

菜肴很快上来，一伙人边吃边聊。吃完饭，傅北辰本想告辞走人了，沈渝自然不同意，"大师兄，你不是还没结婚生子，还没有家庭责任吗？这么急着回去干吗？"其他人也连连附和。王嘉元硬是把傅北辰拉到了沙发上坐下。

傅北辰没办法，只能留下。

大家很快进入游戏状态。因为吃饭时留下很多空的饮料瓶子，于是就有人提议，就地取材，先来玩个转瓶子的游戏。这个游戏特别简单，把瓶子横放在桌上，由寿星转动瓶子，等瓶子停下来，瓶口对着谁，谁就输了。这样的玩法，输赢全凭运气。不过作为开场游戏，能很好地带动气氛。

第一轮，瓶口就不偏不倚地对上傅北辰。

沈渝摊手，说："不好意思了大师兄。愿玩服输。"

"小师妹，让大师兄跳脱衣舞吧，哈哈。"王嘉元提议。

傅北辰看了一眼王嘉元，威胁之意溢于言表。

"朝赏大师兄舞，夕死可矣。"另一位傅教授的学生阮峰跟王嘉元蛇鼠一窝。

"好了，你们别闹了。我可没那么缺德。"沈渝和声和气地说，随即狡黠一笑，"大师兄，你现在只需要拿出手机，随便跟谁，发一条短信，内容是：你是我心里最灿烂的一抹光。"

听完这话众人都笑了，王嘉元顺势取笑沈渝说："小师妹啊，这么肉麻的话，你到底是怎么想出来的啊？估计大师兄从没讲过这样的话吧？"

傅北辰手略微一顿，虽然觉得这种惩罚挺幼稚，但也不想扫兴。他低头打了字，当干净的拇指在按下"发送"键时，他还是犹豫了一下。

信息最终发出。

园园洗完澡出来，就听到手机震动了一下。她拿起手机就看到了一条新短信：你是我心里最灿烂的一抹光。

园园愣了下，当她看到发件人，差点将手机给摔了。

她靠近手机屏幕又看了一遍，确定自己没看错后，她呆呆地咕哝道："什么情况呀……"

没一会儿，傅北辰又发来一条：抱歉，跟人玩游戏输了。

园园明白了，大概是类似真心话大冒险那种游戏。

脸上的温度这才降了下去。

"大师兄，你给谁发了？对方有回吗？我瞧瞧。"王嘉元凑过来。

傅北辰却将手机放回了衣袋里，说："抱歉，不提供后续娱乐。"

傅北辰虽说话好说话，但有时又有种不容人冒犯的"威严"，王嘉元笑笑，退了回去。

大家又玩了一会儿，各有人输，运气最好的当属程白，一次都没被转到。而当傅北辰第二次被瓶口对准的时候，沈渝说："大师兄，这次，我能问你点真心话吗？"

　　傅北辰无可奈何道："我尽量据实以告。"这时候，大家都安静下来，等着沈渝提问。王嘉元拉着阮峰偷偷咬耳朵："平时见小师妹对大师兄挺有好感的，她不会是想问，你爱不爱我之类的吧？"

　　阮峰刚想回答，就听沈渝一字一句地问："大师兄，你会为爱自杀吗？"

　　沈渝的声音不大，却掷地有声地敲打着傅北辰的心。

　　为爱自杀……他只觉得自己的脑中某一根弦，铮的一声，断了。

　　傅北辰看着沈渝，一眨不眨地盯着她，许久没有出声。

　　"这问题很难吗？"汪洋奇怪地看向傅北辰，"明显沈美女对帅哥手下留情了啊。"

　　王嘉元同意："大师兄长得帅，就是占便宜！"

　　沈渝却全然没有理会旁人，只是直勾勾地看着傅北辰，继续追问："大师兄，你会吗？"

　　"不会。"傅北辰收了表情，平淡地回答。随后，他却站起身，对全场人道，"对不起，前两天出差在外，一直睡眠不足，身体不太舒服。我先走了。你们好好玩。"

　　说罢，他跟沈渝点头示意了一下，就离开了。沈渝看着他的背影，表情隐晦不明。而程白一直坐在角落，静静看着，全程没有说一句话。

从沈渝的生日会上提早出来，傅北辰没有回家，而是去了自己的公寓。他的公寓不大，装修也简单，质朴无华。傅北辰对物质生活一向没有过多的追求，从来是温饱即安。而平时多数时候，他都住在父亲那快被书籍淹没的屋子里，这边的公寓包给了一位保洁阿姨，每周清扫一次。所以偶尔他过来住的时候，公寓里也是干干净净的。

开门进屋，傅北辰没有开灯，一路走到沙发边坐下。黑暗里，他有些疲惫地叹了一声。刚才沈渝或有意或无意的提问，触动了他心底那封缄已久之地。此刻，他的眼前不停闪过那一袭白裙，惊涛阵阵，山石磊磊，以及那一纵入水时决绝的眉眼。

从包里摸出了一小瓶安定，傅北辰熟练地倒出两粒，用水吞服。他没有骗人，最近连着几日，又是梦境不断。这个梦，他已十分熟悉。二十多年来，即使每次梦到的不尽相同，但他明白，这些情节加起来是同一个故事。他想过找心理医生，但终究觉得事情过于荒诞而没有向任何人吐露。安定是他经过长期实践找到的唯一可以让他放松入眠的方法。虽然睡醒后，头总会有些昏沉，但总好过被支离破碎的梦魇纠缠一整夜。

他曾试想过，赵珏是否与这个梦有关联？因为她在海边对他说的最后一段话，正是他梦中瓶上的《秋风词》："入我相思门，知我相思苦，长相思兮长相忆，短相思兮无穷极，早知如此绊人心，何如当初莫相识。"她纵身入海，那满目的惊涛与梦中的烈焰是如此相似地动人心魄。

而如今，他已能确定梦跟赵珏无关……

对于赵珏，他一直有种"我不杀伯仁，伯仁却因我而死"的内疚。但心底另一种更深层的情愫，他越来越清楚，不是因为她。他一直说不清那是一种怎样的情感，直到那天回家，他父亲的音响里传来了《长生殿·哭像》中的一段唐明皇哭贵妃的唱词：我当时若肯将身去抵挡，未必他直犯君王，纵然犯了又何妨？泉台上倒博得永成双。我如今独自虽无恙，问余生有甚风光？只落得泪万行，愁千状，人间天上，此恨怎能偿！

他那刻站在客厅里，完全迈不开脚步，五脏六腑仿佛都被这唱词影响，产生了共振一般，心口紧紧拧着。

这种感觉，跟他对梦中人的，是何等相似。

是悔恨，是不舍，是思念……

他越来越相信，那是自己前世的记忆。他不得不信。

傅北辰按了按涨痛不已的太阳穴，打算去洗漱下，然后依靠药效去试着入睡时，电话响了，他拿起放在包边的手机，是他父亲的来电。

"爸？"

"嗯……不是去沈渝生日会了吗，周围怎么这么安静？"傅教授的声音中气十足。

傅北辰强打起精神回道："有些累，就提早走了。我今晚在自己公寓这边睡了。您有事儿？"

傅教授说：“倒也不是什么大事。上次《传承》那个小编辑程园园，你还记得吗？”

听到程园园，傅北辰神思清醒了大半，“她怎么了？”

“你紧张什么。”傅教授呵呵一笑，道，“我刚给她打电话，可小姑娘关机了。她约的稿子第一期我写好了，不如你明天帮我给她送过去吧。你有车，来去也方便。”傅教授写稿，从来都是手写的。

傅北辰想到自己正好也有点事要去她的单位，便道：“好，我明天一早过来拿。”

谁知这一夜，安定只是让他快速地入眠，却没能阻止梦境的侵扰——他觉得自己一直低着头，跪在一个很大很暗也很冷的地方，而他的头顶一直有一道目光。

他慢慢地抬起头，却看不清那人的脸，只觉得，他一直在笑。

“圣上手谕，故翰林学士承旨傅俊彦嫡孙傅元铮，忠孝有加，礼义兼备。三代尽忠效国，有家风传世，福泽荫及子孙。故铮文采不凡，武略出众，遂成栖凤之才……”这一道对于天下所有男人而言都是无上荣耀的婚旨，他只听得手脚冰凉。

花园中，有松有柏，其间还有初开的瑞香。

“六郎，你升官了？”一道娇俏的女声。

听到这道声音，他的心中先是一喜，又是一紧。

“嗯。”他闷声回答。

“怎么你一点都不开心？”女声安慰道，“我知道你一直以大父为榜样，可是大父做到翰林学士承旨之职的时候，已过天命之年。你还年轻嘛。”

“嗯。”他背过身去，连看她一眼的勇气都没有。

“爹爹说，等我们成亲的时候，我可以亲手为自己烧几窑瓷，作为嫁妆。我已经想好了，我要做一个……”

听到这里，他已泪如雨下。

园园一早起来，就发现手机没电了，到单位充上电开机，发现昨晚有两通来自傅教授的未接来电。园园暗叫一声糟糕，正要给傅教授回电话的时候，张越人进来了。他今天还是一身亚麻的短衫长裤，一向颓废的造型没变，只是眉宇间的沧桑感更甚了些。园园看着他，等他走近的时候，她站起身准备打招呼，张越人却只是微微地向她点了点头，便径直走向自己的办公室。

园园不由暗想，主编大人这是怎么了，如此落寞？手边的座机突然响了。

是前台的电话，说有位姓傅的先生找她。

傅？园园脑子一转，呀，昨天没接到傅教授的电话，难道是老人家今天亲自送来了？

"麻烦你告诉傅先生，我马上下去接他！"园园挂了电话，飞一般地冲向了电梯。

看到傅北辰的时候，她惊讶地张大了嘴，"是你啊。"

"你似乎很失望。"傅北辰望着她，淡淡笑了。

"我以为是傅教授来送稿子，那我这罪过可就大了。不过，你来，我同样罪孽深重啊。"看着他的笑，园园忽然想到了昨晚那条短信，虽然是游戏，但还是让她有些心跳加速。

"那请我上去喝杯茶赎罪？"

园园收敛心神回道："请喝茶当然是可以。可是，我怕主编看到你，然后知道了你是来给我送稿子的，搞不好一怒之下会把我给劈了。"怠慢作者，还累及作者家属，此家属还是鼎鼎有名的人物。

傅北辰认真地说："放心，我不会揭穿你。我有事要找你们主编。"

"真的？"园园心底自然十分信任他，但表面上还是故作疑惑地看着他，"你认识主编张越人？"

"不认识。"

园园一时无语，最后恭恭敬敬地请道："走吧，傅专家。不过事先说好了，我那儿可没有好茶。"

傅北辰跟在她后面。他突然间觉得，这些天心里黑压压的阴霾，似乎一下子都消散了。

到了办公桌前，园园火速收起傅北辰递过来的稿子，然后拿出茶叶。她不想用一次性茶杯给他泡茶，正巧之前买杯子时赠送了一个，还没用过，园园便去把杯子洗了，给傅北辰泡了茶。

傅北辰端起茶杯，往里看去，发现里头的材料真是不怎么样，大叶子、粗梗子，像是随便从草堆里抓了一把就拿来用了。但他还是很给面子地尝了一口。

看他皱了下眉，园园乐了，"跟你说了，我这儿没有好茶。不过，你可别小看这茶，净善大师说了，这是他自制的禅茶。"

"净善大师？"傅北辰疑惑道，"这是哪座宝刹的大师？没想到你还有佛缘，之前倒是小看你了。"

园园神秘地笑了，"净善大师可是位高僧，轻易不见人的。他说这禅茶可是他招待贵宾用的。我也才得了这么一小罐。我可听傅教授说过，你很会品茶。刚才那一口，你可品出了什么？"

傅北辰居然无言以对。他带着笑看着面前的女孩子，温声说："我道行不够，暂时还品不出什么门道。对了，感冒好了吗？"

"嗯，差不多啦。"

傅北辰端着茶杯站起来，"那就好。好了，我要去找你的主编谈事了。"他下意识想伸手碰一下她的头，随即克制住，已伸出的手落下，轻轻拍了拍她的肩，转身要走。

园园问：“咦？茶……”

傅北辰说：“这么好的茶，让我再品一会儿吧。”

园园笑出来，“好吧，你慢慢品。”

傅北辰到了张越人的办公室门口，礼貌地敲了三下。

“傅先生跟程园园很熟？”互相自我介绍之后，张越人看到坐在对面的傅北辰手里捧着的茶杯，问了一句。

“我们……算是亲戚吧。”傅北辰礼貌地一笑。

“哦？”

“关系已经很远了，说起来拗口，就恕我不介绍了。”傅北辰说着，从随身的包里拿出了一样用报纸裹着的物品。打开后，是一对非常精巧的瓷鸳鸯。这对鸳鸯身上的釉色变幻十分奇特，看起来活灵活现，栩栩如生。

“原来，高翎竟是托了傅先生您帮我修补这件瓷器。”张越人小心翼翼地接过瓷鸳鸯，细致地看了又看，继而赞叹道，“这样的‘鬼手’补瓷绝活，真的是百闻不如一见。”

“您满意就好。”傅北辰前两天去景德镇，高老板不知从哪里得知了他的行程，又来找他喝了小酒。不过依旧是一人品酒，一人品茶。傅北辰抿了一口茶，眉间不觉一皱：还是一口的粗茶梗子。然而却始终不嫌弃地将茶杯拿在手上。

“高翎还托我给您带句话。”

“请说。”

“他说，破镜难圆，就算这对鸳鸯补得再完美，也不过是自欺欺人。”

张越人沉默半晌，傅北辰也没有再插话。

“他告诉你我的事了？”

“有，也没有。”傅北辰斟酌了一下，“你们是老同学，你知道的，他酒品不好。"

张越人闻言，苦笑了声，"我明白了。"继而又感慨了句，"有时候，我真的挺羡慕高翎，不结婚，没牵念，也就没那么多烦心事。但有时候又觉得，一辈子不痛一把，也蛮遗憾的。"

对此，傅北辰不置可否，他只说："人各有所求。"

"也是。"

园园这边，在傅北辰进了张越人办公室之后，身边就围过来不少人，纷纷探询那是何方神圣。风采高雅，一看就不是凡胎。

园园说："傅北辰啊。"

众人沉吟了一会儿，道："好名字！"

园园心说，看来不是她孤陋寡闻了——除非是真喜欢陶瓷的人，其他圈子里的人对傅北辰还是生疏的。果然是隔行如隔山，即使他美如画。

"想什么呢？笑得那么贼！"有同事问园园。

"想到好玩的了。"园园笑了一声，又说，"话说大侠们，你们都围在我这儿干吗？领导过来看到了，要说我扰乱公共秩序了。"

有女同事笑说："扰乱公共秩序的不是你，是里面那位帅哥好吧。"

另一位女同事问："园园，你跟他什么关系啊？"

园园任凭他们百般追问，只是笑呵呵地打着太极。直到她终于快抵挡不住时，张越人办公室的门打开了。

张越人要送傅北辰下楼，互相推谢一阵，傅北辰拗不过，他看了一眼被多人围着的程园园，道："张主编您忙吧，实在要送，那就让程园园送我好了。"

张越人点头说："那也行。"

园园得了主编的吩咐，送傅北辰下楼。园园能感受到同事们的目光一直目送着他们，直到他们走出办公室，拐弯不见。

园园刚要去按电梯按钮，傅北辰这次却说："走楼梯吧。"

她愣了下，"哦。"

两人并排走下楼，园园说："傅北辰，刚有好多人跟我表示对你很好奇，而等会儿我上去之后，他们绝对会再接再厉盘问我关于你的信息。"

"嗯。你不会出卖我吧？"

"有好处的话，为什么不？除非……"

傅北辰看向她，园园这才不再装模作样，一派忠心耿耿道："我一定威武不屈，富贵不淫。不过，我已经把你名字给透露出去了。他们说你的名字好听。"

傅北辰失笑，看着她轻声说了句："谢谢。"

园园不明白，谢她？为什么要谢她？不是一直都是她在劳烦他吗？也许他是谢她送他下来吧。

于是园园道："小事一桩，不足挂齿。"

傅北辰却笑笑，没有再说话。

等两人走到大楼门口，傅北辰站定，他抬起手，终于轻轻地去碰了下园园脸颊边的头发。傅北辰落落大方，碰触也是点到即止，所以园园并没有觉得突兀。然后她听到傅北辰问她："我有一位故友准备了好些年，筹办了一场瓷器和瓷板画的展览。今晚开幕，邀我参加。园园，你有兴趣一起去看看吗？"

"瓷板画？那是什么？"园园新奇道。

"听别人说不如亲自去看，更了然通透。"傅北辰停了下，又加了一句，"一般这种开幕展上，会有很多好吃的，比如很漂亮的手工点心。"

园园马上就被勾起了兴趣。

傅北辰柔声道："那下班后我来接你？"

"好！"

下班的时候，汪洋过来找程白说："程医生，我心爱的单车掉链子了，今天要劳烦你送我和我的单车一程了。"

程白嗯了声，表示知道了。他脱下白大褂挂起来，然后解开白衬衫的袖口，微微卷起一些，先左后右，慢条斯理。汪洋看着不免摇头，怪不得那么多小医生、小护士中意他。

因为要送汪医生去车行，程白走了往日不走的中山路，因为是市中心的主干道，下班时间堵车堵得厉害。在经过一幢大楼的时候，程白看到了她，确切地说，是他们。

透过车窗玻璃望过去，面对面站立的两个人正说着话。她今天穿着深蓝色的连衣裙，头发披散着，风吹过，有几缕发丝轻轻地飞扬起来，触到了他的手臂。她将头发撩到耳后，微微歪着头说了句什么，男人笑着点头。随后两人上了车。

程白面无表情地看着那辆车开动，驶入车流里。

第十三章

只是亲人

　　傅北辰和园园到达展馆的时候，天色已暗，但展馆内外灯火通明，门口还整齐地摆着两排大花篮。

　　傅北辰带着园园往里走，一进门就有人跟他打招呼，并要引他去嘉宾席签到。他谦虚地婉拒了，表示自己还算不上嘉宾，又客气地与那人握手寒暄，顺便介绍了园园。

　　那人看着园园，似乎很惊讶，但也没有表现得太唐突，只是伸出手说："你好，程编辑。欢迎指导。"

　　"不敢不敢，这方面我一点也不懂的，就是想来学习学习。"园园受宠若惊，赶紧伸手去握。

　　一路走去，总有人过来跟傅北辰打招呼，似乎都很熟识。园园本想就在不近不远处站着看，可是傅北辰仿佛是把她当成了小孩子，生怕丢了，只要她稍微离得远些，他的目光就寻过来。后来不知道什么时候，他的手干脆隔了一点点距离，揽住了她的腰身。

　　等园园后知后觉，窘得脖子都红透了。可看看傅北辰，依然是自然坦荡，仿佛理所当然。看周围那些耐人寻味的眼神，她实在不想破坏傅北辰的"名声"，想偷偷地往前走一步。

她的小动作立马就被傅北辰察觉了，他看了她一眼，说："你确定要站这儿细看？"

园园顺着他的眼光看过去，发现自己正停在了一幅春宫图前，顿时傻眼了。

"你不看了的话，我们就去前面吃点东西。"傅北辰看她的样子，便不再逗她，直接领着她到了最里面的宾客休息处。

展览结束后，傅北辰送她回住处，园园下车前，他说："好好休息。晚安。"

"嗯。你也是！"

傅北辰开车离开的时候，望着后视镜里的人，他想，他今晚定然能睡通好觉。

隔天早上，园园一到办公室，就看到同事们在扎堆讨论事情，表情十分沉重。有人看到园园进来，便朝她说："园园，你看新闻了吗？今天凌晨S省地震了，说是有7.6级。具体伤亡人数好像还没有统计出来，但似乎很严重。"

地震？园园的心顿时揪了起来。

"我看看。"她赶紧打开自己的电脑，果然新闻里铺天盖地都是S省地震的消息。一篇篇灾后新闻让人心情沉重，"怎么会这样……"园园难受地喃喃着。

"我刚看新闻就看哭了，简直是太惨了。"有女同事红着眼睛说。

而地震发生后的第二天，园园就接到了程胜华的电话，得知程白参加了医院的救助医疗队，就在这一天，出发去了灾区。

程胜华打来电话，一是为了说程白的事，二是关心园园，如果她的单位要派人去灾区做报道，他希望她不要去。毕竟是女孩子，而她妈妈也会担心。

园园只记得自己说了她是做文化类刊物的，不会报道地震这种时事。随后她忍不住问："叔叔，那您……您怎么会答应让程白去呢？"

程胜华叹了声，"我跟你爸爸当年当兵时，都参加过地震的救援工作。那惨烈的场面我这辈子都不想再见，我当然是不同意程白去的。但他说，他已经二十五岁了，能为自己的行为负责了。唉……"程胜华的话里充满了担忧。

等挂断电话，园园脸上的表情还怔怔的，程白去灾区了？！

新闻中，S省大大小小的余震还在不断发生，前一刻刚播报，又发生了一次4.6级余震。

去灾区支援，这是政治任务，地震发生当天就下达到医院，任务名单上的人员也已由领导定好。而程白却是主动申请加入的。

这次任务的领队正巧就是郑立中，那天他对程白的主动请缨虽然赞赏，却也不得不问："你跟你家人商量过吗？"

"我和我爸说了。"

此刻的程白正跟随他的医疗小组走在雨里。四周都是铅灰色的，人仿佛是走在一个无穷无尽的废墟里。汪洋跟在程白的身后，对于老同学这次的举动，他颇为感慨。汪洋并不是第一时间申请加入抗震救灾的，因为他是家中独子，父母不会同意他去涉险。

但有时人的意念会战胜一切，汪洋记得，那时程白刚刚填完申请表格，他在厕所门口遇到了程白。

汪洋当时叫住了他，说："一直知道你不怕死，现在是更加佩服了。英雄！"

程白却只是说了句："学以致用罢了。"

汪洋望着程白的背影，"怎么和我这哥们儿一对比，我就觉得自己特不男人呢？"

之后，汪洋照样学样，也提交了申请，跟父母来了一出先斩后奏。

灾区环境比想象中恶劣得多，汪洋刚到的时候，还有些凌云壮志，但工作开展没多久，他就真切地体会到什么叫累到想放弃。汪洋现在有点后悔自己一时被程白刺激到。因为除了累，还会怕。而反观程白，他好像真的不懂什么叫怕。

地震后的一个多星期，园园每天看着电视和网络上不断增加的遇难和失踪者人数，心中无比难受。有时候，她也有种冲动，想要奔赴灾区献出自己的微薄之力。但冷静下来，她又明白，自己不具备救灾的技能，去了只会给救援工作增加负担。更何况，胜华叔叔也说了，她还要顾及妈妈。而这些天里，她给程白发过两条短信，一条是在得知他去灾区的那天晚上，她发的是：叔叔告诉我你去灾区救灾了。第二条是今天早上醒来时发的：你现在怎么样？而他都没有回复。

她想，不管他是手机没电了，还是灾区没信号，又或者是懒得理睬她，只要他别出事就好，因为那样胜华叔叔会很伤心。不过园园又想，那人一向身心都如铁石，势必不会有事。

这天是周末，但园园因为睡不着就早早起床了。天空难得澄澈如洗，她便去了城西的夕照湖风景区。夕照湖是菁海市著名的旅游景点，沿湖山林掩映，可谓风水极佳。因此在这附近，修建过不少名人居所及名寺宝刹。

顾名思义，夕照湖是赏夕阳的好去处，所以在清早，这里的人不多。园园独自一人走在湖边，眼前是粼粼波光，以及偶尔跃起的锦鲤，耳畔是声声莺啼，以及远处传来的晨钟声。眼见耳闻之下，只觉得处处都是生机，让她对这些日子看到的生离死别有种释然。

湖边的小道弯弯曲曲，走着走着，眼前便会有几条岔道，通往不同的地方。园园仗着自己中学时来过多次，对这一带不算陌生，想来不会轻易走丢，便漫不经心地顺路而行。渐渐地，身边没有了人，道路也越发幽深，尽头处似乎有楼屋高墙。园园以为到了某处名人故居，便想过去看看。到了尽头，确实有石砌的高墙大门，里面有不少建筑，风格看起来像是民国时期的。

这地方真不错，园园心下想着。正当她想要抬脚往里走时，突然有人挡在她面前。

"小姑娘，这里不好进的。"即使这突如其来的声音很和善，但是园园还是被吓了一跳。

原来这大门边上还站着位警卫员。警卫站岗站得笔直，如泥塑木雕一般，园园刚才一时被房子的魅力吸引，竟然没有发现他的存在。

园园不好意思地向他点头致歉，这名警卫没再说话，挺直身子继续站岗。园园暗忖，有警卫的话，这里会是什么地方呢？她四下张望，没有看到任何标示和牌子，又看了一眼恢复成木雕造型的警卫员，她不好意思再问，于是退了一步，转身打算往回走。

谁知一转身，她又被吓了一跳。

"傅……傅北辰。"

"你怎么在这儿？"傅北辰看到园园也很是意外。

"我、我只是随意转转。"园园还有些不可思议，"那你呢？"

傅北辰看了她好半晌才说："我是特意过来的。"说着他向墙内遥望了一眼，又简单陈述了一句，"我小时候住这里。"

"你小时候？"园园惊呆了，随后想起了他爷爷是谁。她呆呆地望着远处大树的枝丫间探出一点屋檐，回头看着傅北辰，说，"你可不就是传说中的高干子弟嘛。"

傅北辰轻笑道："只是一处居所罢了。"说完又补充了一句，"我也已经很久没有过来看看了。事实上，从我大二那年，从这儿搬离后，我就没有回来看过。"

"咦？为什么？"园园一只手抚上了路边的石栏，那种粗糙的触觉让人觉得有种特别的历史感。

傅北辰顺着石栏往下默数了几下，准确地找到了一根，那上头依稀可看出刻过字的痕迹。那些童年时候的往事，仿佛也随着这些痕迹的模糊而远去。

"因为老人们都不在了，而一起长大的年青一辈，也都各在一方。这里剩下的，只有回忆。"

园园笑道："那你今天是找回忆来的？"

"算是吧，还拍了些照片，打算回去挑几张发给我姑姑。"

"就是你那位作家姑姑吗？"

傅北辰微微点了下头，"我爷爷的忌辰快到了，有报社约她写回忆稿。前天她给我打了电话，说写着写着突然特别想回来看看。我今天算是替她走的这一趟。"说着看向园园，傅北辰莞尔，"没想到多年之后重游故地，就遇到了你。程园园，你信不信命？命中注定一些人总要一再地相遇，来证明——"

园园见他没再说下去，便追问："证明什么？"

傅北辰笑了笑，却没有回答，反而转了话题："你不是有位和尚朋友？佛家不是说，今生种种皆是前生因果？想来我们此生之前，也应该有点牵扯吧。"

园园輾然道："希望我前世没欠你的钱。那样的话，结果肯定不乐观了，因为这辈子我可穷了，八成还不上。"

"说不定，是我欠了你。"傅北辰轻声喃语了一句，园园并未听到，他又说，"一起吃午饭吧？这段时间我单位事太多，分身乏术。"最后那一句像是解释。

园园听了却摇头说："不行，我不能再欠你了。"

她说得一本正经，傅北辰听得忍不住笑了，"你忘了？我没请过你吃饭，反倒是你，请我吃过两次饭。"

"那是你义薄云天在先，我那不过是报效万一。"园园突然想到什么，说，"对了，上次你慷慨送我的钧瓷片，我决定把它做成项坠。连名字我都想好了，就叫它'涅槃'。"

"涅槃?"傅北辰听到这个词，不禁微微一震。

"对，它的色彩那么漂亮，就像凤凰浴火那般绝美。"园园全然没有发现傅北辰的神情变化，"可是，我不知道应该去哪里找人加工它。它这么美，我不想随便找个人，把它糟蹋了。"

在园园说的时候，傅北辰的脑海中便闪现出了刺目的大火，这场大火在他的梦里出现过多次。他深吸一口气，尽力将脑海里的画面抹去，道："我认识个珠宝设计师。她平时都是自己做手工首饰的，这件事，倒是可以拜托她。"

"……"

"怎么了?"

"果然，终究还是逃不过欠你的命。"

"那么，债多不愁，再跟我去吃顿饭吧?"

园园啼笑皆非，"傅北辰，我真是说不过你。"

傅北辰只笑着说："吃完饭，我送你回去，顺便取下钧瓷片。"

"好……"

园园还不了解傅北辰，所以不知道，这世上能让傅北辰执着的人和事，少之又少。

傍晚时分，天黑压压的，上面密密地排布着整齐的云带。程白来到S省的这两周，已经熟悉了这样的地震云。一小时之前，他们刚结束今天的救援工作，回到临时驻扎点，扒了几口饭，又突然接到命令，距离他们不远的一个乡镇有伤员急需救治，但具体位置和人数都不确定。带队的郑立中果断决定，立刻出发前往救人。他们进灾区以来，经历了三次较大的余震，医疗队里已有几位医护人员因此受了伤。这几天汪洋一直悬着心，每次出任务，他整个人都绷得很紧。但他怎么也没想到，就在这天，在他们刚到达救助地点没多久，意外终究是找上了门——他跟程白刚进入一幢民房，忽然地动了，瞬间尘灰四起，天旋地转的刹那，他心里只有两个字：完了。

等一阵晕眩钝痛感过去，汪洋睁开眼，周围一片漆黑，伸手不见五指。

"汪洋，汪洋你听得到吗？"

汪洋觉得自己半边身子都陷在了地里，隐约听到程白的声音，他艰难地开口："程白，我有点害怕。"

"你不是说，你特男人？"

"呵……"汪洋咳了一阵，然后说，"兄弟，我们这些天每天都披星戴月，争分夺秒地忙，难得能空下来，咱们聊聊天吧。"汪洋其实已经累得不行，因为不敢睡，只能勉力说着话。

"嗯。"

"我喜欢的姑娘前阵子结婚了。"

"节哀顺变。"

汪洋干笑了声，虚弱地说："程白，我突然想起来，有一回我们寝室跟你们寝室一起吃饭，是老莫交了女朋友，他请吃饭。结果那天你第一次喝醉酒，你说'我愿长久地陪着她，却说不出一声喜欢。这算是什么？'"

程白的声音在黑暗里显得有些空洞，"是吗？"

"然后老莫的女朋友说，那就是喜欢，就是爱了。"

程白没有接话。汪洋又说："以前我们不敢探你的八卦，加上问了你也肯定不会说。现在，都这样了……我能问她是谁吗？要知道，你从来没有过绯闻，所以，有句话怎么说的，物以稀为贵。"

过了很久，汪洋才听到程白疲倦却带着一丝缱绻的声音，"园园。她叫程园园。"

汪洋试着动了下身体，但完全动弹不得，又听到程白说："那人说错了，至少，在那时候，是错的。"

"谁错了？程白，你好像……比我更严重啊，你伤哪儿了？"汪洋等了一会儿，程白那边都没有回应，他不由心惊，"程白？"

"嗯……我还活着。"

这天临近下班的时候，园园接到了程胜华的电话。

等挂断电话，园园有些愣神。程白回来了，也受伤了。而且听胜华叔叔的语气，似乎伤得不轻。

园园之后跟主编请了一小时假，提早下班，奔去了医院。

H大附属医院住院部的大厅里，拉着一条横幅：欢迎救灾英雄凯旋。园园没多瞧，直接跑向电梯口，坐电梯上了八楼。这层是VIP的病房区，都是单人间。园园刚进病房区，就被小护士拦下了。

"对不起，请问你找哪位？"

"我找程白，他是你们医院的实习医生，我是他的……"

小护士听到程白的名字时，眼神明显波动了下。

而园园突然之间，发现自己都不知道该怎么说她跟程白的关系。

"他的妹妹。"她斟酌了一下，觉得这么说最合适。

"妹妹？"小护士不太相信的口气，因为从来没听说过程医生有妹妹。

这里是VIP病房，有人莽莽撞撞冲进来，护士必须问清楚的。如果是无关紧要的人，更甚者是有意闹事的人跑来，打扰到了病人休息，领导可是要问责的。

"我叫程园园。"园园看到自己胸前还挂着工作牌，她赶紧摘下牌子，扬起给护士看，"你看，我也姓程。"园园此刻突然无比庆幸自己跟程白是同姓。

小护士将信将疑地翻了下手上的本子，翻到了程胜华的号码，问："那你爸爸的电话是多少？"

爸爸？园园立刻反应过来是胜华叔叔，她赶紧把烂熟于心的号码报了出来。小护士这下终于相信了她，眉眼间多了几分谄媚，说："程医生就在806，右手边第三间，需要我带你过去吗？"

"不用了，谢谢。"园园婉拒，然后立即跑了过去。

打开806的门，园园发现这整间病房过于干净整洁了，除了茶几上放着几束花，以及仪器的运作声，简直一点生气都没有。

程白因为受伤比较严重，昨晚在灾区医院已经做了一些必要的处理，今天送回来之后，医院又为他做了一次手术。此时他的麻醉药效还没过，所以依然在昏睡中。房间里的窗帘是拉起来的，有一线阳光，透过两层的窗帘钻进来，照在了程白的额头上。

园园看到他额头上包着厚厚的纱布，看不出来伤得如何，但还是让人心里打突。

这时，程胜华走了进来。

"园园？"程胜华的声音有些沙哑。

园园转身，"叔叔。"她又看向程白，小心问道，"程白他怎么样？"

"全身多处擦伤，最严重的是左手和左腿，都骨折了。"程胜华的语气有些埋怨，但也有些自豪，"好在没有缺胳膊少腿，还是个囫囵人。这些伤，养一养，也就好了。年少气盛，是该让他吃些苦头。灾区是那么容易去的吗？"

园园听到没有任何不可挽回的伤害，终于在心里长长地舒了一口气。心想，总算回来了，不用再提心吊胆，担心胜华叔叔白发人送黑发人了。呸呸呸，童言无忌！

第十四章

谁的相思比海深

　　程白醒来的时候，没有一下子睁开眼睛。他先是深吸了一口气，觉得头有点涨涨的，仿佛头上罩了一口大钟，头顶的位置有些麻，脖子以下——他试着弯曲了下手指，右手没问题，左手……动不了。

　　"真是不凑巧，朱阿姨的小儿子要结婚，前天刚跟我请了一个星期的假，回去忙她儿子的婚事了。园园，那就麻烦你在这里帮我照顾程白。我回家收拾一下他换洗的衣服。"

　　是他父亲的声音。还有，程园园？她也在？

　　然后程白就听到了开门和关门的声音，想来是他父亲走了。

　　程白适时地睁开眼睛，把刚转过身来看他的园园吓了一跳。

　　"你醒了。"

　　程白眨了眨眼，没说话，又眨了眨眼。

　　"怎么了？眼睛不舒服吗？"园园走近，低声询问。

　　"咳。"程白清了清嗓子，"今天几号？"果然一开口，他就发现自己声音极其沙哑。

"二十二号。"

他原以为自己昏迷了很久，原来不足两天。可明明，像是睡了很久很久，久到他将自己二十多年的人生在睡梦里都细致地重过了一遍。

程白不说话，园园不知道说什么，便在那儿傻站了一会儿，直到他重新闭上眼睛，她才暗暗松了口气。

房间里又恢复了安静。园园坐到了后面的小沙发上，程白自然也没有再睡，他不过是太累，在闭目养神。没多久他又睁开了眼，望着床尾那边的人。过了半晌，他开口："程园园，你过来。"

园园第一时间抬起头，"干吗？"

"胳膊痒……"

"那我去叫护士。"她赶忙道。

眼看她身手矫健地准备离开，程白吃力地叫住她："回来。"

园园疑惑地转身。

"这种事需要叫护士？你来。"程白的声音很轻，字字句句都说得很慢。如果换点友好的言辞，配上这种语气，是会让人联想到柔情蜜语的。

"哦……"他脸色苍白，但那种自说自话又自傲的性子没变。基于他目前是抗灾英雄人物，园园打算先不跟他计较。

"右手臂外侧。"

程白搁在被子外面的右手手背上正插着针挂着点滴。比起打着石膏的左手，这只手臂倒还好，除了一点轻微的擦伤外，还是白白净净的样子。园园走过去，伸手就在那胳膊上抓了两把，结果程白那皮肤就跟水豆腐似的，立马就浮出了三道红痕。

园园赶紧收手，忐忑地看向程白。

"去把指甲剪干净。"程白阴着脸说。

对于那三道红痕，园园是有些过意不去，解释道："我平时都有剪，就是最近这段时间忙，才忘记剪了。再说，这里也没指甲钳啊……"

程白打断她："你这么牙尖嘴利，直接咬不就行了。"

园园惊呆了，愣愣地看着他，道："你脑袋没摔坏吧？你不是有洁癖的吗，程医生？"

"我有。你没有。"程白闭了闭眼，振作精神，让自己看起来不至于太病弱，"行了，拿点水给我喝。"

此时，门外正站了一票人，是副院长张德宇领衔的一行五人的慰问团。

"老杨啊。"张德宇转头看向程白所在科室的副主任杨毅，"不都说小程平时老成话少吗？这不是话还挺多的嘛！"

"跟家里人比较能说吧。"杨毅哈哈一笑，"刚小赵不是说，他妹妹在里面。"

之后，领导们敲门走了进去。

程胜华很快就回来了。在程胜华来前，园园和程白难得默契配合，得体地接待了几位医院领导。而这天园园刚回到住处，就接到了她妈妈的电话。

"园园，明天就是周六了。你回来吗？"

"妈，程白受伤了。朱阿姨也不在，我想就不回去了，留下来帮帮胜华叔叔。"

"什么？程白受伤了？"

园园这才想起来，妈妈并不知道程白去灾区的事。她没有说，胜华叔叔当然更不会说。

园园跟妈妈说了下。戴淑芬听完当即就说了她几句，责怪她这么大的事怎么不告诉她，并表示明天一早就过来看望程白。园园心里不平衡地想，怎么感觉他才是您儿子呢？您可知道他总是奴役您的女儿呀。

园园倒在床上，电话又响了起来。她以为妈妈还要说她，疲惫地按了接听键，苦哈哈道："好了，是我错了。我不应该不告诉您——"

"你怎么了？"

是傅北辰。

园园瞬间睁开了眼。

"啊，对不起，我以为是我妈妈。"

"你情绪不大好，发生什么事了？"他的语气总是能让她轻易地平静下来。

园园对傅北辰没有一点隐瞒的心思，"就是被我妈妈说了几句，没什么。傅北辰，你找我有事吗？"

"一定要有事，才能找你吗？"傅北辰缓缓地说着，带着点笑。

"……"

接下来傅北辰有一句没一句地跟她聊着，听着园园的声音越来越轻，回复越来越少，而后……他笑了笑，大概是睡着了吧。

傅北辰收起手机，看着电脑屏幕上暂停的字幕正是那句"一定要有事，才能找你吗？"他合上电脑，略有些哭笑不得地按了下额头。

周六上午，戴淑芬就拎着大包小包赶到了园园住的地方。园园一看，发现全是给程白的，刚想抱怨几句，后来想着昨天刚被说教过，还是不要自讨苦吃了。于是乖乖闭嘴，带妈妈直接前往医院。

去医院的途中，戴淑芬告诉园园，家里店面的租期到了，原本开书吧的女老师，因为大儿子在美国生了一对双胞胎，所以被接过去带孩子了。现在虽然有很多人想租，但她更倾向于自己开小茶馆。

"咦，妈，您怎么会想到开茶馆呢？"

"以前要照顾你奶奶，没工夫赚钱，都是在花房租和你爸爸留下来的老本。你读书的时候，妈妈每年都只能给你一点。你争气，没怨过妈妈，但以后你结婚时，妈妈总要给你攒点嫁妆的。"

园园心说，我昨儿还怨过您呢。

"你还记得雍叔叔吗？"

"雍……"园园眼珠子一转，立马就想起来了，"啊，雍大头叔叔！"

戴淑芬瞪了她一眼，"没大没小。"

园园嘿嘿一笑，"谁让他的名字那么奇怪，叫什么雍余，鲭鱼不就是大头鱼嘛，而且他的头确实挺大的嘛！"

戴淑芬懒得跟她纠缠，直接说道："十几年前，他在我们旅馆落下一箱东西，后来我们一直替他保管着，直到他回来找，所以他一直很感激。你雍叔叔前几天来这边出差，到我们家里坐了坐。她知道你奶奶过世了，问我要不要开家茶叶店或者茶馆，他在福建、广东那边有渠道。刚好我们家的店面也空了出来，我觉得参考以前书吧的经营风格，试试开茶馆。"

园园想，妈妈如今一人在老家也冷清无聊，便说："妈，我支持你。但你不用太辛苦地赚钱，你赚点自己花就好了，你女儿我的嫁妆我可以自己赚。"

戴淑芬摸了摸女儿的头。

到医院后，戴淑芬见到程白，关怀备至地问了一通。之后想起自己带来的东西，赶紧翻出了一只保温杯，一打开，一股诱人的香味顿时弥漫开来。

"妈，这是什么？真香呀。"园园凑过去。

"这叫祛瘀生新汤。"戴淑芬拍了下园园的头，"给程白吃的。"

瞬间再次失宠的园园委屈地摸摸头，坐到了一边。

程白接过汤尝了一口，对戴淑芬道："阿姨，这汤里有三七、生地黄、大枣吧？活血化瘀、行气消散，最适合骨伤两周内的病人喝。有劳您了。"

戴淑芬笑道："果然是御医家的孩子，一口就喝出了汤里面的中药。里头的瘦猪肉也是不带肥肉和筋膜的。喜欢就多喝点。"

"你来看看他就够了，带这么多东西来干什么。"站在一旁的程胜华对戴淑芬说。

在戴淑芬跟程胜华说话的时候，园园看着程白慢慢悠悠地喝汤，肚子竟咕噜叫了一声，她顿时发窘。

程白看向园园，说："把口水擦擦吧。这汤就算我想给你喝，你也不适合喝。"

"……"

戴淑芬嗔笑地看女儿，"这孩子！"

戴淑芬本想留下来照顾程白，但VIP病房的护工已照料得很到位，加上她在的话，程白可能也会感觉别扭，所以就没有提。不过戴淑芬吩咐了自家女儿："园园，你单位离这里近，就每天下班都过来看看程白吧，陪他聊聊天，能帮的帮一下。明天是周日，你就一早过来，煮点早饭带来——对，等会儿你跟我去超市，我给你配好骨碎补山楂粥的料，你隔天起来煮下就成。"

园园听得心里哀号声一片，这么做，会不会没等他伤好，自己先英年早逝了？但表面上，园园还是非常严肃认真地答应了妈妈。

中午程胜华带戴淑芬和园园出去吃中饭。三人刚走不久，小赵护士进来给程白换点滴。

"程医生，你妹妹走了啊？"小赵护士娇滴滴地问。

"妹妹？"程白微微皱了皱眉。

"是啊，程园园呀，她昨天来的时候跟我说的。"小赵护士看了看程白，疑惑道，"难道她不是？"

程白没有回答她，转而问："明天早上是你的班吗？"

小赵护士点头，"嗯，是。"

程白有礼道："那麻烦你，如果明天早上看到程园园来，她手上没有带早饭的话，你就让她回去带了再来。谢谢了。"

小赵护士怔了怔，正想说要不我明天给你带早饭吧，但是抬眼见了程白那副生人勿近的面孔，快到嘴边的话又咽了回去。

第二天，小赵护士等了半天，都没有等来程园园。直到临近中午的时候，才见到姗姗来迟的园园——手上只拿着一把伞。因为外面在下雨。

"程园园，你哥哥说……"小赵护士还是很负责地叫住了她，可是又总觉得程医生的话实在不好转达，况且现在都快吃午餐了，于是改口道，"你吃午饭了吗？"

程园园一愣，程白托护士问她吃午饭了吗？现在不是十点三刻吗，正常人应该都还没吃吧。那人的脑袋该不会真的是被砸坏了吧？毕竟他头上缝了五针。园园心里这样想着，对护士姑娘还是笑眯眯地说："没吃呢，还早嘛。"

小赵看着园园，不禁想到，这对兄妹可真奇怪，哥哥每天冷面冷心的样子，而妹妹却这么活泼。

"啊！"园园此时突然叫了一声，总算是想起来她妈妈让她熬的骨碎补山楂粥，"我忘记给程白熬粥了。"昨晚赶稿赶到凌晨，早上起来都已经九点多，洗漱完就赶来医院了。所以也不能怪她，她实在是睡眠不足，精神恍惚。园园正琢磨着进去跟程白说明一下，然后明天给他煮，应该可以吧？

听到园园的自言自语，小赵总算可以不突兀地转述程医生的话了，"你哥哥说，你要是没带早饭过来的话，让你再回去带过来。"

"……"

程白靠坐在床头，望着站在离他两米远、低着头跟他保证明天一定记得煮粥带来的程园园，看了好一会儿。

"算了。"

园园为自己虎口逃生暗自庆幸，同时觉得程白今天还算通情达理，于是好心问："那你饿吗？我现在就去给你买午饭？"

"饿了一上午，没感觉了。"

程白的声音平平淡淡，园园却听得诚惶诚恐，这句话里的反讽意味实在是太明显了。她吞了口口水，"那是……要还是不要呢？"园园有种小沈阳附体的感觉。

程白像是不想再跟她多说一句话，伸手拿过桌上的书开始看。

园园想这次毕竟是自己的疏忽，便小声道："那等你有感觉了再说吧。"沙发上堆满了各种物品，有滋补的食品、装衣物的行李袋，只有他床边的那张椅子空着。园园不敢坐在他面前，便挪到墙边靠墙站着，边玩手机边等。

程白的右手食指轻缓地敲着书页，像是他无意识的动作。

而园园则低着头，一只脚有意无意地打着拍子，一下，又一下。这是她等人时的动作。

程白的余光看到她的动作，微微一怔，他这才明白过来，自己这些年看书时下意识的动作，是学她的。

室内很静，显得窗外雨声细密而绵长。而此刻的两人，正随着雨声回想着同一件往事——

夏末的傍晚，突如其来地下起了大雨，雨滴落在地面上，溅起片片水花。

她撑着把红色的雨伞，安静地站在一幢教学楼前的石板路上，怀里还抱了一把黑色的雨伞。石板路两旁种了好几排芭蕉，雨水打在芭蕉上噼啪作响。她专心地盯着教学楼的两个出入口，生怕错过了什么。

周围经过的学生，都奇怪地望她一眼。她视若无睹。也不知过了多久，她的鞋子湿透了，双脚发麻，两边的袖子也都被雨淋得紧紧贴在胳膊上，让她觉得很难受。

这时她终于看到了自己在等的人。

他本来正想麻烦旁边的同学送他去校门口，却看到了她，也一眼看到了她脖子后面露出来的医用胶布。

他从同学手中拿过伞，"伞先借我一下。"

看他走来的时候，她本想冲过去，但脚才想动，就软了一下，差点跌倒。再抬眼，他已经到了面前。她赶紧笑着把那把黑伞递过去，可他只是看着她，没有接，然后，她听到他沉着声说："我说过多少次，别等我。我用不着你帮我做什么，我不需要。"

她脸上的笑容僵住了，"雨太大了，伞你拿着吧。我这就走。"

他伸手一拍，本意是想推开，可一下没控制好力道，打中了她撑伞的手。那把红伞便落了地，暴雨顷刻间打到了她的身上。

他不知道，那一刻她眼角流下来的，是雨水还是泪水。

时间会让人遗忘很多事，而那些经年累月却一直留在记忆里的，不是想忘却忘不了的，便是想要一生铭记的。

"沙发上那件外套里有医院食堂的卡，你拿了去吃饭吧。"程白突然开口。

"咦？"园园收回思绪，看向程白，"那你呢？"

程白本要说不用，但想了下又道："随便打包点就好。"

"哦。"园园确实饿了，一听可以去吃饭了，立刻跑过去从程白的衣服口袋里掏出了……钱包。

"卡在钱包里。"

"哦。"于是园园又打开了程白的钱包，里面卡不少，园园找了好一会儿才找到那张饭卡。

待园园到医院食堂排队买饭的时候，她发现不少人在打量她，她不禁摸了下自己的脸，莫非是沾到什么了？后面的人问她："你是程医生的妹妹？"

园园回头，疑惑道："你怎么知道？"

穿白大褂的年轻女医生笑道："听说的。"随后不忘关切道，"希望你哥哥早日康复。"

园园还能说什么呢？"谢谢。"

这天下午，园园回住处时，因为很困，导致她坐错了公交车。本来要坐1路车，结果坐了11路，好在11路也经过红枫新村那一站，就是要绕远。当公交车经过延龄巷时，园园愣了下，她想到上次那张中药单上的门店地址就是延龄巷18号。

她回想到自己在吃了两天那中药后，感冒、鼻炎就好了大半，她打电话跟胜华叔叔道谢，结果却得知那药并不是胜华叔叔送的。

不是胜华叔叔送的，那会是谁？园园着实疑惑。

今天既然阴差阳错路过这儿，她忽然想去这家厚德堂探询一下——刚好，那张药单一直在钱包里。于是园园在下一站下了车。

厚德堂不难找，但门面确实很低调。园园拿着药单，在古旧的门外徘徊了一会儿，因为上次听王玥说这家中药堂是何等厉害，她觉得自己进去问"你们能帮我查下这张药单是谁给程园园配的吗"，应该会被直接无视吧？

何朴吃好午饭回厚德堂，刚进延龄巷就见自家店门口站着一姑娘，扎着马尾，穿着薄毛衣、牛仔裤，侧脸看起来清秀又年轻。等他走近的时候，余光扫到园园手里的药单，他愣了下，开口问道："你好，是来看病吗？有预约吗？"

园园扭头就看到了穿着白大褂，脸上带着笑的何朴。

看样子是厚德堂的医生。"不，我……我不看病。"园园以为是挡住了人家的路，让开了一点。何朴却没有走，说："能让我看下你手里的单子吗？"

园园想，要不问下这医生吧，他看起来挺热情友善的样子。于是园园将手中的药单递给了他，问出了之前想问的话。

何朴拿到单子，看清楚上面的字，内心不禁欢呼雀跃：傅大专家啊傅大专家，我百般追问，你就是不告诉我这药开去做什么，这下可被我逮着了！

这叫什么来着？踏破铁鞋无觅处，得来全不费工夫！何朴表面不露声色地看着园园，然后礼貌地把药单还了回去，说："抱歉。我们只记录服药人的信息，至于谁付的钱，我们是不管的。"这是实话。

"哦……"园园也不意外，不过多少有些失望。

终究是白跑了一趟。

这时，园园的手机响了，她从斜背包里摸出来看，是她妈妈。她跟面前的医生道了声谢，边接电话边朝巷口走去。

何朴看着她走出巷子，他才跨进医馆门，就给傅大专家拨去了电话。那边一接起，他就说："刚才我遇到一姑娘，身形窈窕，一米六五左右，眉清目秀，一双杏眼，眉心有一颗小小的美人痣，不知傅大专家认不认识？哦，对了，她叫程园园。"

傅北辰在电话那头静了一下，才说："你在哪里见到她的？"

"厚德堂门口。"何朴语气里充满揶揄，"原来你还会主动向女孩子示好，啧啧，看不出来呀，啧啧。"

"她去你那边做什么？"傅北辰却一点都不为所动，只问自己想知道的。莫非是生病了？

"她来打探，本月六号那天，是谁那么好心给她寄了药。我帮你保密了，请我吃饭吧。"何朴邀功。

"你可以告诉她的。"傅北辰开口。不说是一回事，但刻意隐瞒，又另当别论了。

"北辰，你这是……真在追人啊？"

"挂了,我在跟人吃饭。"

何朴刚要再开口,就听到了"嘟嘟"声。

傅北辰在跟菁海市陶瓷博物馆的几位领导吃饭。听其他人侃侃而谈了一会儿,傅北辰站起身,跟饭桌上的人点头说了句"抱歉,出去下",便走出了包间。在走廊里,他给她拨去了电话,那头很快传来声音:"喂,傅北辰?"

"嗯。"他从来不知,原来自己竟那么容易被撩动心神。

绵绵相思,绵绵相思。

不知从何时起。

第十五章

玉壶春瓶

园园想，胜华叔叔日理万机，多数都是晚上去医院，所以程白住院期间，大概是太无聊了，竟频频打电话给她——让她给他外带食物，说是护工准备的吃食不合他的胃口。园园起初不想理会，但想到自己欠胜华叔叔那么多，就当还债吧。

所以近来这几日，园园的午休时间以及下班后的时间，多数都贡献给了程白。

周三傍晚，傅北辰下班后，因傅教授的嘱咐，到H大附属医院来探望程白。程白负伤的事是傅教授昨日从郑主任口中得知的。傅教授觉得，他们傅家跟程家虽已很少联系，但到底渊源在，再者他住院期间，程白也曾时不时去探望。这次程白因公受伤，于情于理他们家都应该去看望。傅教授因腿不便，便让儿子去走一趟。傅北辰也觉得理应如此。

傅北辰到医院的时候差不多五点钟，拿着一篮水果和一束康乃馨，到了VIP病房那层，问了护士程白的病房号，却被告知程医生的妹妹推程医生去楼下散步了。

"妹妹？"傅北辰想，如果等的话，不知要等到何时，便道，"这水果和花，我拿去他的病房里。他回来了，麻烦你跟他说下，我下次再来看望他。我姓傅。"

等傅北辰放下东西，走到楼下时，就望到了不远处的凉亭里，程白坐在轮椅上，而他背后站着的，正是程园园。

"妹妹吗？"他嘴角微扬，朝他们走了过去。

园园发现了走过来的傅北辰，诧异不已，等他走近便问："你怎么来医院了？"

"我来看望程白。"随后傅北辰向程白问候了几句。

程白像对所有来看他的人那样表示了感谢。

傅北辰走的时候，问园园是不是也要回去了，因为时间不早了。园园确实是想回家了——这几天她单位、医院两头跑，实在是累得不行，便对程白说："我帮你叫护工来吧。"带患者出来散步本来也是护工的职责。

"不用，我自己会叫。"程白面无表情地说。

园园想了想，觉得问题不大，便说："那好吧，那我走了。"

傅北辰朝程白点了下头，同园园离开了亭子。

没多久，脖子上戴着牵引器，在饭后散步的汪洋走到程白身边，见程白正望着某一处。他好奇地顺着他的视线看去，二三十米开外，一对男女正站在车边说着话，女子年轻有灵气，男人则看起来文雅无比，很是般配。

汪洋又看回程白，笑道："那位就是你传说中的妹妹？"汪洋到程白病房串过两次门，但没有一次遇到过园园。而医护人员虽跟他说及过程白的妹妹，倒是没提到过名字。

程白收回了视线，语气不太好，"她跟我没有半点血缘关系、法律关系。"

"嗯？"汪洋一愣，随即摸到了点头绪，"她不会就是程园园吧？"见程白不否认，汪洋惊讶地再次看向二十米开外的男女，好半晌才朝程白道，"老实说，我一直觉得你这人吧，德才兼备，万事都很尽责，但都像是在完成任务，不走心。对男女之事更是'麻木不仁'。其实你是看上了有主的？因此，也就说不出喜欢了？然后长年压抑，导致了情感封闭？"

程白看了眼汪洋，汪洋投降，"好吧，当我没说。"

程白觉得头上的伤口有点隐隐作痛，他拿出手机叫了护工过来。

在程白被护工推进住院大楼的时候，他又望了眼之前程园园跟傅北辰站的地方，此刻那边已经没人在。他看了一眼那片空荡荡的路面，有片叶子摇摇曳曳地落到了她之前站的地方。

以前，她对他好，他无动于衷，他不感动、不欣喜。而他照顾她，是出于责任、义务，甚至，可以说像是本能，却从没有去投入感情。她对他疏远了，他也只是有点怅然若失，但他也说不清楚，遗失的到底是什么。

他以前，是真的没有对她动情动心过。

程白想到傅北辰，这位算是他长辈的男人，他小时候见过两次，他父亲对傅北辰的优秀赞不绝口。如今他频繁见到，只觉得这傅北辰让他猜不透。

"又蹭你的车了。"园园现在倒没什么难为情的了，她想，难道是习惯成自然了？

"你吃饭了吗？"傅北辰将她位子前的空调叶片拨下一些，以免对着她的头把她吹着凉了。

"嗯，在医院食堂吃过了。你呢？"

"还没。"

园园看着他，脱口问道："你要不要去我家坐会儿？我煮东西给你吃？"

傅北辰侧头看了她一眼，眼底笑意明显，他看回前方，"好，那就打扰了。"

这是首次有男性进入园园的住处，这男人还是傅北辰……难为情又回来了。

"家里有点乱。"

傅北辰笑了下，"总比傅教授那满是书的屋子好吧？"

"咳，比那要好点。"园园推开门，侧身让傅北辰先进去。傅北辰举步踏入。屋子不大，却布置得很温馨。窗帘都拉开着，餐桌上的小花瓶里插着一束洋桔梗，淡紫色的花瓣被风吹得微微颤动着。

傅北辰回头看园园，"花很漂亮。"

"有人追我单位里的同事，结果那同事花粉过敏，她就送给了我。"

傅北辰露出了微笑，"嗯。"

园园不觉有他，问："你想吃什么？你喜欢吃饺子吗？我擀饺子皮包饺子给你吃吧？"

"你还会擀饺子皮？"

园园点头，"嗯！"

"真厉害。"

园园听傅大专家的语气里，隐约好像有些自豪？像是自家的孩子很厉害。园园甩了下头，她想，怎么面对傅北辰时，总冒出些乱七八糟的念头呢？

"你坐沙发上看一会儿电视，我去做饺子。啊，你要喝什么？家里没有茶叶……"

"没事，白开水就行。我自己倒。"傅北辰跟着园园进了厨房。

园园指给他茶杯和热水瓶，便去忙她的饺子工程了，"要有一会儿才能吃。傅北辰，你饿的话，可以先吃点冰箱里的水果。"

"我还不饿，你慢慢来。"

园园没有回头，"嗯"了声，所以她没看见傅北辰拿着一杯水，站在她身后不远处，而他看她的眼神，近乎专注。

这段时间，园园跟八楼护士站的护士们都处熟了，这天就有护士问园园："程医生平时私底下都爱做些什么？"

园园答："做什么？看书，跑步，或者玩点游戏。"

"程医生玩游戏？"

"他高中的时候有玩，现在不太清楚。"

"程医生喜欢什么类型的女孩子？"

这个问题园园想了很久，最后她指着自己说："你们看我。"

"像你这样的？"

园园摇头道："跟我相反的，差不多就是了。"

谁是谁的念念不忘，谁是谁的可有可无，谁是谁的刻骨铭心，谁又是谁的可惜可叹。这世上的感情从来不可能平等，平等的时候大概就是没感情的时候，也就是人们常说的陌路。

他们还不到陌路，却也不知究竟是走到哪里了。园园想，至少，她不再对他心心念念了。

其实说到底他也没错。他只是不喜欢自己罢了。

而就算她为他头破血流，那也是她自己想要做的。反正，她那时候就一个念头：要对他好。而如今，她早已把对他的喜欢消磨光了，剩下的大概只是从小一起长大的一份情谊了吧。但她从未后悔以前对他好。

就像她不曾后悔小时候，时至夏末，每每偷偷爬到自家院后面的桂花树上采桂花。她有点恐高，所以每次爬都胆战心惊，也曾从树上摔下来摔伤过——为了让妈妈做桂花糕，因为奶奶爱吃。即使奶奶到去世都没有喜欢过她。

她不曾后悔自己做过的任何一件事，因为她清楚，她没有愧对过任何人。无愧，便无悔。

周五的下午，园园接到了傅北辰的电话，说钧瓷片的项链已经做好。她欣喜不已，为了快点见到成品，以及答谢傅大专家，园园决定邀他吃晚饭。她觉得，自己差不多快跟傅北辰成"饭友"了。

傅北辰没拒绝，但他说等会儿单位要开会，可能会开到下班后。园园的整颗心都系在项链上，便满不在乎地说：那她就去他单位等他好了。

傅北辰不觉莞尔，看得面前的陆晓宁在心里感慨：她这位如百年佳酿般的上司，平时认真克己、宽容大方的模样已够有魅力，眼下这柔情似水的一笑，让人毫无抵挡之力。

菁海市的陶瓷研究所位于城西夕照湖景区的最南边，刚好跟傅北辰以前住的大院呈对角线。陶瓷研究所隐在省陶瓷博物馆的后面，没有事先做过功课的话，一般人都不大会注意这幢老式大楼。

这座大楼一共三层，呈工字形结构。红瓦青砖，外墙长满了爬山虎。园园想，待这种房子里，夏天就算不开空调都很凉爽吧。

园园在大门口的保安处登记后，保安告诉她："傅老师先前跟我打过招呼了，他说你来的时候他的会应该还未结束，他让你先去他的办公室坐坐。你进了楼，右拐上楼，216就是傅老师的办公室。"

园园笑容可掬地道了谢。

楼里很幽静，园园每走一步，都会带出点回声。216办公室门口挂着傅北辰的名牌。办公室门没锁，园园一推就进去了。

办公室不大，中间横着一张用原木直接打磨做成的办公桌。桌上放着一台笔记本电脑，旁边摊着份文件，桌边是叠得整整齐齐的一摞书。靠墙的一侧摆着沙发和茶几。另一侧则是一大排玻璃门的橱柜，里头有大大小小的书、杂志，有不同形制的奖杯、奖牌，也有形形色色的瓷器。

园园好奇地走过去，由于主人不在，她没有动手开门，只是站在一边一排一排地看。在最里面的那扇柜门后面，她看到了一件奇怪的瓷器。

从外表看，它类似一个玉壶春瓶，只是被做得有些歪歪斜斜。右侧有个嘴，看不出是什么动物的头……

园园纳闷，能让傅北辰看上眼并收藏在柜子里的，怎么说也不会差。可是这个东西，似乎连个次品都算不上，被放在这里是怎么回事？

好奇心一起，她忍不住打开了柜门，取出了这件奇怪的瓷器。上下翻转地看了看，突然，园园停住了手，眼睛一动不动地盯住了瓶底。

瓶底有手刻的两个圈——这个图案她再熟悉不过！有时她懒得写名字，就会用两个圈来代表自己，方便又好用。

园园恍然想到了自己那次去景德镇采访的第一天，在坯房里确实拉过一个瓶子的粗坯。这个瓶子的原型来自她收藏的一幅画——

她读小学五年级的时候，有天在那棵红豆树下玩耍，遇到一位迷路的大哥哥在问路。她看他戴着口罩，透过口罩发出来的声音沙沙哑哑的，不时还带出几声咳嗽，她便自告奋勇给他带了路。他们是在太平桥头分别的，她一直记得大哥哥的背影：他背着画架，拎着画囊，人瘦瘦高高的，挺拔如竹。而那时辰，阳光正好，洒在他身上，照得他有些虚幻。

她看了好一会儿，转身时却踩到了一张画。画上画着一个瓶子：细脖子、垂腹、圈足的瓶身，瓶身上有一个形似凤凰头的壶嘴。很是好看。她知道一定是大哥哥掉下的。可是，再回头，人家早已经不见了。于是，她收了这幅画，希望有一天，能够再遇到他。

那次在景德镇，她想亲手尝试做瓷器，便跟师傅讨教了拉坯的一些基本技巧，结果，不自觉间，拉出了那张画上的瓶子的形状。当时她还请教了拉坯师傅，师傅也说不清，但认为应该是接近净瓶之类的东西。不过她那个坯拉得实在不怎么样，所以想来师傅不会把它烧出来。

没想到，近两个月后，自己居然在傅北辰的办公室里见到了它。这个小小的连次品都算不上的东西，居然没有被扔掉，还被烧制了出来，还走进了瓷器研究所！这是上辈子修了多少瓷德啊，园园想着想着，忍不住笑了出来。

"这个东西很好笑吗？"傅北辰正巧推门进来，他见到园园正拿着那个瓷瓶，心口莫名地一颤。

"你回来了。"园园赶紧把瓷瓶放了回去，关上柜门，"对不起，擅自动了你柜子里的东西。"

"没关系。"傅北辰笑了下，却不打算让她绕过去，"你喜欢那瓶子？"

园园眼看混不过去，只好鼓起勇气说："谢谢你这么看得起我做的瓶子，把它放到了办公室里做研究。"

"你说，这是你做的？"

"是呀！"园园解释道，"不信你看，瓶子的底下有我亲手刻的——两个圈。"

傅北辰没有马上走过去查看，只是看着她道："这个瓶子，长得很特别。"

园园叹了一口气，说："我知道，你是想说它难看到一定境界了吧？但那是因为我技术不好，它真正的样子，可是很漂亮的。"

"真正的样子？"傅北辰笑了，"难道这还不是它真正的样子？"

"当然不是。"园园抿了抿嘴，觉得如果从头说起也太麻烦了，于是只道，"我家里有一幅画，画上有一个很漂亮的瓶子。我当时就是照着那个瓶子做的。"

"哦……"傅北辰若有所思，却最终没有再问下去。他去办公桌的抽屉里将做好的吊坠拿了给她。

园园道过谢接过，期待地打开木盒子，她发现那原本有利口的钧窑瓷片，被打磨成了一团火焰的形状，工致精美，这样的项坠造型非常少见，再配上瓷片上特有的流光溢彩的釉色，整个项坠就宛如一只在扇动五彩羽翼的凤凰，欲飞出火焰！

"好漂亮！"园园由衷地感叹。

"我给你戴上吧。"傅北辰说。

"咦？"园园刚要说不用，傅北辰已经拿过吊坠，然后走到她身后。

傅北辰将她披散的头发轻轻撩至一侧，园园想，自己一定脸红了。

傅北辰解开红色挂绳后面的金属扣，两只白净修长的手从她面前绕到后方。园园感觉到他的手指碰到了她后颈的伤疤，然后轻轻抚触了下，随后她听到他说："好了。"

园园垂着头，忍住了要拿手扇风的欲望，说："谢谢。"

"园园，你那年在程家见到我的时候，应该下来跟我打声招呼的。"

"嗯？"园园抬头。什么意思呢？

傅北辰笑了一下，却没有再多说。

傅北辰带园园去停车场的时候，遇到好几位同事，他们无一不露出诧异的表情。傅北辰虽然不是一个八面玲珑的人，但交友却十分广阔，所以时不时有客人来他办公室坐，但，从未有过年轻女孩。

傅北辰对这些意味深长的眼神视而不见，朝同事们道了声"明天见"，就带着园园走了。

沈美女这天晚饭之后，去了H大附属医院看程白，慰问完后，突然想到一事，便问："程白，我想找程园园问点事，你能把她电话给我吗？"

程白抬头看了她一眼，"什么事？你可以跟我说，我帮你转达。"

沈渝也不强求，又看他削梨子削得那么认真，手势漂亮干脆，不由说："你用刀的水平可真不错，怪不得能做医生。"

程白把削好的梨子递给沈美女，道："照你的逻辑，我更应该做厨师。"

沈渝一脸难以置信的表情，接过梨子，"你竟然会削水果给我。"

程白抽了纸巾擦水果刀，"我只是想用下刀而已。"

这晚，傅北辰送园园回去后，回到公寓，没有吃安定，却很快入眠，但是梦境来得也很快。

灯盏下，二人对坐，中间是一局棋。

"四哥，你怎么不说话？"他正襟危坐，伸手落下一子。

"我不同意。"对面的男子与他有着七八分的相似。

"那公主根本就未曾见过我！凭什么一道婚旨，我就必须娶她？"他愤怒，又落一子。

对面的男子看了他一眼，一子下去，输赢立判，"我从来不曾赢过你。今天，你却一败涂地。难道你忘了，一着不慎，满盘皆输。"

"那宛玉怎么办？"他颓然，"她那日还兴高采烈地对我说，要自己亲手烧制嫁妆……"

"爹总说，我们这一辈人里，最像大父的就是你。你知道这句话的分量。"男子顿了顿，目光凌厉地看向他，"如果你一意孤行地要毁掉这个家，她这辈子定然用不上那些嫁妆。"

他低头不语。

"不是不让你娶，只是晚些时日。难道这，你也等不了？"

一声呵斥，犹如平地惊雷，不啻当头棒喝，令傅北辰骤然从梦中惊醒，只觉浑身冷汗涔涔。

第十六章
喜欢你

朱阿姨忙完儿子的婚事，终于回来上班，园园如同迎来了解放区的春天。

园园原本以为，后面就不会再有她的事了，可到了程白出院那天，胜华叔叔在广州出差，朱阿姨要在家做饭，园园只好答应去接程白出院。

等她赶到医院，一进806病房，就看到程白正坐在沙发上，病服已换下，穿着一套宽松的浅灰色运动服。因为受伤，他比去灾区前瘦了不少，脸上添了几分冷峻。程白看到她进来，似乎有点意外，但语气倒是听不出什么，"拿下行李，走吧。"

"咦？我们不等老杨师傅过来会合再一起走吗？"

"他快到了，医院找停车位要半天，到医院门口去等下他，然后直接走。"程白扶着沙发扶手站起来，坐到了旁边的轮椅上，目前是复健阶段，他还不能走太多路。

园园便只得过去把行李袋斜背在了身上，推着轮椅出了门。

"程医生，园园，需要我帮忙吗？"小赵护士看到他俩出门，殷勤地绕过工作台，跑过来询问。

"小赵姐姐，不用啦，谢谢你。"

跟园园已成密友的小赵护士，对园园说："你来之前，医院的领导们刚离开，说让程医生在家好好休息一段时间，回来再给他开表彰会。"

"哦哦。"

程白对小赵护士，以及其他正站着为他送行的同事道谢："这段时间辛苦你们了。"

护士们连连说不客气。

程白随后朝园园道："走吧，别打扰别人工作了。"

其他人可能听不出，园园知道他是等得不耐烦了。

于是园园跟大家匆匆道别，推着程白进了电梯。电梯门刚合上，就有护士说："程医生真是瘦了好多。"

"可不是，但还是很好看。"

园园这边，刚到医院大门口，程白就接到了老杨师傅的电话，老杨师傅语气又急又气，说路上遇到个不讲道理的，变道擦了他的车，还理直气壮地跟他吵架。现在两人正在等交警过来处理，一时半会儿是走不开了。

园园也听到了老杨师傅洪亮的声音，无法来接了？这可怎么办？这医院门口人来人往，她还带着一个伤病员，可不容易叫到车。

这时前方有一辆红色的公交缓缓进站，园园灵光一闪，冲着公交的方向努了努嘴，问程白："要不，坐公交车？"

程白见出租车确实求过于供，看身边的人似乎也不愿去抢，而他不想在太阳底下被周围的人打量，便点了头。

等车的人不少，但还算有秩序，尤其在医院这站，像程白这样腿脚不方便的，大家见到了，都会让着一点。车来了，园园把程白扶上车，顺势又把折叠后的轮椅拎上车。这时候，园园突然觉得自己真是一条汉子。

而程白从高中就不坐公交车了，都是自己骑车上学，所以搭乘公交的感觉对他来讲，真的是久违了。

因为这是第二站，车上人倒是不多。园园看老弱病残孕专座空着，就伸手指了下，对程白说："你坐那儿吧。"

程白侧头看了她一眼。这时一位大妈上了车，一声脆亮的"老年卡"响起，大妈也走到了老弱病残孕专座边上，刚坐下，就看到了程白。

大妈犹豫了一下，然后站起来对程白说："年轻人，你坐，你坐。"

还没等程白回答，大妈就身手矫健地冲到了后面的位子坐下。

车子已开动，园园看程白还在原地站着，丝毫没有要坐下的意思，于是又忍不住说："你倒是坐啊，有什么好别扭的，你现在可不就是伤残人士……"

就在这时，司机突然踩了刹车。全车的人都顺势往前一冲，而程白恰好就倒在园园的身上。程白比园园高了近二十厘米，虽然算不上健壮，但也绝对精瘦有料。幸好园园乘公交车的经验足，加上平时马步扎得多，才没有被他撞倒。可虽然没有被扑倒，却十足十被他抱了个满怀。有那么一瞬间，她还感到程白的鼻尖从她的脸颊擦过，一直滑到她的耳垂，凉凉的。

等程白放开她，园园扶着他嘀咕道："你就别死要面子了，你现在完全符合坐这种专座的条件。"

这回程白没有再拒绝，一脸冷沉地坐上了那张座位。开了几站，人越来越多。程白皱了皱眉，道："下车。"

"什么？还有四站路呢。"园园以为自己听错了。

"下车，我头晕。"

看程白的脸色确实不好，园园也就没有坚持。在下一站停靠后，把程白扶下了车，再展开轮椅，扶他坐好。

一路过去，好在都是平整干净的路，而天气已入秋，路旁的香樟枝繁叶茂，遮住了大半日光，也不热。

但四站路的距离说远不远，说近也不算近。

所以走到程家时，园园觉得自己的腿也快残了。她喘息着拿下包扔在地上，自己一屁股坐在了玄关处，这时程白清清凉凉地说了句："刚才一路上那么多空的出租车，你怎么不打车？"

因为我一门心思、全心全意地只顾着想快点把你推到家，哪里还想到打车啊！园园抬起头瞪向程白，"你就不能提醒我一下？"

"我以为你乐意走。"

园园知道他嘴毒，也不想浪费力气跟他计较，但心里还是很不爽。以至于朱阿姨拿她爱吃的东坡肉来挽留她吃饭，她都没点头，只想回住处好好躺一会儿。

走出程家，园园觉得脚痛心也痛，下意识地就拿起手机，编辑了一条超长的短信，把程白的斑斑劣迹一一历数，而后又痛斥一番，最后按了发送键。发送的那一瞬感觉挺爽的，就像把浑身的垃圾都倒了。可是一上公交坐下来，她顿时清醒了：刚才她一时冲动，居然把这么啰唆的一条短信发给了傅北辰！

他会不会觉得她特别讨厌？说的还都是别人的坏话……他会不会觉得她这人很小心眼？园园越想越后悔，处于鸵鸟心理的她趁着傅北辰还没回复，直接按了电源键，关了手机。

园园头靠着公交车的玻璃窗，心想：也不知是什么时候开始，那么在意他对自己的看法。

傅北辰收到短信的时候，刚好在查一份重要的资料。因为昨天，他的梦里终于出现了自己的名字。

原来，那一世，他叫傅元铮。

他遍查宋史，记载叫傅元铮的人只有一个。此人为南宋初年的探花郎，娶嘉纯公主。后携公主出奔，不知所终。

傅元铮还是娶了嘉纯公主？

公主、驸马……傅北辰只觉得脑中有什么闪过，还来不及捕捉到一点线索，短信铃音就响起了。一看是园园，他恍然顿悟，刚才的灵光，可不就是玉溪镇的公主驸马祠！他记得那里供奉的便是南宋时期的嘉纯公主和她的驸马。

傅北辰放下资料。看完那条长长的短信，不由露出了笑容，而前一刻繁复的心情也平息了一些。他忽然很想听听她的声音，于是回拨了园园的电话。

谁知，那一头竟然是关机的。今天是周五，中秋第一天，他记得她说过，中秋她要回老家。

园园回住处休息了一会儿，然后就收拾了两件换洗衣物回了老家。午饭后，园园帮她妈妈打理茶馆生意，她家的茶馆上周已经开始营业——店里基本维持了原来书吧的清新装修，只是撤了大部分书柜，只余下两个，改造成了茶叶和茶器的陈列架。临近傍晚的时候，园园去找了姜小齐。因为她想了半天，别的女孩子遇到问题，尤其是感情问题，不都是找朋友、闺蜜商量吗？

玉溪镇上的崇福寺作为一座历史悠久的古寺，平日里香火就挺旺的，节假日烧香拜佛的人自然更多。

园园不想盲目地在人群里找姜闺蜜，刚想掏手机给姜小齐打电话，就看到了他。姜小齐今天看上去特别慈祥，身披袈裟，手里拿着一叠黄澄澄的东西，一脸庄严地走到大门口一站，大声道："想求姻缘的施主请去观音殿！中秋三日，女施主请香可以半价得到方丈大师在千年相思树前开光过的飞来桃花符，每日只九十九个，先到先得！"

那个曾经趴在桌上呼呼大睡的顽皮小男生，真成了佛家子弟。园园如今想来还是觉得有些神奇。

她想，先不要打扰净善大师做生意，哦，是做善事了，找了处树荫坐等。

等姜小齐卖光了手里的桃花符，他用宽大的僧袍擦了把汗，刚想去找水喝，就看到了程园园在冲他招手。

姜小齐跟身边一个小沙弥说了几句话，然后走过去跟园园打招呼："阿弥陀佛。"

园园有样学样，恭恭敬敬回了句："阿弥陀佛。"

姜小齐上下打量了一番程园园，说："上次我说过，你要有烦恼来找我，我就把专门接待大香客的禅房借你清修。我看你这趟来，就是这个意思吧。走吧，我领你去。"

"这么明显？"园园不由摸了下自己的脸。

园园跟着姜小齐来到一座小院子。院子门口挂了一块"游客止步"的牌子。开门进去，古树枯藤，别有洞天。相比前面的喧闹，园园觉得，这里才比较像清修之地。禅房就在这座老院子里。她上次来的时候，只远观过，倒未进来过。

姜小齐推开了一间禅房的门，请园园进去。房间里有个红泥小炉子，上头搁了一把铸铁壶，咕嘟咕嘟正在冒烟。

"咦，没人看着不怕烧干了？"园园凑过去看了看，便问。

"刚看到你时，我让人准备的。"姜小齐慢悠悠地说。

"大师果然不一样啊，太有范儿了。"园园笑着走到了一边的凳子上，把双脚一盘，就坐上了。

"什么烦恼，说吧。"姜小齐捞起铁壶，沏了两杯茶，一杯放到了园园面前。

园园往杯子里看了一眼，果然还是净善大师所谓的自制禅茶。

园园想了想，道："我……好像喜欢上了一个人。"她说"好像"，是因为她有点不确定，因为这次跟以前她喜欢程白时的感觉不一样。她想到上次在奶奶丧礼上跟程白说的话，她想，她对程白是雏鸟情结的依赖，又夹着情窦初开的青涩暧昧。而傅北辰，想到他，她便有种尘埃落定的平静，类似圆满……

园园想着想着，忍不住嘴角漾出笑意，"嗯，是喜欢的。"随之皱了下眉，说，"而他对我很关照，可我总觉得，他对我好，是出于……出于别的目的——我也不知道该怎么表达这种感觉。大师，我该怎么办？"

姜小齐听完，愣了三秒，随后开口道："程园园施主，你确定要跟我这出家人沟通感情问题？"

"你们这儿不是有求姻缘的吗？"园园因姜小齐的反问微窘，但想反正已经说出口了，还是坚持问了下去，"就顺带管一管情感烦恼吧。"

姜小齐喝了口茶，说："我们只是给人'希望'，至于怎么处理感情之事，我们出家人的答案从来是：皈依我佛。"

"……"

"不过你要问我姜小齐的话——他出于什么目的？他很穷，看上你的钱？"

园园低下头，"我很穷，他应该不缺钱。"人家好歹是赫赫有名的大专家。

"他很难看，看上你的外貌？"

园园的头低得更低，"他比我出色。各方面都是。"

姜小齐也没话说了，伸手过去拍了下园园的肩，"那你就当是你上辈子积了德吧，他是来报恩的，恩也是缘，也是情。"

园园忍不住笑出来，"那我上辈子一定是积了大功德。"

姜小齐看着眼前的人，忽然想到了他们小时候，她几乎每年都把她爸爸给她的压岁钱拿来分给他一点，因为他的父母从不给他。剩下的压岁钱，她则说要寄给山区的孩子。那时候她都还是孩子呢。后来她爸爸去世了，他来找她，她大概哭了好久，眼睛肿得如核桃，满脸难过，却只跟他说了一句：没事，我没事，不过，以后不能给你压岁钱了……

三岁看小，七岁看老。

姜小齐开口说："程园园，你有一颗玲珑剔透、真诚仁义的心，你配得到上天的善待。佛祖会保佑你。"

园园听得心花怒放，"谢谢大师吉言。"

第十七章

历史遗梦

　　傅北辰第三次来到玉溪镇，多年前第一次来时，也是八月萑苇的时节，那时候的玉溪镇还没有开发旅游，它在质朴中透着一种人间烟火气。而今它成了远近闻名的江南小镇之一，比之从前，热闹喧哗了许多。

　　他这次来，就是要确认那位与嘉纯公主一起被程家人供养千年的驸马到底是谁。但最重要的，还是为了来见她。

　　公主驸马祠并不奢华，它的美源于世代虔诚的供养，尽管如今游客们关注的焦点只在公主和驸马放弃功名利禄，结庐山间，淡饭黄齑，只求携手共度平淡人生。前厅和正厅都是新建的，不仅放置了燃香火的鼎炉，还做了公主驸马的彩绘塑像供奉。傅北辰没有在前面停留，一路不紧不慢地走到游人较少的后院，在那个被铁栏围起的石碑前驻足，凝神看去，上头清清楚楚地写着驸马的名字——傅元铎。

　　傅元铮，傅元铎……他凝眉，想起了梦中那个与自己有六七分相似的四哥。是他吧？

　　究竟哪个才是对的？是史料上记载的，还是这里的？

私心里，他愿意相信这里是对的，因为这意味着，他没有背叛她。

离开公主驸马祠，傅北辰沿着当年走过的路前行，不知不觉间就走到那棵红豆树前。此时的红豆树，结了满树饱满的豆荚，如同处于充满希望的热恋阶段。但此刻，傅北辰根本无法靠近。因为树下围了许多游人。

他略一皱眉，回想起了那一年，就在这棵红豆树下，他第一次遇到她。她为他带路，而他珍视的那幅画恰巧就遗落到了她的手里。阴错阳差地，他也是在那天第一次见到了赵珏。之后他原本只有火光和瓷瓶的梦境就开始渐渐丰富起来，他看到了一个被剪成碎片的故事。所以，在起初看不清梦里的她时，他才会误以为她是赵珏——即便他自始至终不曾对她有过异样心绪。

千年周转，他终是找到了她。

走过太平桥，五百米后右拐，就是圆缘茶堂。

圆缘，园园，傅北辰站在店门前，注视着木刻的招牌，嘴角轻扬，他很喜欢这个店名。

走上台阶，推开木质堂窗，就进入了店堂。一面是摆着茶叶、茶具的柜子，一面则是贴得满满的照片墙。

傅北辰走向那面五彩缤纷的墙，一眼就看到了那张照片——月光下，一些瓷器无规律地摆放着，在地面落下彼此交叠的阴影。整张照片的色调十分清冷，显露出一种孤高的傲气。而它边上的一张照片，则是从一个巨大的烟囱中喷射出夺目的烈焰。那种义无反顾的决绝与前一张照片形成了强烈的对比。

他认出这两张都是拍自高翎的山庄。

"傅北辰？"再次听到这个声音，傅北辰觉得无比熟稔，仿佛已经听了千年。

他眉眼舒展，转身面对园园，回答："没错，是我。"

他跨过千山万水来到她身边，她的心还未有归属，这比什么都让他来得庆幸。

"你怎么来了？"园园吃惊不已，想到在寺里跟姜小齐的对话，此刻真是有种佛祖显灵的感觉！随之想到自己一时气愤发送的短信，马上尴尬起来。

"我……"傅北辰顿了顿，道，"特地到你家来，想讨杯茶喝。"

园园听到这话，略微放了心，他并没有因为那条短信而对她有不好的想法呢。再回味他的话，园园笑了出来。她举起手里的小罐子晃了晃，说："那你来得可正是时候。我刚从净善大师那边回来，大师又赏了一罐给我。"

傅北辰想起之前在她办公室喝过的"禅茶"，带着笑意随口问道："净善大师是崇福寺的师父？"

园园点头，笑眯眯地说："他还是我的老同学。"

这时戴淑芬从后面走了出来，"园园回来了？在后头听到你在跟人说话。"说着，戴淑芬看清来人是傅北辰，有些意外，"你是上次送园园回来的傅先生吧？"

傅北辰礼貌地问候："是，阿姨您好。"

"你好你好，上次，家里乱糟糟的，也没好好招待你，真是不好意思。"戴淑芬赶紧把人请到茶桌旁，热情道，"别站着了，坐吧。我这儿新到的肉桂口感不错，尝尝看。"上一次丧礼过后，她曾问过园园那天送她回家的人的身份。知道了傅北辰是程胜华家的远亲，还帮过园园很多。

"多谢。"傅北辰笑着坐下。

园园在傅北辰的对面坐下，道："我妈有好茶都不给我泡，说我反正喝不出好坏。"

"所以，你只能喝大师的禅茶？"傅北辰微笑着打趣。

"大师？"戴淑芬疑惑地抬头。

园园笑道："就是姜小齐……"

每每说到姜小齐，戴淑芬总会忍不住叹一声："怎么就会出家做了和尚？不过有时候，觉得他还真是有点意思。唉，他也是命苦……"

眼看妈妈要话当年了，园园赶紧扯开了话题，说："妈，你记不记得，我小时候曾跟你说过的，我给一位大哥哥带路，然后捡到了大哥哥的一幅画。"

戴淑芬疑惑地看向她，显然不记得有这么一件事了。

而傅北辰也正静静地看着园园。

园园又说："画上是一个很好看的瓶子。后来我出差去景德镇的时候，根据那个瓶子的样子拉了个坯，我看师傅做的时候很简单，结果我却……总之，做得挺失败的。"园园想着傅北辰是陶瓷专家，才会挑了这个话题——投其所好嘛。

"你毕竟不是专业的，做成那样已经很不错了。"傅北辰安慰道，随后说，"不过，我倒是很想见见那幅原画。"

"瓶子？"戴淑芬问。

"是啊，妈，当时我让你看，你说你太忙，没有看。画上的瓶子真的很美，所以我现在还留着呢。"然后对傅北辰说，"你要看？那我这就给你去拿！"说着就跳起来跑开了。傅北辰看着她的背影，脸上浮起笑意。戴淑芬看看园园，又看看傅北辰，心有所想。

"这丫头总是说风就是雨。"戴淑芬把泡好的茶倒了一杯，送到了傅北辰面前。

傅北辰道过谢，将茶杯送到嘴边，还没入口，就闻到了清新的香味，他啜了一口，品了一会儿吞下，赞叹道："我一直听说好的肉桂有乳香，这次终于尝到了。"

"看你喝茶就知道是行家。"戴淑芬又给他添了一些。

没一会儿，园园就拿着画飞奔过来，献宝似的展开。

戴淑芬一看到画，脑袋里就嗡的一声，"这……"

她又见傅北辰也在看着这幅画，神情里有些怀念？至少，不像是第一次见。

"妈，你怎么了？是不是又哪里不舒服？"园园发现妈妈的脸色不是很好。

"哦，我没事。"戴淑芬缓了缓，把画拿到手上，又认真地看了看，而后对园园说，"园园，妈突然想起来，早上跟你王阿姨订了糯米手打年糕，你去帮我拿回来吧。"

园园一愣，"现在？"

"时候不早了，你王阿姨关店早。快去快回。"

园园看了眼傅北辰，不情不愿地出门办事了。

傅北辰何等敏锐，自然感觉到了戴淑芬的逾常，等园园出了茶馆，他看向戴淑芬，等着对方开口。

"傅先生，你……是否曾见过这幅画，或者说，见过画中的瓷瓶？"

傅北辰只犹豫了一下，便说："画中的瓷瓶，我确实是见过。而这画，就是我画的。"傅北辰想，这些不曾跟任何人说起过的话，今天他却毫不忌讳地跟人坦陈了，只因她是程园园的母亲。

"你画的？"戴淑芬这下更惊诧了，"请问，你是在哪见过这个瓷瓶？"

"说出来，可能您不会信。"傅北辰停顿了下，"是在梦里。"

戴淑芬听到这话，只是想，他可能是在哪里见过，然后才会在梦里梦到，只是自己忘了。

"阿姨，您对画中的瓷瓶感兴趣？"

戴淑芬长叹了声，说："我家以前有个一模一样的。"

"那现在呢？"傅北辰放在桌下膝上的手，慢慢地收紧，继而又松开。不意外，但这样的巧合依旧让他无法平静。

"相似形制的瓷瓶有很多，您怎么能肯定，我画的这个跟您家的那个，是同一个呢？"必然是同一个。

"因为不仅外形完全一样，上面的字和画也是一模一样。"戴淑芬指着画中瓶子上的字，说，"我家的瓷瓶上，也是刻着这首《秋风词》，画着石头和蒲草。"

戴淑芬又说："可惜，园园出生后没多久，这个瓷瓶就不见了。因为它是祖传的，所以园园的奶奶因此对园园有了芥蒂，时不时迁怒孩子……害得那孩子心里也……"这些往事，戴淑芬现在想起来，只觉恍如隔世，"我一直没有想明白，保存得那么好的瓶子，怎么会无缘无故消失？如果说是遭贼了，为什么贼不偷其他东西，单单就偷了瓶子？"最终戴淑芬笑着摇了下头，说，"其实，我是想，如果能把瓷瓶找回来，就可以解了园园的心结，可说不定，这孩子早就不介意了。园园平时大大咧咧，做事也毛躁，不过这样她就不会太纠结一些事情，比我想得开、放得下。所以傅先生，今天这事，就当我没问吧。"

傅北辰自然是配合，按下心念，道了一声："好。"

这时园园拎着两大包手打年糕，匆匆回来了。

傅北辰并没有在园园家久留，喝完了两杯茶后，他便起身告辞："打扰了这么久，我也要回去了。阿姨，谢谢您的肉桂。"

"这就走了？"园园瞪大眼睛看着他，"吃完晚饭再走吧。"

傅北辰浅笑道："不了，下次吧。今晚要去陪傅教授吃饭。"

戴淑芬本也想挽留，但见对方已有约，也就没再挽留，只说："那园园你送下傅先生。"

园园"哦"了一声，在她依依不舍地送傅北辰出去时，听到他说："中秋过后，我要去日本出差。"

"你要去日本？"

"那边有场陶瓷学术交流会，大概要一周后才能回来。"

"那么久啊？"

　　两人走到了门外，傅北辰才柔声说："是啊，那么久……"他抬手拿下了刚刚掉落在她肩膀上的一片金黄的银杏叶，没有丢掉，而是捏在了手里。"送到这儿就行了，你进屋吧。"在没有完全弄清楚之前，他不能跟她说关于那一世的事。再等等吧，傅北辰想，再等等，反正，已等了那么久……

　　"我还是送你到你停车的地方吧。"

　　"不用了。再见，园园。"傅北辰的声音和缓，却犹如许诺。

　　园园站在门边，望着傅北辰渐行渐远，忽然有些晃神，她好像回到了很久以前的某一天。

　　从玉溪镇到菁海市原本只要四十分钟的车程，因为中秋小长假而堵成了一锅粥。当傅北辰终于开到孚信新苑时，天已经黑透，他带着疲惫和欣慰，将头靠在了方向盘上。

　　"程园园。"一声喃语，似含了千言万语。

　　恍惚间，他看到了她在大火中，凄艳地对着他笑。那一瞬，他觉得自己的心停止了跳动，那是种深入骨髓的痛苦。

　　傅北辰去了日本，而园园每天依然忙碌，但她一点怨言也没有。因为她发现最近的自己不能空闲下来，因为只要一闲下来，她就会不由自主地去想傅北辰。

　　园园想，莫非这就是所谓的相思病吗？

　　园园一边想傅北辰，一边想新专栏——张越人让她这周内想出一个专栏选题。她想着想着，突然一个念头冒了出来。

　　第二天一早，园园走进张越人的办公室，把赶了一晚上的新专栏选题方案《玉溪镇的前世今生》交了上去。张越人接过去的时候，抬头看了她一眼，说："熬夜做的？"

园园点头，"主编你好神通广大。"

张越人没理熊猫眼程园园对他"不人道"的隐晦指责，扫了一遍手上的选题，问："我记得玉溪镇是你老家？"

"是的。"园园点头。

张越人叉着手想了想，又问道："公主驸马祠确实是个不错的切入点。不过你在上面还写到了一个废墟和一棵千年的红豆树。这些跟公主驸马祠，有联系？"

"我觉得有。玉溪镇解放前只是个村，叫公主村。驸马姓傅，但全村却没有一户姓傅的人家，几乎都姓程，可是村里唯一的祠堂却不是程家的，而是公主驸马祠。那个废墟，有人曾经就猜测是否是程家的祠堂，但我却觉得不太对。程家人一直在那里，守护着公主驸马祠，却不去重修自己祖先的祠堂，这不是很奇怪吗？还有那棵千年的红豆树，它被种下去的时间，似乎恰好就是公主驸马生活的时代，这背后会不会也有故事？"

"有点意思。"张越人嘴角闪过隐隐的笑意，随即从抽屉中拿出名片夹，翻找了一下，抽出一张递给园园，道，"这个顾文麟是菁海市的文物局副局长。我跟他不算太熟，但饭桌上有过几面之缘，谈得还算不错。你记一下他的联络方式，要是有什么困难，可以试着找找他。"

说完，他若有所思，在看着园园存完那人的手机号后，又补充了一句："傅北辰跟他很熟。"

"……"

第十八章

陌上人如玉

　　这天下午，园园从古籍所傅教授那儿拿了稿子出来，刚才傅教授笑着告诉她，傅北辰今天中午回来了。园园听了，心里犹如一阵清风拂过，起了涟漪。而就在她走出古籍所，朝孚信新苑的方向望去时，傅北辰的电话就打了过来。

　　园园心里惊叹：真是神了。

　　傅北辰得知园园就在H大，便与她约在兰亭见。

　　兰亭是H大西边角落的一处景观，亭边种了不少兰花，而亭前有一处缩小版的曲水流觞。平时，尤其傍晚，许多小情侣都会在这一带流连。

　　此时，太阳已经偏西，金色的余晖洒在校园里，有种特别温暖的感觉。园园走在H大有名的梧桐道上，因为已开学，周围的学生或夹着书本，或骑着单车，比上次她来H大遇到程白那会儿，人多了很多，来去匆匆。

　　快到兰亭的时候，园园看到了傅北辰，他静雅地站在一片兰花边上。

　　傅北辰从看见她的那刻，便一直望着她，待她走近，他微笑开口："好久不见，园园。"

园园也满脸笑意地回道："好久不见，傅北辰。"五天不见。

随后两人在附近的一张长木椅上坐下。坐下之后，傅北辰便从西装口袋里拿出一只精美的小礼盒，递给园园，"出差带回来的小礼物，希望你喜欢。"

园园踟蹰地接过，"你老送我东西，我以后要贪得无厌了，见着你就跟你讨礼物，看你怎么办？"

"乐见其成。"

园园被傅北辰的大方给逗笑了，她打开盒子，只见盒中赫然躺着一把精致的小梳子，可是仔细看，底下是一把红色的小梳子，上面却还有一把更小的金色梳子。她疑惑道："这么小的梳子，怎么用啊？而且，这是……一把，还是……两把？"园园说着捏起梳子，看到背面才恍然大悟，"这是胸针？做得好别致哪！"

"喜欢就戴起来，配你今天的毛衣颜色刚好合适。"

园园点点头，把盒子放到一边，正想自己戴上，傅北辰却俯下身来，接过胸针，柔声说："我帮你。"

这样的角度，他一抬头便能亲到她了。园园努力装出淡定的样子，伸手把胸针抢了回来，"我自己来。"

傅北辰便直起身子，看着她。

两人各怀心事，都没有发现不远处随微风微微摆动的红色裙角。

程白挂着拐杖从复健中心出来，正走向杨师傅停在路边的车时，他的手机响了，摸出来一看，是沈渝，他想了下，接听，"什么事？"

"你不是很在意程园园吗？你再不出手，她就要被人拐跑了。"

"什么意思？"

沈渝的声音透着一丝看好戏的意味，"我大师兄都送她'梳子'了。结发同心，以梳为礼。"

沈渝等了一会儿，程白都没说话。

"喂？程白？"

"没其他事了？"

"你不是挺关心程园园的吗？怎么——"话没说完，那边就已挂了电话。

沈渝也不介意被程公子这么不客气地对待，她把手机往小皮包里一塞，转身朝宿舍楼走去，边走边自嘲了句："比起程白，我似乎更恶劣啊。"

她又想到了傅北辰，那样专注温情的神情，已有两年多未在他脸上见过了。傅北辰看似温暖，看似很好说话，但却客气得拒人千里。如果说程白是直接冷漠的刀锋，他就是温水，掉进温水里，自以为很舒服，却会慢慢窒息，连挣扎出去的力气都没有。

她表姐就是活生生的例子。

因为要开始着手做关于公主驸马祠的报道了，园园周六这天便回了老家。她不想一上来就去找文物局副局长什么的，自然更不想去麻烦傅北辰，于是决定先从身边的人着手看看。

园园通过一一走访玉溪镇上的老人，把各种传说和流言都记下来，用了整整一个周末，收集并总结出了一个大概。

当年，时局本来就不稳，公主和驸马又看不惯朝堂流弊，所以相携出逃，离开是非之地，选了处宁静偏僻的小地方隐居下来，即如今的玉溪镇。

与他们同来的，还有另一个人，但关于这个人的传说就有很多了。笼统论之，有侍卫随从和兄弟朋友两种说法：

一，"侍卫随从说"认为，这个侍卫就是程家的祖先。公主驸马无后，所以侍卫的后代就造了一座纪念他们的祠堂。但侍卫一直对公主心存爱慕，因此这棵红豆树是他当年在公主死后亲手栽下的。临终时，他又要求自己的后代把自己葬在红豆树边上。

二，"兄弟朋友说"则认为，与公主驸马一起隐居的是驸马的兄弟或者朋友。这个朋友另有心爱之人，而那个人当时可能已经死了，所以这个人就种下红豆树以寄相思，死后也葬于此。而红豆树边上的废墟正是公主驸马为他建造的祠堂。

比较两种说法，似乎每一种说法都有合理之处，又都各有漏洞。第一种说法合理地解释了程家人的出现，但是很难解释为什么程家人没有很好地保存自家的祠堂而让它变成了废墟。第二种说法听起来很顺，但是，公主驸马祠又是谁建的呢？程家人又怎么会出现在这里，还每年都去公主驸马祠搞祭祀活动呢？

傍晚，园园坐车回市里的时候，突然想到驸马姓傅，傅北辰也姓傅——傅北辰该不会是驸马后代吧？

"如果真是的话，他可是贵族后裔了啊。"园园不禁笑出来，随后轻拍了两下自己的脸，喃喃自语道，"好了，别想他了，想工作想工作，第一篇就写公主驸马吧，史料也多。"

沈渝这段时间又是实习又是上课，周末才有了点余暇向导师汇报了一下最近的研究情况，并请教了一些问题。临走前，她突然想起之前在傅教授的书房见过一套《明儒学案》，上头的批注很有意思，便想借去看。

"那书前几天北辰拿去看了，应该就在他房里的书桌上，你自己去拿吧。"傅家声坐在沙发上，拿起老花镜，又翻了一页书。

沈渝应了声，过去推开了傅北辰的房门。傅北辰的房间十分整洁，所以那大部头的《明儒学案》一下就映入了她的眼帘。沈渝走上前去挑了需要的两本，正准备离开，忽然有张纸从两本书之间掉落。

她弯腰捡起，竟是一幅古装仕女图，图中的女人低眉含笑，线条流畅柔和，仿佛极尽温柔之意……沈渝觉得，这女子眉眼间竟有几分熟悉，却又想不起来。

"小沈，找到了吗？"

"找到了。"沈渝回应傅家声，顺手就把画纸夹进了另外两本书之间。

从老师家出来，沈渝又想到了那幅画，以及她表姐赵珏……

赵珏出事后的很长一段时间，沈渝都不相信表姐会为情自杀。赵珏那么出色傲气的一个人，即便她中意的人无意于她，也不至于会选择死亡啊。沈渝觉得，这不像她认识的赵珏。她后来曾尝试着登录赵珏的QQ，想从中找出点端倪。然而各种密码试尽都无果，可就在她打算放弃的时候，随手输了123456789，居然就成功了。原来天才的密码，竟是如此出人意料的简单。表姐QQ上的人很少，除了自己，沈渝一个也不认得，因此也就一无所获。

后来，沈渝考上了傅家声的研究生。当第一次见到大家口中的青年才俊大师兄傅北辰时，她惊得说不出话来，这个人——他们的大师兄，正是表姐收藏在日记本里的那张照片上的人，是表姐当年为之而死的人！沈渝现在依然清晰地记得当时她盯着傅北辰，心下翻腾着难以抑制的情绪。她后来想，这也许是上天的安排——让她来弄清楚，表姐为何竟不顾亲人的感受而决绝地选择了那条不归路。

沈渝看着手上的《明儒学案》，再次回想画中的女子，之前没想起来，这时却如梦初醒般地恍悟，那画中之人，可不就神似程园园！

周日一大早，园园就被王玥的电话吵醒了。

"程园园同学，今天有个汉服圈的聚会，你跟我一块儿去吧！"近来王玥不知怎么就突然迷上了汉服，混起了汉服圈，且总想拉园园一起入圈，因为她觉得程园园的五官很"古色古香"。对于汉服，园园是发自内心地觉得好看的，可是王玥结交的那些玩汉服的人，质量确实参差不齐，有些照片真心看得她啼笑皆非。

"可是我没有汉服啊。"

"你没有我有啊！穿我的，我一定给你准备一套特别漂亮的。"

"我能说'敬谢不敏'吗？"

"可以。但从此以后，你跟我桥归桥，路归路，各自吃饭，咫尺也天涯。"

经过一番斗智斗勇，程园园最终还是屈服在了王玥的"淫威"之下。

王玥加入的汉服圈此次聚会地点是在夕照湖边的一个茶楼，因为是周末，来来往往的游客特别多。王玥穿着对襟齐胸襦裙，胳膊上还挂着披帛，一副大家闺秀的样子。不少游客看到他们，纷纷上来要求合影。王玥自然十分热情，来者不拒。园园却一直往后缩，生怕遇到熟人。

没一会儿工夫，游客们都把王玥当成了吉祥物。王玥也索性把包丢在了一边的石凳上，专心做起了陪照。这时，一个瘦不拉唧的小伙子不动声色地拿起了王玥的包，正准备开溜，躲在后面的园园刚好瞟到，她赶紧喊了一声："有小偷！"

周围的游客一阵紧张，纷纷去查看自己的物品，一时间，场面有些混乱。而园园眼看那小偷几个转身快要溜不见了，顾不得今天穿的是繁复的长裙，一跺脚，拔腿就追了上去。之后，足足追了五分钟，直到追到一条小吃街上，在一家酒旗招展的饭店前，园园终于气急败坏地逮住了小偷。她上气不接下气地说："你……你……好好做人不行吗？干吗要做贼？"而这时候园园才看清，对方似乎还是个未成年人。

此刻，除了周围不明真相的围观群众，还有一些人正透过饭店落地玻璃窗看着程园园，这些人正是傅北辰的同事。当然，傅北辰也在场。因为其中一对同乡的同事前两天回老家结了婚，而他们的老家离菁海市挺远，加上结婚那天也并非周末，同事们都没能到场参加，新人便回来补请。

就是那个新郎官在看到外面的情况后，惊讶地说了句："傅北辰，这不是上次来过我们单位的那位小姑娘吗？"

然后一桌的专家都看了过去——

程园园上身穿着鹅黄的窄袖对襟褙子，袖口和领子上都有卷草纹的刺绣，内搭一个胭脂红的抹胸，下身是烟粉色的曳地长裙，看上去倒是秀丽清雅。只是，钗斜鬓散，身上的褙子也穿得歪歪斜斜的。

傅北辰在看到程园园时恍了下神，随之看到她拽着一个明显像小混混的男人，他站起来就往外面走去。

有女同事看着跑出去的傅北辰，揶揄道："认识傅专家至今，还没见过他这种焦急神情。"

"你在做什么？"

园园听到耳熟的声音，一偏头就见到了傅北辰，虽然诧异，但此时此刻实在容不得她分心，她喘着气说："他抢我同事的包。"

傅北辰已走到她身边，心里有些微怒，但脸上并没有表现出来，只是面无表情道："那就让他抢。"言下之意，她不该莽撞地独自抓人，令自己陷入危险的境地。

被园园拽着手臂的小偷点头斥骂道："就是！臭娘儿们，还不快给我放手！"下一秒，他就感到背脊一痛，有人一把将他按在了墙上，让他动弹不得。

面前的男人表情没变，小偷却感觉到了一股子寒意。他没来由地有些害怕了，忙说："别打人，别打人，我把包还给你们！"他说着就把包扔给了园园，"求你们别报警！我是第一次偷，真的。"

园园想，反正包也拿回来了，加上对方还很年轻，就说："小兄弟，那你以后可要改邪归正了，绝不能再犯。"

"一定一定！"

傅北辰看了园园一眼，松开了手。他自是不信小偷说的"第一次犯"，但此刻也不想在不相干的人身上浪费时间。而小偷一得自由，就七慌八乱地跑了。傅北辰则皱眉对着园园说："有没有受伤？"

园园摇头，还有些神经紧绷。

这时候，王玥也总算是赶来了，"园园，你没事吧？！"

园园将包递给她，"我没事。"

"没事就好，没事就好。"王玥刚才一心只担心园园，这会儿才注意到她身边的男人，冲口而出，"咦？傅先生？"

傅北辰又恢复了儒雅温和的样子，他原本要跟程园园说点话，但有外人在，便没有说。他朝王玥礼貌地点了下头，又问了园园一句："午饭吃了吗？"

此时的园园心神终于全部转到了"穿成这样竟碰到傅北辰"上面，当下恨不得挖个洞把自己给埋了。怎么能让他看到自己这个样子？完了完了，毁了毁了……

"没。"她于是低着头赶紧拉住了王玥，对傅北辰说，"我们这就要去吃了。那……再见。"

傅北辰看着她快步离开，站着没有动。此时，步行街两边花坛里的木槿花正开得艳，姹紫嫣红，却一点也入不了他的眼。直到同事詹宏宇跑出来问："大伙儿让我来问你呢，怎么在这儿呆住了？"詹宏宇随着他的目光，看向街尽头那个头发散乱、穿着古装却衣衫不整的背影，开玩笑地说，"原来你喜欢这一类啊？"

傅北辰敛下眼睑，却看到地上静静地躺着一根钗子。他弯腰捡起，心道：不是这一类。是自始至终，就这一个。

园园回到夕照湖边的茶楼，今天一起玩的那群人齐齐地注视她。

园园喝了口茶，说："帅哥美女们，求你们别看了，我知道我现在的样子一定很像刚做完人肉包子的孙二娘。"

这话惹得大伙儿都笑了。

王玥在帮园园整理仪容的时候，发现她头上头钗不见了，"你头钗掉了呀？"

园园抬手摸了下头，果然空空如也！"大概是追小偷的时候掉了吧。"

"没事，掉了就掉了。"王玥也不介意，反而是朝园园挤了挤眼睛，又说，"园园，那位傅先生是我见过的最有古代风韵的男人了。你要不要去怂恿他也来加入我们？我觉得他要是穿上白衫，一定帅得一塌糊涂。陌上人如玉，公子世无双啊。"

"真的假的啊？"有人表示怀疑。

虽然用膝盖想也知道，傅北辰不可能来跟他们一起混什么汉服圈，但王玥这一段热血沸腾的陈词，还是让园园不由得脑补了一下傅北辰着古装的样子。嗯，应该是极儒雅俊美的吧……

"我这张嘴是金口吗？"王玥突然目瞪口呆地望着园园身后。

园园转头就看到了自己前一刻在YY的人。

"你的。"傅北辰走到近前，将手上拿着的头钗递给她——正是她掉落的那根。园园愣愣地接过，都不敢抬头看他。傅北辰见她浑身不自在的样子，也就没有多留，只朝其余人微笑着点头致意了下，就转身离开了。

因为傅北辰的出现，园园之后就被大家围了起来，纷纷要求她把傅北辰拉进圈里。园园真是要飙泪了，"这事儿，你们就别想了。"

众人听园园如此斩钉截铁地说，这才惋惜不已地死了心。

活动结束，园园回到家洗了澡后，捧着笔记本电脑窝在客厅的小沙发里打算看点剧，但脑子里总是时不时地回想起今天发生的事。

"啊，真是糗死了！以后王姐再怎么说，我也不答应了。"她把电脑一合，倒下装死。结果大概是真累了，所以没一会儿就睡着了。等她醒过来，事实上是痛醒过来，外面竟已下起了大雨。她刚要爬起来，肚子却一阵绞痛，让她不由呻吟出声："好疼啊。"园园想到自己之前那场追小偷运动，以及运动前跟汉服圈的女孩子们吃冰淇淋，她吃了两根，饭后又吃了一盒冰冻的酸奶。内外夹击之下，莫非是要寿终正寝了吗？"呸呸，哪有这样诅咒自己的……可是真的好疼。"园园感觉到额头上开始冒汗，肚子更是一阵阵地痉挛、抽疼。

这样疼，莫非是阑尾炎？

园园慌了，抖着手摸出衣服口袋里的手机翻通讯录，想给妈妈打电话，可转念又想，等妈妈赶到这里时估计她已经去了半条命了。一个个看下去，在看到傅北辰时，她犹豫了一下，刚想再往下翻，结果电话却响了，来电之人正是傅北辰。

园园也不知道怎么了，眼睛突然就红了。

她按了接听键。

"傅北辰。"

"怎么了？"傅北辰一下就听出了园园语气里的虚弱。

"我、我肚子疼。"

傅北辰飞快道："你等等，我马上过来。"

园园愣愣地看着被挂断的电话，心里浮起的喜悦减轻了一点疼痛。

而没过五分钟，园园就听到了门铃声。

"这么快……"

园园捂着肚子爬起来，举步维艰地去开门，门外的人确实是傅北辰。

傅北辰喘着气，头发微有些凌乱。他将手上的长柄雨伞放在门口，一脚跨进门，扶住了园园。两人到沙发上一坐下，园园便问："你……"

"我刚好在附近。"傅北辰说。他让她躺好，右手移到她肚子上，隔着衣服布料在她胃部位置按了下，"按这里疼吗？"园园只觉得窘迫，但还是摇了摇头。傅北辰便又在她右下腹按了下，见她反应不大，便问："你例假是几号来？"

园园直愣愣地看着他，也想起来她例假好像是差不多要来了，张口结舌地说："不是阑尾炎？那可能是吃坏肚子了吧。"她宁愿是吃坏肚子呀。再者，经期来时她虽然会不舒服，可从未这么疼过。

傅北辰严谨道："我得确定原因。如果是吃坏了，那去给你买点抗生素就行了。"

园园满脸通红地说："就这两天。"在经期前猛吃冷饮是她疏忽……

傅北辰听完后就起身去了厨房。

而园园捂着肚子心塞地想，今天是不是她的渡劫日啊？

傅北辰回来的时候，手上拿了一杯"饮料"，黑漆漆的，很浑浊，也不知是什么东西。他递给园园说："喝了，会舒服点。"

园园乖乖地拿过来喝了一口，发现味道还不错，"这是什么？"

"毒药。"傅北辰微笑道。

"……"

"里面是红糖、鸡蛋、生姜。你这儿没有别的材料，先喝点这个，温阳暖宫。"

"哦……"

傅北辰坐在她旁边，看着她一口一口喝完。园园喝完，刚将杯子放到茶几上，转回头要跟傅北辰说谢谢，眼前忽然一暗。

傅北辰柔软潮润的唇贴上了她的唇，园园瞪大双眼，随即立刻闭上了眼睛，他身上清冽的香味萦绕在她鼻息间。蜻蜓点水般的吻，却也把园园吻得几乎快心跳停止。

　　而恍惚间，园园听到傅北辰喃语了一声："宛玉。"

第十九章
男神女神

Wan Yu?

园园额头抵在办公桌上，心碎成渣。而他，好像完全没有意识到自己叫错了，或者说，他都没注意到自己叫了。

园园想，自己难道是悲摧的化身？

每一段义无反顾投入进去的感情都不得善终？

园园猛然起身走到王玥身边，说："我想找个男朋友，帅的。"

王玥当场就笑了出来，"那位玉树琼枝般的傅先生啊。"

园园绝望地说："我想找个男朋友，帅的，喜欢我的！"

王玥就像复读机一般，"……那位玉树琼枝般的傅先生啊。"

园园垂头丧气地回到自己座位上。这时桌上的电话响了，她一看，竟就是傅北辰打来的。然后，她手抖心抖地挂掉了……

她现在真的有点不知道该怎么面对他。

程白吃完午饭，没有等在跟女同事聊天的汪洋，先行拄着拐杖从食堂出来，进医院楼等电梯时，遇到了五官科同事冯立。

"你有空吗？"程白开口。

"嗯？"冯立疑惑。

"我右耳几年前受过伤，听力稍微比左耳差点，但最近有时会一点声音都听不见。"程白平静地叙述，就像是在讲别人的病症。

冯立反而比他还紧张，"是赈灾回来后吗？"

程白想了想，回说："是。"

很快电梯到了，两人进了电梯，到了三楼，冯立领程白去了五官科，做了耳部的全面检查。检查后，冯立皱着眉告诉他，他是由于外伤造成的神经性耳聋，是可以治疗改善的，但治愈的可能性很小。

回到办公室后，程白感觉有些累，就靠在椅背上闭目养神，本来是想放松的，可是脑子却在不停地转动。

当年那次袭击事件，乍一看像是偶然，他和园园都不认识那个行凶的人，但他直觉这件事没有那么简单。那天后的很长一段时间，他都无法放松。他反复地在脑中回想当日的情景，总觉得那个人是冲着他来的。

本该是他的劫，挨棍子的却是她。

他越想越后怕，如果自己暂时还不能保护她，那么至少绝对不可以再连累她。于是，那天在雨中，他跟她说了那样的话。

后来的事，证实了他的判断。那个人又一次出现，抓住了他。原来这人本是程胜华厂里的工人，因为偷药材倒卖被开除了，没钱又没了工作，便心生歹念，想通过程白向程胜华勒索钱财。程胜华表面同意私了，暗地却报了警。那人暴力拒捕，甚至情绪失控变得歇斯底里，程白因此挨了好几棍子，其中最重的一下是打在右耳上的。最后，那人被警察逼到了工地的顶楼，纵身跃下，一声巨响后，就死在了程白的不远处。当时程胜华立即蒙住了程白的眼睛，但程白还是看到了——一片血肉模糊。死，竟然那么容易。而幸好，幸好她没有受到牵连。

园园下班的时候，接到了程胜华的电话。

"喂，叔叔。"

"嗯，园园啊，今晚没别的事吧？没事的话来叔叔家吃饭。"

园园脑子一转，后知后觉地想到今天是程胜华的生日，"啊，我给忘了，叔叔，生日快乐！我一定过去！"

"好，你人来就行了，千万别买礼物。"

园园刚要说那不行，程胜华已道："前些天你不是刚给叔叔带了好多好茶吗？行了，这就是礼物了。再浪费钱买别的来，叔叔可要生气了。"

园园笑道："那好吧。"

园园刚到程家，程胜华便跟园园说，程白的腿已差不多康复了，但这段时间暂时仍需要拄拐。

"之前我太忙，都没什么时间照顾他。园园，这次多谢你了，帮我照顾程白。"

"我没做什么啦。"

这时，园园隐约听到背后有"笃笃"的声音，偏头看去，只见程白已站在她所坐的单人沙发后面。

他右手正拄着一根别致的黑色拐杖，五指自然地搭着，而左手则插在灰色薄风衣的口袋里，由于他刚刚停住，薄风衣的一角在慢慢垂落，那一瞬的动感，显得他的身姿益发地卓然。

园园腹诽：这家伙，瘸了都要扮帅，真不知道他是从哪里搞来这么一根上海滩老克勒范儿拐杖。

"心里面在嘀咕些什么？"

园园一惊，"哪有，你想多了。"这人，是她肚子里的蛔虫吗？

程白淡哼了一声。

程胜华笑道："好了，咱们上桌吃饭吧。"

饭中，园园拿果汁敬程胜华，"叔叔，祝您福如东海，寿比南山，健康快乐，越来越帅！"

程胜华大笑，"谢谢！"

程白对他父亲只简单说了句："爸，生日快乐。"

"嗯，好！"程胜华看着面前的两个孩子，"我五十五了，你们也都大了，时间过得真快啊。"程胜华说着伸出只手比画了下，"园园，你还记得你刚来叔叔家的时候吗？才这么高。程白也没比你高多少。"

"嗯。"园园点头。她记性好，什么都记得呢，"叔叔让我每天喝牛奶，我才长到了一米六五，否则估计最多才一米六吧，哈哈，因为我妈妈不高，我记得我爸爸也不高的。"

程胜华同意，"你爸比我矮多了。"

一顿家常便饭，吃得其乐融融。

晚上，园园离开的时候，程胜华说送她。在程胜华去车库开车时，园园站在花园门口，她回头望了眼玄关处的人，心想，不可否认，虽然程白常常言行恶劣，但却从没有真正对她不好。

园园看到叔叔的车开出来，忍不住友好地朝程白挥了下手，"我走了，程白！"

现在的程白，对她而言，是家人，是哥哥。

程白没有表示，转身走了。

园园讪讪然，这家伙……

　　沈渝躺在宿舍的床上，翻着从导师那儿借来的《传承》杂志，读完倒也不禁称颂一句"使读之者，亹亹不厌"。翻回版权页，上面就有编辑部电话，而责任编辑栏里有程园园的名字。

　　沈渝想到自己那天去看程白，跟他要程园园的电话，他不给。这年头，找不着和尚，庙还在，要找到还不容易？

　　沈渝翻身坐起，拨了《传承》杂志编辑部的电话，毫无悬念，是程园园接的。

　　"我是沈渝，还记得吗？"

　　接到沈渝电话，园园虽然有点惊讶，但也欣然道："当然记得，你可是大美女呢。"

　　沈渝哈哈一笑，"过奖了。"

　　两人聊了一会儿，倒也一点都不生疏。沈渝便趁机说自己周末想逛街喝茶，但是没有同伴，问她有没有空。园园本来对沈渝的印象就不错，只是之前接触不多，既然人家主动结交，园园也就爽快地同意了。

　　很快就到了周末，由于连下了几天的冷雨，满地都是枯叶，风一卷就是一地萧瑟。但园园久没逛街，倒也兴致勃勃，于是两人一路拼杀，各自都收获了两件战利品，园园的两样分别是给叔叔和妈妈买的羊毛衫。正当两人口干舌燥之际，刚好路过一家咖啡馆，店名叫"盗梦空间"。

　　"盗梦空间。"沈渝正挽着园园的胳膊，看到这家店，她停了下来，看向园园说，"话说，你知不知道大师兄他似乎经常睡不好？"

　　傅北辰？园园的心不由紧了紧，随之便是失落。但即便现在对傅北辰有"芥蒂"，她也不想在别人面前谈及他的隐私，于是含糊地反问回去："是吗……"

　　"具体我也不清楚。"沈渝摇头，随即暧昧地笑问，"你难道不关心吗？我觉得大师兄对你可是很上心啊。"

园园苦笑，说："傅北辰对我是不错，但他不过是教养好，待人客气罢了。我要是自作多情地认为他是在意我，岂不是反而给他添烦恼？"

沈渝见园园似乎不排斥被探问她跟傅北辰的关系，索性单刀直入地问："那你觉得你们……有没有可能？"

"啊？"园园当然明白她的意思，却依旧只能苦笑，"傅北辰对我来讲，就像是……天上的星星，噗，就是男神一样的存在。男神呢，是用来膜拜的，可远观而不可亵玩。"

沈渝莞尔一笑，"不对，依我看，男神也是可以私家收藏的嘛。"

园园听完，看着沈渝，也半开玩笑地说："是可以，但是男神呢，得配女神才可以，比如你。"

沈渝看着面前比她小两岁的程园园，标准的鹅蛋脸，皮肤算白，眼睛很亮，每次眨眼都仿佛有波光流转。沈渝笑了，"就冲你这么看得起我，我必须请你进去喝一杯。而且，看它玻璃门上贴着的餐食也蛮不错的样子，不如我们午饭也在这里解决了吧？"

"好。"园园笑着推开了店门。

店里灯光打得有点暗，放着轻音乐，客人不多，三三两两地分坐在各处。她们找了靠窗的角落坐下后，各自要了一杯拿铁。

"园园，你说大师兄是男神，我是女神，那么，程白呢？"沈渝回了条短信，放下手机，抿了一口咖啡，一股奶香瞬间在唇齿间弥漫开来。

"性格冷傲，脾气难料，嘴毒心不坏的大少爷。"

沈渝哈哈笑出来，"精辟！"

"那，我大师兄呢？除了你说的'男神'，你觉得他这人如何？"

园园不自觉地咬了下唇，搜肠刮肚也没找到词。因为在她的心里，傅北辰不是只言片语能形容的。

沈渝看着她的表情，心下了然。

她喜欢傅北辰啊。

"大师兄平时对人都是礼貌有余、热情不足的。我觉得，他可能连初吻都还在呢。"

"咳！"园园一口咖啡呛入喉咙，随后便是一阵咳嗽，最后咳得脸都红了！

但只有园园自己知道，脸红的一大半原因是什么。

沈渝起身拍园园的背，等她平息后，她坐回位子，抬起右手撑着下颌笑道："园园，我想追大师兄。"

园园愣了好一会儿才回过神，"你喜欢傅北辰？！"

沈渝微微一笑，说："这还有假的啊！大师兄长得好，才识渊博，我欣赏他。从小到大，能让我欣赏的人，并不多。"

"你觉得我跟大师兄配吗？"沈渝又问，"如果我追他，你说成功的可能性大吗？"

园园听她这么一说，突然觉得心里有些酸酸的难受。可是，他们怎么会不配呢？园园想，沈渝这样的，简直是百搭款，跟程白是金童玉女，跟傅北辰是……男神女神。于是她硬生生地压下心里的万般酸涩，最终只吐出一句："你……加油。"

"加油？"一道温和的男声慢悠悠地道。

园园抬头转眸，就看到了傅北辰。

园园意外地望着他，"你怎么……"

"我是来找沈渝的。"傅北辰说着就坐到了园园身边的沙发上。他看了眼对面的沈渝，沈美女则冲他一笑。

好吧，她是墙角一朵可有可无的蘑菇。园园心道。

这时又跑过来一个人，却是王嘉元，他气喘吁吁地说："这里停车可真难啊！大师兄啊，我停车时让你帮我看着点，你怎么就直接走了？那可是你的车，擦了你不心疼啊？"新手王嘉元一脸心有余悸。

傅北辰不理他，看向程园园，看了一会儿，说："就额头撞青了？"

"啊？"

园园想到自己之前跟沈渝在一家店里买好衣服出去时，误以为那扇玻璃门是开着的，直直地撞了上去，疼得她捂脸在地上蹲了好久。

园园见傅北辰还看着她，不禁有点心慌，她别开了脸。至于额头的事，她自然不会说出来刷新自己"二"的高度，只含糊地"嗯"了声，就故作泰然地看窗外的风景了。

如果园园稍微留点心，就会发现傅北辰那话问得不对劲了。

王嘉元坐在了沈渝边上，朝沈美女扬了扬下巴，算是打招呼，然后对园园说："程园园，我们上次在大师兄家见过。我叫王嘉元。"

园园回头，礼貌地点头回道："你好。"

傅北辰问她们："还没吃饭？"

沈渝说："就等大师兄你来请客呀。"

傅北辰眉目不动，"那点餐吧，或者换地方？"

沈渝笑嘻嘻道："逛得腰酸背痛，懒得换了，就在这儿吃吧。"

园园看到傅北辰坐得离她很近，衣角甚至都碰到了她的衣服，脸上不由又起了臊意，她偷偷挪开了一点。

"你要吃什么？"

"什么？"园园抬起头。

傅北辰把手上的菜单摊到她面前，手臂碰到了她，"看看，想吃什么？"

园园心头一跳，随手点了菜单最上面的牛肉铁板饭，虽然她胃口一点也无。

"你怎么跟大师兄在一起？"沈渝问王嘉元。

"大师兄要买电脑，我是电脑高手，所以……"王嘉元摊手。

"你也就这点技能能拿得出手。"沈渝摇头，看向傅北辰，"大师兄，你怎么又要换电脑了？我记得，你上半年不是刚换一台？"傅北辰一向不铺张浪费的。

傅北辰平淡地说："前两天不小心摔坏了。"

园园暗中观察着沈美女，发现她对傅北辰跟对王嘉元的态度没有什么差别。园园不胜慨叹：美女追人好高深莫测啊……

没多久，服务生率先端来了园园的铁板饭，还滋滋冒着烟。园园心不在焉地伸手拿筷子，一滴热油就溅到了她的手背上，她"嘶"了一声。下一瞬，她的手被傅北辰抓住，他迅速拿桌上的纸巾给她擦去了油。园园不好意思地要挣脱开，他抓着她的手不让她动，随后他又换了张纸巾在凉水杯里沾湿了，敷在了她的手背上。

"大师兄，她这连小烫伤都算不上，你不用那么紧张吧？"王嘉元目瞪口呆，真没见过大师兄这样。

傅北辰终于放开了园园的手，他并不在意王嘉元说的话，只说了句："傅教授应该经常教导你们不要忽略细节吧。"

王嘉元、沈渝、园园："……"

园园拿开湿纸巾，捏在手里，心里有种冰火两重天的感觉，既欣喜又心酸。

傅北辰放在桌边的手机响了下，他拿过来看，是来自沈渝的短信："大师兄，我现在算是知道了，我之前发给你的那张照片，你看到的时候是有多心疼了，才会立马回我短信问在哪里。"

傅北辰放下手机看向沈渝，"你最近很闲？"

沈美女咧嘴一笑道："忙啊，但总要劳逸结合吧？所以，就找园园玩了。"说着看向程园园，"我觉得我跟园园特别有共同话题，喜欢的事物都差不多。"

园园想到之前跟沈渝聊影视剧，聊文学作品等，喜好确实挺相似，甚至，连喜欢的人都一样……

她心情无比复杂地点了下头表示同意。

傅北辰看了程园园一眼，带着些许无奈地抬手按了下额头。

这顿饭，是程园园吃过的最难熬的一顿。吃完饭后，傅北辰说要送她，她没看他，低着头说了声"不用"，跟在场的人道了声"再见"，就朝公交车站点小跑过去。

王嘉元看着走远的程园园，狐疑道："大师兄，她怎么好像有些忌惮你啊？"

傅北辰看向沈渝，温和地问道："你们今天做什么了？能跟我说说吗？"

"就逛街买衣服了呀。"

傅北辰叹了一声，对眼前的两人说："她是我喜欢的人。我希望，在不远的将来她也愿意成为我的爱人。沈渝，你跟她做朋友，我不会多说什么，但我希望，你是出于真心。"

第二十章

鸳鸯谱

都市的夜晚，灯火璀璨夺目。

一坐上出租车，园园就头一歪，整个人压在了王玥身上。王玥这时特别想买块豆腐撞死，什么叫自作孽，她总算是亲身尝试了。这周一工会活动，大家本着白吃不要钱的态度，尽情地互相劝杯。这丫头，只不过多灌她几杯酒嘛，谁知道酒量居然这么差！

王玥深深地叹了口气，好在园园的住址在拖她出饭店前被她问出来了，否则今晚大概只能带这丫头去她家了。

晚上的路况很好，没多久就到了红枫新村。王玥付了车钱，又把园园半拖半拽地弄下了车，摸索着找到了13幢，楼道很狭小，边上不时还有人家堆着的一些东西。王玥走走停停，气喘如牛地总算把园园拖到了五楼。当五楼的楼道灯亮起，她终于长长地舒了一口气。

这是个一梯两户的格局，502的门边上正倚着一个男人。他原本低着头，因为王玥的动静太大，此刻他抬眼看了过来。王玥发现，这暖黄的楼道灯半明半暗，那光正半洒在他身上，营造出了些许神秘感。

但，这人她认识，并且印象深刻——傅北辰。

这时，园园大概是觉得姿势不舒服，脖子扭了扭，抽出一只手，啪地就拍上了王玥的左胸。王玥尴尬地抬头，正巧看到傅北辰站直了身子，向前走了一步，对她说："把她交给我吧。"

王玥用了半秒的时间思考，然后毅然决定把怀里的园园转交给傅北辰。帅哥型男才子，即使他会对园园出手，也是园园占了便宜吧。王玥看着两人进屋后，心中圆满一笑：程园园，等着感谢我吧。

园园晕头转向地抓住旁边人的手臂，恍惚觉得王玥怎么突然高大了许多。

"王……王姐，谢谢你。"

等园园倒在床上，就有一条毯子轻轻盖在了她身上。

"姐姐，我想喝水。"

没一会儿，她又被人拉起，喂了两口水。

床头摆着的闹钟嘀嗒嘀嗒走着，园园时不时发出一些醉酒后不成文的咕哝声。

时间一分一秒地过去，园园慢慢清醒了过来，她按着脑门坐起身，发现前方的书桌前坐着一个人。

房里的吊灯没有开，只开着书桌上那一盏昏黄的台灯。他背光而坐，所以园园只能看清一点轮廓，看不清他的眉眼，但几乎在刹那间，她就认出了他。

傅北辰！

园园蒙蒙眬眬地回想起了一点之前的事——他扶她到床上，他喂她喝水。而她，好像叫了他好几声"姐姐"……

她心里哀号了一声。

这时，她看到傅北辰站起身，从桌上的纸巾盒里抽了两张纸巾后，径直朝她走了过来，在她不明所以时，他已将她脸上那半长的乱发拨到耳后，然后，用纸巾擦拭她的鼻下。

"你流鼻血了。"

园园赶紧抓过纸巾，慌忙说："我自己来。"

"你有鼻炎，不要喝太多酒。酒后血液循环加快，鼻腔内毛细血管扩张，毛细血管壁通透性增强，鼻子就可能会出血。"

园园按着鼻子局促地听着。

鼻血很快止住了，园园捏着沾血的纸巾问："你找我……有什么事吗？"

傅北辰垂眼看着她，"我有先知，来救死扶伤。"

"……"

突然，园园伸手捂住了嘴。

傅北辰刚意识到点什么，还来不及退开，园园就已呕的一声，吐出了些酸水，且大半都吐在了他的衣服上。

她看了看那件遭了殃的衬衣，从头到脚仿佛被浇了一盆冰水。

苍天！大地！现如今她在他面前的形象应该完全不成样子了吧？

"对不起！"园园脸色难看。

傅北辰抬手摸了下她的头，脱下了外面幸免于难的深色开衫扔在了她的床上，转身去了卫生间。

这是什么意思？园园不明。而因为嘴里的味道很是恶心，她索性也爬起来摇摇晃晃地跑到厨房里去漱了口。回来时，经过卫生间门口，她下意识地往半开着的门里望去，只一眼，便涨红了脸，耳边只听到自己的心仿佛从胸口一跃到了嗓子眼，一直咚咚地跳——

傅北辰背对着她，赤裸着上身，衬衣正丢在洗手盆里用水冲着。他的肤色是偏暖白的，身上没有一丝赘肉，明显的腰线，腹侧居然隐隐能看到肌肉……

傅北辰似有感应般转过头，就看到了门外的人。四目相对，园园难堪地马上要走开，却又听到他云淡风轻地说了句："等等。"

园园立刻站定，她酒气还没散光，还有些微醺。

"吹风机在哪儿？"

"浴柜里。"

说完，她却忘了挪步，依旧傻傻地站着。

傅北辰搓了两下衬衫，拎起拧了一把，放在洗手盆边缘，拉开浴柜门，看了一眼说："没有。"

"啊？"园园记得就在那里，但却不敢进去。

傅北辰却好像根本没看到她的尴尬，十分自然地说："是不是放在别处了？"

园园只能硬着头皮进去，卫生间很小，才三平方米，园园带着一丝疑惑打开浴柜，发现吹风机就安然地躺在里面。

"不是在吗……"园园刚侧头，就感到腰上被一双手臂轻轻环住了。

"你为什么不接我电话？园园。"傅北辰的声音很温柔，语速很缓，如呓语，如情话。

园园脑子里血液一下就供应不足，空白一片了。

"你帮我把衣服吹干，好吗？"

"嗯……"

傅北辰松开了手，园园拿起衬衣抖开，按开了吹风机，轰隆隆的声响立刻填满了小小的空间，甚至渐渐地，因为不断的热气而使得卫生间的温度都上升了不少。傅北辰站在园园身后，就这样一瞬不瞬地看着她——她睡衣的领口有点大，露出白皙的颈项和一点肩。

因为一动都不敢多动，园园僵直地站了足足一刻钟。这时傅北辰突然伸手捏了捏衬衣的下摆，而后说："差不多半干了，就这样吧。"他声音低低的，像在压抑着什么。

傅北辰没想到，自己的定力居然如此脆弱。他抓过了衬衫套上。

"可是，还没有干。"园园有些结巴，"穿着会不舒服的。"

傅北辰说了句"没事的"，便要侧身走出卫生间。

园园一愣，心里突然就觉得有点冒火，对她又是抱又是吻的，好处占够了，却不喜欢她。那她也占他点好处可以吧？好歹她还是稀罕他的呢。

她趁着酒劲，大着胆子一把抓住了傅北辰的手，一脸孤注一掷地说："你让我吻一下！"说着就踮起脚尖吻了下傅北辰的唇，然后面如火色地说："好了，你可以走了。我去睡觉了。"说完松开了手，转身先行出了卫生间。

她走进房里，关上门，倒床上就睡，心里默念：我喝醉了我喝醉了我喝醉了……

他喜欢她该多好啊……

她喜欢的人，若能待她一分好，她定会回他一百分的好。

殊不知，那晚傅北辰在离开前，站在她客厅里，望着她的房门，摸着自己的嘴唇，愣了良久。

等园园第二天醒过来，晨光熹微，四周很静。没一会儿，园园拿被子盖住了脸，"哎，醉酒后醒来不是都会忘记的吗？！"

园园起来后走到客厅，她确定此刻屋子里除她之外没有人了。

"等等，说不定昨晚也是没别人的，傅北辰、强吻什么的，是自己酒后做的梦？"园园回头，便看到了自己床边还摊着他的那件线衣。

然后，她手上拿着的手机响了，是一条短信，来自傅北辰：早安。

园园刷牙的时候，看到镜子里的自己，笑得像个傻瓜。

他不讨厌她。甚至，他是有些喜欢她的吧。

这天，园园迎着朝阳而行，深秋的早晨已有些寒意，她的心却暖得恰似四五月的阳春天。

临近中午饭点的时候，园园接到了傅北辰电话："午饭有安排吗？"

园园正看稿子看得昏昏欲睡，导致她有点迟钝，"已经跟同事说好要去一家新开的店吃。我下班去找你吧，刚好把你衣服带去给你。"她看了眼放在桌上的一只纸袋子。

"我去接你。不过，可能要晚点。"

"所以，为了快点见到，还是我去找你好了。"园园说完这话，她的害羞情绪才觉醒。然后听到电话那端的人笑着说："好，辛苦你了。"

陶瓷研究所园园去过，所以再去，已经熟门熟路。

再次打开傅北辰的办公室门，里面依旧没人，但很快傅北辰就回来了。

傅北辰今天穿着一套黑色西装，陡然多了几分精英气质。园园第一次见他穿得这么正式，不由呆了一下，随即她将手上装着线衣的纸袋子递给他，但还没等傅北辰有所表示，就有声音从外面走廊上喊来："北辰，张主任说晚上一起吃晚饭。"喊话的人是傅北辰的同事詹宏宇。

傅北辰朝园园柔声说了句"你等我一下"，走到门外，问詹宏宇："怎么突然要吃饭？"

"刚才你走得急，会后张主任就接到了景德镇那边的人的电话，说他们已经到了。所以老张让我们都先别走，晚上一起陪着吃顿便饭。老张可点你名了，他说你必须得参加。"詹宏宇说着吸了口烟。詹宏宇比傅北辰年长两岁，常年戴着一副黑框眼镜，烟不离手，一看就像是高知分子。

傅北辰抬手按了下眉心，透着为难。

詹宏宇又压低声音对他说："老夏也要来，难道你真的忍心待会儿让我孤军奋战？你要敢溜了，别怪我回头拍你几张照发网上招亲去，那一定会是一番户限为穿、万人空巷的景象。"詹宏宇撂下狠话，就笑吟吟地进了旁边自己的办公室。

傅北辰也懒得跟他说招亲是指女子招人入赘，只是无言地摇了下头。

"你们晚上有活动？那我先走了。"园园等傅北辰回来便说，心下多少有点失望。

傅北辰心里带着点笑想，他怎么会让她就这么走了？

"是明天与会的外省嘉宾到了。"傅北辰说明，略一思索，便问她，"不如，你跟我一起去吧？"

"我？"

"你不想去？"

"不是，你们单位请人吃饭，我去算什么事儿呢。况且我谁都不认得，坐着也怪难受的。"园园咕哝道，可又觉得才见着，马上就分开实在不舍。

"谁说你不认得？你还真认得好几个。"傅北辰笑道，他是打定了主意要拉上她了。

"怎么可能？"园园不相信，"那你说都有谁。"

"高翎，王家炆。"傅北辰微笑着说了两个名字，又补充道，"傅北辰。"

"……"这三个人，她确实都认识。

能做记者的人，都是善于积攒人脉。园园虽然不像有的同行那样，能把陌生人瞬间混成老乡，恨不得泪眼汪汪共话桑麻，但也不会怯场——除了偶尔面对傅北辰时。所以像这样既有熟人又有陌生人的场合，恰恰是最好的扩展人脉资源的机会。如果她再拒绝，哪天张越人要是知道了，一定吐血三升顺便将她盖棺定论为"孺子不可教"。而最重要的是，她实在想跟傅北辰待久点，于是就答应了。

詹宏宇见到程园园，不免吃惊道："不是吧北辰，这么快就搬到救兵了？佩服，佩服。"待他看清园园，咦了声，"等等，这位好像就是上次……"然后他又看着傅北辰说，"行啊，北辰。"

园园听得一头雾水。傅北辰便弯腰低首凑到她耳边，低声说了句话。

园园当时浑身就好像被无形的绳子缚住了，傅北辰温热的气息吹在她的耳边，让她丝毫不能动弹。

而他说的是：待会儿有人要是乱点谱，就靠你了。

乱点谱是什么意思？点菜？还是席间有人会点歌助兴？园园突然想到，对，八九不离十是后者，因为傅北辰不谙音律……园园忍俊不禁地想，他有难，她必定义不容辞。园园一副"我懂了"的模样，看了看傅北辰，脸上虽然还红红的，但内心已经被一腔热血充斥。

入席前，傅北辰先将园园介绍给了单位的同事——只说了她的名字和职业。其实傅北辰的大多数同事都见过园园，心里多少都有点数了。

"北辰啊，你是怎么请到小程编辑的啊？我们今天下午可一直都在开会，临了才安排了这顿饭。"没见过园园的张主任好奇地问。

"我本来今天约了她吃晚饭的。"傅北辰言简意赅地回答，熟知他为人的张主任一下明白了，还没等他有所反应，又有人来了。这人俨然一派王熙凤的作风，人未到声先至："不好意思不好意思，来晚了！"大家不约而同地往门口看去。

"这是咱们刚出差回来的老夏同志。"张主任指着来人对园园笑道，"今天有你在，他倒是可以省点心了。"

园园不明就里。

老夏大概四十五岁上下，中等身高，略胖，头发也不多，但脸白鼻圆，面目亲善，整体倒不难看。他一来，园园就看到对面的詹宏宇后退一步，往角落一缩。

然后听到老夏冲着傅北辰道："咱们研究所最年轻有为的傅专家，最近怎么样？"

傅北辰含笑回道："还是很忙，但是略有收获。"

"哦？"老夏立刻扫到了一旁的程园园，眼睛亮了亮，对傅北辰道，"好小子，动作很快嘛。还不快给我介绍下。"

园园因为刚才已经基本融入大家，现在已经没有了丁点儿不自在，没等傅北辰开口，她就主动问了好："夏老师，您好。我是《传承》杂志的编辑，我叫程园园。我是傅北辰的……朋友，今天晚上是来蹭饭的。"

老夏笑呵呵地听完后，拍了傅北辰的肩膀一记，道："人家说只是你的'朋友'，看来革命尚未成功，同志仍需努力啊。"

园园这才终于明白，原来傅北辰之前说的乱点谱的"谱"，是指鸳鸯谱。

园园愣愣地道："他不用努力了，是我在追他。"

众人："……"

傅北辰则看了她一眼，再一眼。那真是宠溺又满足无比的眼神。

没一会儿，景德镇那边的人也到了。

高翎看到程园园很是意外，随后冲傅北辰邪魅一笑，完了还一定要园园坐他边上。王家炆因为年纪最大，很受大家尊重，一早就被安排好了位子坐下。他本人话也不多，只要不是太出格，他都欣然受了。大家依次坐下，就算正式开席了。

席上，其他人在聊高大上话题时，高翎给园园倒酒说："咱们好久没见了，喝一杯？"

"高翎，就不要为难她了。"坐在园园另一侧的傅北辰伸手过去把园园面前的那杯酒拿到了自己手边。

高翎朗笑道："北辰，你不陪我喝，还不让人园园姑娘陪我啊。"

"我开车。她不擅长喝。"

"这么护犊？"

傅北辰拿起酒杯朝高翎敬了下，接着便喝了一口。

这下高老板吃惊了，他认识傅北辰以来，可从未成功地劝他喝过酒。

一场宴席下来，有傅北辰护着，园园基本做到了滴酒不沾，只喝了几杯橙汁。散场后，他送她回家。

"开席前你说，你在追我？"

"……"

傅北辰叹了声："看来我真的……做得太含蓄了。"

"嗯？"园园一时脑子没转过来，迷茫地扭头看在开车的人。

傅北辰却将车开到了路边停下。这是一条老街道，两旁的树都有百年历史，枝叶葱茏。

"园园，我没有吻过别的人。"他说着，靠近她，一只手贴到她的脸颊上。

园园心如擂鼓般地听着，感受着他手心的温度。

"也没有想过别的人。"

"只有你，我想白头相守。"

"对你，有些话我有所保留，是因为还未到说的时候，但说的，必定都是真话。"

园园看着眼前的人。

他喜欢自己啊。

真好，真好。

她会待他很好很好……

园园想了很多的"好"，又默默地掐了掐掌心的肉，唔，这真不是梦。

最后，她终于忍不住抱住了他，"那么，我现在是你女朋友了？"

　　傅北辰低下头，缓缓靠近园园的唇，"你说了？"

　　园园脸红着，却禁不住荡起嘴角。

第二十一章
我们回不去了

　　园园在成为"有夫之妇"的第二天，王玥见到她，上下打量了她一番，念了一句："得胜归来喜笑浓，气昂昂，志卷长虹，饮千钟，满面春风。"

　　园园回道："姑娘好眼力。"

　　下班后，园园坐公交车去程家，把她上次逛街给胜华叔叔买的衣服送过去。等她下公交车时，天已经有点黑了。程家所在的小区环境很好，晚上很幽静，园园唯一不满意的就是，那么高档的小区，路灯却弄得很暗，间隔又远，好在今晚月色好。圆圆抬头，看了眼枝叶掩映间露出的一弯弦月，不由念了句"月上柳梢头"。快走到程家门口的时候，她霍然停住了脚步，因为前方树下正站了一对男女。那男的可不就是程白。

　　倒真是"人约黄昏后"了呢，园园心里这样想着，又想到这时候过去的话，必定会打搅到他们，便侧身躲到了一棵树背后。园园觉得自己可真是通情达理，"程白，有我这样的妹妹，知足吧。"

　　隐隐约约有女声传来，原来那女生是在跟程白倾诉爱慕之情。之后两人又说了什么，园园听不大清。

夜幕突然暗了许多，园园看天，原来是云层把月亮藏了起来。又过了好一会儿，园园听不到任何声音了，她探头出去，就见女生已离开，而程白也不见了踪影。

"咦？"

下一秒，她就听到了如月色般清冷的熟悉声音从她右侧不远处传来："要躲到什么时候？"

园园一吓，侧头就见程白正直直地看着她。于是，园园弯腰摘了一朵小野花。

"我没躲，我摘花。"

园园率先朝程家大门走去。程白看着她走进院子里，路灯跟月光朦胧地笼罩在她身上，他突然很想时光就此凝固。

程胜华不在，朱阿姨也不见人影，想来是请假了或有事先走了。园园放下东西没多留。临出门时，见到进来的程白，她先让开了路，对方没说话，她还是低声道了句："我回去了。"

园园刚踏出程家大门，就听到身后的人问她："你……还喜欢我吗？"

她呆若木鸡地回头，看着一米外的人，一下子一句话都说不出来。

程白的眉头皱着，像是不知道怎么表达才好，"你要不要，跟我在一起？"他又问了一句。

园园满脸讶然，"你……"

"我很清楚自己在说什么。"他说这话的时候带着一丝自嘲——走到今天，真的怪不了任何人。

园园看着他半晌，最终叹了声："不管你是逗我的，还是认真的——对不起。"园园说完，扭头快步走了。

这、这都什么事儿呀？

园园回到住处，给自己煮了碗面后，边吃边给今天一天都在开会的傅北辰发了条短信：你开会开完了吗？

傅北辰很快回过来：快了。

园园想着要不要跟他说，今天有人跟她告白了，那人还是程白。可想想没说，因为程白说不定就是戏弄她的，回想过去种种，他那话实在是没有可信度。虽然她想跟傅北辰坦陈任何事，但这件事，还是不说了吧……

过了一会儿，傅北辰又发来一条：高翎让我代他向你问好。

园园笑出来，咬着筷子回：那你也代我向高老师问声好吧。

被当成传话筒的傅北辰端起白瓷耳杯抿了口茶：会后还有点事要忙，也不知道什么时候才能走，就不去找你了。明天周末，一起吃午餐？

园园：好！

隔天一早，园园提早了半小时到夕照湖，在去望春亭的路上，园园想到之后要见的人，看着那些晨练的爷爷奶奶和大叔大婶都觉得特别亲切。

忽而一片巴掌似的黄叶落下，正好砸在了园园头上，一滑，又落到了肩上。她伸手取下来，放到眼前看了看，想到了那天他在她家门口帮她拂去了肩头的落叶……

快到望春亭的时候，园园远远地看到了傅北辰的背影。他竟然比她还先到。

晨曦中，傅北辰挺拔地立着，与这里的朝霞湖光浑然一体。她走到亭外站定，稍一想，就把刚才捏在手里的那片梧桐叶子挡在面前，悄悄地走到了他身后。谁知还没等她动手，他却像有所感应一般，转了过来。

两人离得很近，面前只隔了一片梧桐落叶。

"园园。"傅北辰开口，气息绕过落叶，拂过了她的耳郭。

"不对，你应该看不见我。"园园伸手搓了搓耳朵，一笑，而后退开一步，伸手把落叶递到傅北辰面前，"喏，这件法宝送你。"

傅北辰接过落叶，"蝉翳叶？既然是你送的，我就收下了。"他将落叶收入衣袋。

"你怎么这么早到？"

"我来看日出。其实，夕照湖的日出比日落更美。"他顿了顿，"而且日出象征希望。"

"嗯。"

"走吧。"

"哦。"园园想牵傅北辰的手，可想想又作罢。但下一秒，她的手就被人牵住了。她看向他。

傅北辰目不斜视地走着，"我不玩地下情。"

园园笑了，低头看了眼被他抓着的手。那感觉就像是对着记忆中爸爸给她买的第一块蛋糕，很想吃一口，又不舍得吃。现下，蛋糕被塞入嘴里，吃了，发现很甜，甜得她不好意思。

"你怎么也这么早？"傅北辰促狭地反问她。

"我……"打死不能说睡不着，园园灵机一动，"我也想看日出来着，只不过……睡太香，起晚了。下回我一定比你早。"

傅北辰抬起另一只手揉了揉她的头发，"睡多晚都不要紧的，我会一直等你。"

"嗯。"园园看着面前的人，欣喜之余，又觉得一切似乎来得太顺利，莫名地让她有些惶惶不安。

走走坐坐，逛了近两小时的夕照湖。先前傅北辰问她渴不渴，园园没感觉，这时看到马路对面的肯德基，她忽然觉得嗓子有些干，便冲着傅北辰道："我请你喝饮料，你在这边等我一下！"她边说着，边就要朝马路对面跑过去。

谁知一辆电瓶车飞快地从边上的一条小巷子里转出来，眼看就要撞到园园，傅北辰快步上去，抓着她往后一转，那辆电瓶车堪堪地擦过他飞驰而去。

"你怎么样？！"园园紧张地看向傅北辰。

傅北辰笑了笑，"我没事。"也不等她的反应，他换了一边，用左手抓紧了她，柔声道："一起过去吧。"

园园有些担心，使劲地想往他右手边看去，他难得地横了她一眼，严肃地说："好好走路。"

"哦。"

等过了马路，一到肯德基门口，园园立马挣开了去看他的伤口。这次他倒没拦着。因为他穿的卡其色风衣的袖子卷着，所以园园一眼就看到他裸露的右臂上被擦出了几道不规则的口子，那些口子长长短短，都泛着红血丝。不严重，但是看着令人触目惊心。

"去医院包扎下吧。"要不是刚才自己莽撞，也不会害他受伤，此刻，园园肠子都快悔青了。

"不碍事的，一点点小擦伤，很快就好。好了，不是要请我喝饮料吗？进去吧。"傅北辰四两拨千斤，推着园园就进了肯德基。进去后，傅北辰去卫生间冲了下擦伤的手臂，算是应付了。

可就算手臂上只看得出一些红痕了，长身玉立、温文尔雅的傅北辰站在柜台前等餐时，还是被两名女服务生关切地问了手臂，他都客气地说没事。而边上的某人听到则更加内疚了。

傅北辰偏头看向她，大庭广众之下，傅大专家说了一句这段时间他常常听同事外放的一首歌的歌词，不过稍作修改，"这一生都只为你，情愿为你画地为牢，何况是挡灾避祸。"

所有听到这句的人，包括园园在内："……"

傅北辰笑了，将接过的两杯饮料递给她一杯，然后顺手轻捏了下她的脸，"脸怎么红了？"

园园现在觉得，其实傅北辰并非如大家所知的那么"正经"。

这天饭后，傅北辰带园园去了他的公寓——因为他看她吃饭时频频打哈欠。傅北辰的公寓就在夕照湖边上的植物园后面。

园园一进门就感慨道："好干净，比我那儿干净多了。"

"有保洁阿姨打扫。"

园园突然认真地问傅北辰："你工资是不是很高？资产是不是很多？"

因为沙发上放着一些资料和笔记本电脑，傅北辰便把她带到阳台上晒得到阳光的那张藤椅上坐下，这才回答了园园的问题："不多不少，可以养你。"

字字句句都是体贴，没有一点刻意，自然而然。

园园稳住不太听话的心脏，傅北辰不再逗她，脱去了风衣，随意地将它搭在了藤椅背上，问："想喝什么？"

"你这里茶多吧？那就喝茶吧。"

傅北辰笑着说道："好。"

傅北辰拿来两只青瓷杯，园园接过一杯，"好漂亮的杯子。"色泽柔和，青中带点粉。

"这是青瓷如意杯。"

"哦。"

傅北辰看她喝了一口，说："你既吃了我们家的茶，怎么还不给我们家做媳妇儿？"

这话园园耳熟，她是红楼迷，一听就知这是《红楼梦》里王熙凤说黛玉的。但再回头一想，现在是傅北辰在对她说。

媳妇儿？媳妇儿！

求婚？

于是园园爪子一颤，那只漂亮的青瓷如意杯便摔碎在地上了。

"啊！"园园马上要蹲下去捡。

"别捡，小心伤到手。"傅北辰弯腰伸手拉住她手臂，但园园起得猛，中途被他一拉，身体愣是趔趄了下就向他的怀里跌去。就这一瞬，园园觉得嘴角被什么温润的东西擦过，等她反应过来是什么，她就傻了——好像是擦到他脸了。

傅北辰扶她坐好，神色有些复杂难辨。园园余光瞥了眼地上的碎瓷片，道："对不起。我赔……""你家杯子"这四个字还没说出，就被傅北辰用右手轻轻揽住了后颈，往他面前带去。他眼睛很黑很沉，脸上没什么表情，柔声说："程园园，你要怎么赔？"

"……用钱？"

之后，傅北辰吻了她。

不羡黄金罍，不羡白玉杯，不羡朝入省，不羡暮入台，他只愿此生，有她相伴。

周一，园园下班后，突然不知道该去干点什么。因为傅北辰星期天，也就是昨天临时去了景德镇，要后天才回来。每每想到傅北辰，园园心里的那处柔软总会被轻轻触动。

因为回家也无聊，于是加了半小时班的中国好员工程园园在走出期刊中心大门口时，看到了门口大桂花树下一道明显是在等人的身影，她呆住了。那人赫然是程白。程白也看到了她，走了过来，"怎么这么晚下班？"

声音如常，但行为……

园园看看他，突然回想起那晚他说的"你要不要跟我在一起"，这人该不会是真的……脑子坏掉了吧？

她尽量地调整到正常的语气，"你找我，有事？"

"下班路过，等你一起走。"程白云淡风轻地说，却把园园说得愣住了，这句话，似曾相识。曾经，她初中，他高中，她的学校就在他学校的不远处，每次放学，她都会跑到他的学校，等他下课。然后告诉他："反正路过啊，等你一起走。"

园园看到程白停在路边的车子，她是真的将他当成了亲人，所以不忍心拒绝，却下意识地摇了摇头。虽然这是她向往已久的跟程白的和平相处，但现在，她突然有些害怕。

"我自己坐公交车好了，谢谢你。"园园没等程白再多说什么，转身跑了。

第二天下班的时候，暴雨突然就从天而降，明明中午的时候还是艳阳高照的。园园没有带伞，她站在大楼门口看了一会儿，觉得这雨一时半会儿应该停不了。正要转身回办公室，想叫今天要加班赶工的王玥送她去公交车站，却看到雨幕里有人朝这边快步而来——程白撑着一把伞，另一只手里拿着一把。

园园看着雨里的人，想想昨天，又想想今天，终于明白了他的用意。

他在……重复她以前对他做的？

园园不知该哭还是该笑。

只是，有些事过去了，就真的是覆水难收了。即使再来一遍，物是人非，又有什么意义。或者，她应该配合他把往事演全了，冲过去打掉他手上的伞，然后说，你走吧。当然，她不会这么做。

因为雨实在大，程白的裤脚都湿透了。当程白再次站在园园的面前，一楼大厅的保安万师傅突然凑过来，自作主张地对园园说："小程，你男朋友吧？下雨天来接你，真是不错。"保安开启夸耀模式。

园园赶紧解释："不是的不是的，他不是我男朋友。万师傅你误会了。”

万师傅可不管，他最信任自己那双阅人无数的眼睛，心下笃定，错不了。“好好好，不是不是。”万师傅呵呵地笑着，然后对已经走近的程白说，“看来还没有完全追到，小伙子加油，继续努力啊。”

听到这话，程白居然没有反驳，反而顺杆子回了一句：“我会的。”

万师傅没有继续当电灯泡，乐呵呵地就走开了。没等园园开口，程白先把伞递向了她，说：“我送你。”

园园看了他好一会儿，最后点了头。

两人一人一把伞，并肩走进了大雨里。上车时，园园先收了伞，程白用自己的伞给她撑着，直到她完完全全地坐进了车。而这一幕，正好落在了刚从车里出来的傅北辰眼中。

傅北辰提早一天返回菁海，没有回家，想先过来见见她，加上那么大的雨，她坐车也不方便，他正好接她回去。不料却被人捷足先登了一步。他坐回车中，心想，只要她安全到家就好。

傅北辰没有立刻开车走，从储物格里拿了一包烟出来，他极少碰烟，除了有时研究工作需要熬夜完成时，才会抽一根来提神，或者，情绪不好时。

此刻，他点燃了烟，却也没有抽，只是看着烟头的火星，忽明忽暗，看着那袅袅的烟，聚了又散。

烟燃到一半时，手机响了。是何朴打来的。

“你从外地回来了吧？有空吗？一起吃饭。”

“改天吧。”

何朴因跟傅北辰认识实在太久，短短一句话，便哑摸出了他语气里些微的烦闷。

“怎么？心情不爽？”

“有点。”傅北辰拿夹着烟的手按了按太阳穴。

"你说有点那就是非常了啊。"何朴惊奇，"以你如今堪比磐石、固若金汤的心理素质，还有什么能影响你？容我猜猜，是那位园园姑娘？"

"我开车了。"言下之意便是要挂电话了。

何朴赶紧说："等等，是我家老爷子想让你过来吃饭。"说着他笑了下，"说是好久没跟你下棋了，想念得紧。在我家老爷子眼里，你才是他亲孙儿。我难得回趟家，只得了两句骂。"

傅北辰顿了下，"行，我过去。"

他先前去了解过她跟程白的那段过往。

他想，他实在应该早点找到她的——

那么就可以更早地对她好，他会陪她吃饭，看她学习，为她豁出性命，替她在颈上留一道伤疤……

他想，他的心理素质到底还是不够好，所以才会如此后悔自己的晚到。不管是最初还是现在。

他不担心，只是，满心的遗憾。

程白把园园送到了红枫新村。车子停下后，园园没有马上下车，而是转向程白。她觉得，自己得跟程白再说说清楚。她和他必须不可以有任何的暧昧。

"程白，你……真的不必这样。"

"这是我欠你的。"他的头发之前给她撑伞让她上车时，被雨水打湿了，此刻还有些潮润，耷拉着，使他减了些平日里的凌厉之感。

"我不要你还。"

"我乐意。"

此刻园园终于相信，他说的那句话是认真的。可是，可是他们回不去了啊。

我们回不去了，这是园园当年第一次看《十八春》的时候，印象最深的一句话。曼桢就是这样对世均说的。回不去的正是他们缅怀的青春。

就像她十几岁时喜欢他的那份冲劲，就只属于那些年。

"程白，我们就这样相忘于江湖不好吗？我记得《春光乍泄》里何宝荣也经常这样对黎耀辉说，可他们最后还是没有在一起。但这部电影的英文名叫《Happy Together》。"

外面的雨噼里啪啦地打在车顶上，反衬得车里愈加静穆。

直到园园以为程白会一直沉默下去时，她听到他开了口，声音有些喑哑："好，如果这是你想要的。"

园园撑着伞站在雨里，望着驶远的车子，直至不见。

他不会再来了，园园知道。她了解他如同了解自己，她清楚他喜欢的、讨厌的每一样东西。

园园说不清心里具体是什么感觉，有点伤情，也如释重负。

当爱情长出萌芽的时候，它稚嫩而脆弱，如同一株山野里刚刚伸展出枝叶的小花骨朵。它不知道自己能不能盛放，不知道哪一场骤来的风雨就会让它烟消云散。它只是用它微小的生命努力撑着，直到力竭。如果它熬不到绽放，便只能化作春泥，滋养下一朵有缘在这一小片土地上生根的花朵。那是升华后的另一份爱情。

园园往家走的时候，想跟傅北辰说说话，可想到他应该很忙，便没有打过去，而是选择了发短信。

"你在忙吧？我今天好累，打算等会儿做碗炒面吃，然后写点稿子就休息了。"

傅北辰刚进何家大门，就收到了园园的短信。

"北辰，来了啊。来来，先跟爷爷喝杯茶。"

傅北辰脚步稍一停顿，回复：好的。收起手机，朝客厅里的老爷子走去。

"最近很忙？"何老爷子问。

"工作还成。在做点投资。"傅北辰端起茶喝了口，他想，无时无刻惦念一个人的滋味可真折磨人。

旁边何朴插话说："投资？我最近倒是想玩点股票。"

傅北辰摇头，"我不玩风险那么大的。"

何朴问："那你打算投资哪方面？"

傅北辰却只笑了下，没说。后来吃完饭傅北辰告辞离开的时候，何朴送他出门，突然又想起投资那茬，又问了句："你在弄什么投资？期货？基金？"

这次傅北辰说了："感情。"

他需要百分之百长期控股，长期有回报。回报可以少一点，但，必须要有。

第二天，雨过天晴，整个菁海市像是被彻底地洗刷了一遍，明艳亮丽。傅北辰踩着点来到单位，心情倒是让人看不出是好是坏。陆晓宁跟着上司走进他办公室，谈完公事，陆晓宁正要离开，却被叫住了。

"小陆，最近有什么好看的电影在上映？"

陆晓宁愣了愣，随即说了一部她前天刚跟朋友去看的爱情电影，"票房跟口碑都不错，我看了也还行。"

"好的，谢谢。"傅北辰低头翻开文件。

"听说，有姑娘明说在追您。"

傅北辰刚拿起钢笔的手顿了下，抬头笑笑，"她已是我女友。而之前，是我在追她。"追了很久很久……

独剩一人的办公室，傅北辰拿起手机，拨了烂熟于心的号码。

"晚上和我去看电影，好吗？"

电话那头传来了园园特别欢乐的回答："好啊好啊。"

"你都不问是什么电影？"

园园诚实道："只要是跟你一起，什么电影不重要。"

那一瞬间，傅北辰笑了。

第二十二章

惋惜与信任

傅北辰等园园上了车，他没有马上开车，只是看着她。园园奇怪，问："怎么了？"

"如果我做了对不起你的事，你会如何？"

园园想了一会儿，说："你会对我始乱终弃吗？"

始乱终弃？傅北辰呼吸一窒，"不，不会。今生不会。"

园园神色喜悦，口气豪爽道："那就没事了，其他的我都会原谅你。"

这时园园的手机响了，竟是傅教授打来的，她下意识看了眼傅北辰，傅北辰也看到了她手机屏幕上的名字，朝她点了下头，示意她接听。

"傅教授？"园园有些紧张，因为教授的儿子就在边上……

"小程，不好意思，大周末打扰你。你们张主编的电话是多少？你报给我一下吧。"

"哦哦，您等等。"园园马上翻到通讯录，记下张越人的电话，将手机贴回耳旁，报给傅教授记下。

"好的。谢谢了，小程。"

"没事没事。"

"你不拿稿子也可以到我家来坐坐、聊聊。"

"好的……"

等挂断电话，园园看向傅北辰说："你爸爸好像挺喜欢我的呢。"

傅北辰的回复是，靠过去，轻轻吻了下她眉间那颗淡得几乎看不出的美人痣，"当然，我看上的人。"

园园跟傅北辰处久了，这种话让她心旌摇曳，倒也不会动不动就脸红了。像这会儿，她甚至还会回一句："傅专家，眼光不错。"

这天傅北辰刚回到家，便收到了一条短信：大师兄，你还记得我表姐赵珏吗？

傅北辰皱眉，沉吟了好一会儿，他回复：抱歉。

"抱歉？"只是一声抱歉？沈渝看着手机屏幕笑了。在上次傅北辰对她说了那话后，她一直沉浸在阴郁的情绪里。她实在为表姐不值……

这两年多来，她一直听教授说傅北辰无意找女朋友，她便想他可能心里一直有着表姐，后来她看到他对程园园的"关照"——看着园园时的那种柔情和专一，似乎他今生此前空白，为的就是在等她来给他填补圆满。

沈渝这才明白过来自己先前的想法有多可笑。

今天被室友拉出去看电影，她又看到了他们。

傅北辰牵着程园园的手，两人就像是已相恋很久的恋人。

她终于忍不住在回到宿舍后，给他发了那条谴责短信。

他心里究竟有没有一块地，是埋着她那个连尸首都寻不到的表姐的？

却只得了一句简简单单的抱歉。再无其他。

隔天园园一到单位，便被王玥拉住，"我看到昨天来接你的车了，还有车里的人。程姑娘，你真跟那位傅先生双宿双飞了？"

双宿双飞？园园反驳道："还没有'宿'在一起，你别乱说。"

王玥忍不住两只手捏了下她两颊，"小样，你太可爱了。"

园园无奈，她只是实话实说。

在快下班时，园园接到了沈渝的电话。自从上回沈渝透露了对傅北辰的兴趣之后，园园就不太敢见她。加上园园现在已跟傅北辰在一起，总觉得对沈渝很抱歉。

"园园，上次你说要请我吃饭的，我等了你这么久，只好自己上门讨了。"沈渝的声音依然明媚亮丽。

"啊？"园园完全不记得有这事儿，也不管到底自己说没说过，边道歉边说，"不好意思，最近太忙了。要不今天晚上吧？"园园有点了解沈渝的说一不二——从上次买衣服便可见一斑，干脆自己说了。而且今晚她也确实有空，傅北辰有公事要忙。

"好，一言为定！"

园园让沈渝定地方，沈渝选了一家叫"锦官城"的火锅店。园园下班后，便直接打的到了那里。

"这是你的家乡菜呢！你推荐吧。"园园坐下，把菜单递给沈渝。

沈渝也不客气，一口气点了一溜，最后还点了两瓶酒。

酒菜都上来之后，沈渝要给园园倒酒，园园把手盖在杯子上，"我酒量太差了，每次喝都出洋相，就不喝了。"最后沈渝也不勉强了，自己一口接着一口地往嘴里灌，很快脸上就泛了红。

园园怕她喝醉，就拼命给她烫菜夹菜。抬头间，看到沈渝正盯着自己，眼光灼灼，目光瞬间交错，园园扯了扯嘴角，问："怎么这么看着我？"

"我觉得，你是那种越看越好看的类型。"沈渝一手撑着下颌，一手端着酒杯慢慢地晃着，"可是，你的眼光不好。"

园园听得糊里糊涂的。

沈渝看着她，笑笑，继续说："你居然也会跟我表姐一样蠢，看上傅北辰这样的人。"说完，她如愿地看到园园皱起了眉。

沈渝趴在桌上，闭上了眼睛，喃喃道："程园园，傅北辰害死了我表姐……"

园园不可置信地瞪大了眼，她听到沈渝又缓缓地说："我表姐叫赵珏。我想，傅北辰一定没对你提起过她。从小到大我表姐不仅成绩总是名列前茅，人也长得漂亮。我妈每次都拿我跟她比，而我每次都会输。后来，她遇到了傅北辰，爱上了他，她追了他两年，最后他们在一起了。可是没多久傅北辰就突然甩了她，你知道她最后怎么样了吗？她跳了海，连尸体都找不到……你说，傅北辰是好人吗？"

园园张口欲言，她不相信傅北辰是这样的人。

"还是不信吗？"沈渝说着，睁开眼，从包里摸出一张照片，上面是两个年轻人的合影。那个女生长发垂肩，柳眉杏目，唇边含笑，确实很美，而边上的那个男生——正是傅北辰。

"你喝醉了。"园园站起身，说，"我晚上还有稿子要写，得早些回去，如果你吃饱了，我送你回学校。"

沈渝眼神复杂地盯着她，"你要送我？呵呵，感谢我告诉你真相吗？"

"不是，我相信傅北辰。但，你喝醉了，我必须送你回去。"园园喊来服务员，埋了单，拉起沈渝半扶半拽地把她弄出了门，打的先去H大。

一路上，沈渝似乎真的醉了，一句话也没再说，只是靠着园园，也不知道是不是睡过去了。在车上，园园轻声道："我很抱歉，你表姐选择了那种方式离开你们，我能理解你的难过，我爸爸走的时候，我也觉得很难过、很难过，一直在身边的亲人，一下子没了，再也不能听到他的声音，再也看不到他……但，一切都会好的，如果你觉得现在不好，是因为还没有到最后。这是我很喜欢的一句话，沈渝，我把它送给你。"

等下了车，园园摇醒了沈渝，一路把她送到了宿舍楼下。

"不用送了，我……住一楼。"沈渝摇摇晃晃地说。

"好，那你小心。再见。"

看着园园的背影慢慢消失在远处的林荫道上，沈渝捋了捋头发，站直了身子，轻声道："程园园，对你使坏，真是让人内疚啊……"

回到宿舍，沈渝打开电脑，鬼使神差地就登录了赵珏的QQ。里头依旧什么都没有，只是多了一堆QQ邮件，依然几乎全是垃圾和广告邮件。但在这些中间，她注意到了一封来自国外的邮件。点开邮件，是一个租用服务器的网站发来的提醒，说的是域名到期续费的事。这个域名用的是赵珏名字的全拼，沈渝点进去，发现是一个博客。

而里面记载的内容，让沈渝越看越冷，最后，她双手捧住了脑袋，整个人仿佛被抽空了。原来，真相竟是这样。

园园当晚躺在床上，犹豫好久，终于还是给傅北辰打去了电话："赵珏，你认识吗？"

电话那头的人微微一停顿，"嗯。"

"今天，沈渝跟我说起她。赵珏是她的表姐。她好像误会你了，你要不要去跟她谈谈？"

"你听了她说的话，没有别的想法吗？只是觉得是她误会我了？"

园园点了下头，发现是在打电话，便又"嗯"了一声。

傅北辰在那端温声说："我会处理。你早点休息。"

"好。"

次日一早，园园便接到了沈渝的电话，沈渝的声音透着疲惫："园园，对不起。我说大师兄的话……你别往心里去。"

园园一喜，这说明误会解决了？

"没事的。我也没相信，所以，没关系。"

这样的信任……该说什么好呢？沈渝略有些苦涩地想，就算有心破坏，都仿佛可预见不会有效果。她又听到那边装作不经意安慰的吴侬软语："沈渝，你如果找不到朋友陪你逛街买东西，你可以找我。"

"好。"

傅北辰其实没有去找沈渝，在他看来，别人怎么看他，他并不太在意。而且，他也不想再去多置喙已故的人。对赵珏，对她的亲人，他除了抱歉，其他言语说了也苍白。

第二十三章

埋藏千年的真相

这周六，园园回了老家，一到家她就听妈妈说，崇福寺在修伽蓝殿的时候挖出了一块石碑，好像是个古董。

园园听到石碑，还是个历史悠久的古董，立马从椅子上跳了起来。最近她对玉溪镇的挖掘正愁没头绪，也许，线索自己送上门来了。

园园跟妈妈说了声去找姜小齐后，就匆匆忙跑了。

十来分钟后，园园赶到了崇福寺。此刻的崇福寺各色人等闹闹哄哄，镇上的人听说有古董，纷纷赶在文物局来人之前瞧个新鲜，凑个热闹。和尚们也不好赶人，只见净善大师带着几个年轻和尚正忙忙碌碌地维持秩序。

园园刚想凑上去问姜小齐石碑的事，文物局的人来了。

文物局是接到电话后，临时组织人员从市里赶过来的。带队的那个人毛发浓密，高鼻深目，看起来倒有几分像外国人。而他手上正挂着一根拐杖，左腿似乎有些不便。园园听同行的人喊了他一声"顾局"，顿时联想到了张越人交给她的那张名片。那个叫顾文麟的副局长，会不会就是眼前的"顾局"呢？如果是，这倒真是很巧。

而园园终于逮到姜小齐，还没等她开口，姜小齐已说："你问我我也不清楚，要看究竟，你就跟着我吧。"

"OK！"

没一会儿，镇上派出所的人也来了，把看热闹的群众都请远了些，并在伽蓝殿附近拉起了警戒线。园园因为净善大师说她是庙里的人，这才得以留在现场。

派出所的人清完场后，园园就看到顾局身先士卒，恨不得拎着那根拐杖打前锋。其余的五个工作人员紧随其后，分别戴上了专用手套，配合默契地开始清理歪在地上的那块石碑。

石碑原本有大半被埋在了伽蓝殿后门边上的廊下。多少年了，也没人去注意它。而且伽蓝殿的位置比较偏僻，之前小规模的翻修也总没轮到它。这次因大修，为了不妨碍前面各大殿的香火，便从后面伽蓝殿开始施工，谁知一开工就挖出了这个东西。

工人见上面的字弯弯扭扭，一个也看不懂，就找来了整修的负责人净善大师。净善大师一看，他也不认得几个。不过幸好，他能认出这是一块用小篆刻写的碑文。

这到底是不是文物，净善大师也不敢确定，于是就给市文物局打了电话，又拍了照片传过去，结果就引来了由副局长带队的一干人等。

"顾局，您亲自带队来，可见这块碑不是普通的东西。能请教这上面都写了什么吗？"净善大师终于忍不住好奇地问。

他一开口，周围的一众年轻和尚以及园园都竖起了耳朵，眼神齐齐地投向顾局。

"这个嘛……"顾局慢悠悠地开口，手上也不停，继续用刷子仔细地扫着上面的土，"是一篇祭文。"

话说到这里，周围的人神情各异。

还是净善大师开口追问："那是写的人或是被祭的人比较有名？"

此时，顾局正清理完一个角落，正是文章结尾处。随着尘埃扫尽，那落款的几个字也显现出来。

"鳏夫傅元铮。"顾局悠悠地读出了上头的文字，两道浓眉向上跳了跳，随后眉心处又挤在了一起，"傅元铮？"他动作娴熟地用拐杖一撑，挺身就站了起来。

"小李，走，跟我去一趟公主驸马祠。"顾局大手一挥，指着一个小伙子喊了一声，"其余的人继续在这里做清理工作。"

顾局前脚刚走，园园的手机就响了，她跑远接了电话。

"傅北辰。"说出这三个字，园园脸上已露出笑来，"嗯，我回家了。在崇福寺，这边发现了一块石碑，好像是古董。文物局的人都来了。"

"石碑？"

"嗯，好像说刻的是一段祭文，落款是什么'鳏夫傅元铮'。"

傅北辰停了一下，道："我马上来，你别走，等着我。"

听出他的声音有些急切，园园有些不解，但想到马上就能见到他，她还是很欣喜的。虽然不至于一日不见如隔三秋，但也是不见就会想的。

挂了电话一转身，园园就看到了净善大师正目不转睛地看着她，然后嘴对着她的手机一努，"你那个皈依对象？"

园园一愣，随即明白过来，扑哧笑了，"是啊。"

有一个年轻的僧人来找净善大师，净善大师又被拉走了。

半个小时后，顾局和小李一起回来了，两人都面带喜色。这边一个年龄稍长的工作人员随即问道："有新发现？"

"公主驸马祠后院的那块碑你们还记得吗？"顾局的声音激动得有些微微颤抖。

所有人都点了点头。

"史料中有明确记载，嘉纯公主的驸马是傅元铮，但为何公主驸马祠后院碑文上却刻着驸马傅元铎？因为史料中查不到傅元铎这个名字，所以当年大家都猜测也许是刻的人手误了。但我一直认为，名字的错误，不太应该。或者是驸马改了名字？但这也没有材料可以证明。于是，这个问题就一直搁在我心里。刚才我看到这块石碑上'鳏夫傅元铮'五个字，忽然就觉得也许这个历史谜题到了要解开的时候了。"

等傅北辰赶到的时候，整块石碑的大部分已经被清理出来。文字基本保存完好。

"北辰？"顾局见到傅北辰，愣住了。

"老顾，你好。"傅北辰微笑着伸手。

顾文麟脱下手套，与他一握，"三年没见了，都是在报纸上看到你的各种活动和成果，怎么今天突然到这里来了？"

"听说这里出土了一块石碑，我很有兴趣。不介意我在一旁观摩观摩吧？"

"你的消息可真灵通啊。不过，怎么你对石刻也有兴趣？"

"不，我只对里头的故事有兴趣。"

说着，傅北辰对着园园一招手，园园就飞奔了过来。

"老顾，介绍一下，这是我女朋友程园园。"傅北辰一本正经地介绍。

顾文麟听到，嘴巴张得老大，还好他反应快，赶紧对着程园园点头说："起先不知程小姐你是北辰的女朋友，失礼了。你好，我是顾文麟。"

真的是那位市文物局的副局长啊。

"久仰顾局大名，我是《传承》杂志的编辑程园园。"园园礼貌地应对。

"《传承》？那你是张越人的手下？"

"是。"园园看了眼傅北辰，心想，都到这份儿上了，不如顺水推舟，搭上顾文麟这条线吧，方便今后的深入调查。园园这么一想便直说道："我最近正在做关于玉溪镇的报道，而报道的内容主要就聚焦在公主驸马祠、废墟和红豆树。这几天我正因为没有足够可靠的资料而困扰，结果这块石碑就出现了。顾局，您可以允许我全程采访吗？"

顾文麟思考了一会儿，说："本来是不可以的，但既然有北辰的面子，再加上张越人这块招牌，我觉得可以破一次例。"

一听他的承诺，园园忙道谢："多谢您，顾局！"

傅北辰则在她说到公主驸马祠时便看向了她，眸间浮动的是某种深长而幽远的冥思。

到了傍晚，整块石碑的文字基本被考古人员记录了下来。当顾文麟把记录的文字递给傅北辰时，发现傅北辰的手有些微的颤抖。

随着他慢慢地阅读那些文字，他的脸色越来越白，甚至白得如纸一般。

"顾局，那上面写的是什么？"园园看着傅北辰明显透着伤痛的神情，不由问。

"写了一个叫傅元铮的男人，爱上了一个叫宛玉的女子，但后来因为皇帝赐婚，必须要娶嘉纯公主为妻，他辜负了宛玉，以致宛玉跳进了烧瓷的窑火里，以身殉窑了。后来，那一窑只烧出了一个玉壶春瓶。傅元铮就找到一个道士，为他砍了三年的柴，做了三年的饭，最后道士帮他用血下了一个咒，把他对宛玉所有的记忆都封印在那只玉壶春瓶里。那以后，他的那段记忆就会慢慢消失，直到他死亡。而他之后的每一次转世，只要这个瓶子还在，他就都会带着这段完整的记忆。他说他要永生永世去寻找宛玉，直到寻到她……最后的一行字，磨损得太厉害，看不清了。"顾文麟可惜地说，也有些被傅元铮所感动，但毕竟是千年前古人的事，对他来讲，这个石碑解开了他当年的疑惑，可以写一个很长的报告了，这一点更让他激动和兴奋。他觉得傅北辰的反应太激烈，也太反常了。

园园听他讲了一大段，脑子有点蒙，"玉壶春瓶……宛玉……"

"园园。"

"嗯？"

园园转头对上傅北辰的双眼，突然愣住了，他的神情带着深深的悔恨、眷恋……

"我有些不舒服，我们先下山好吗？"他想起来了，想起了全部。傅北辰的手冒出冷汗，每一滴都像是从心底里渗出来的。他没有负她，却也没能及时地到她身边去。

"啊，好。"园园的心思马上回到了傅北辰身体不适上，"走吧！"

傅北辰将那张纸还给了顾文麟，告了别。

园园带着傅北辰去了自家茶馆。下山的一路，傅北辰渐渐平息了心里翻江倒海的情绪。他想，无论如何，他已寻到她。这次，他要将那生未能对她付出的好，在这一辈子一并给她。

戴淑芬看着相携进来的两人，不由一愣，但园园挂心着身体不适的傅北辰，所以没有注意到妈妈的异样神情，反倒是傅北辰朝戴淑芬颔首说："伯母好，又来打搅了。"

一声"伯母"，这关系算是挑明了。

戴淑芬也冲他点了点头，此刻她的心里有些说不出的感觉。傅北辰当然足够优秀，可是一直以来，她都以为，园园会跟程白在一起。何况，傅北辰还是程白的叔叔辈。

可戴淑芬见园园对着那位傅先生一副知冷知热、一心一意的样子，只能摇头想，只要孩子自己喜欢就好。

戴淑芬给傅北辰泡了一杯茶端过来。

傅北辰道过谢，低头浅浅地抿了一口，眉梢一挑，"武夷雀舌？"

戴淑芬着实佩服傅北辰对茶的精通，不由道："跟你比起来，园园这孩子还真的是……什么都不太懂，不太会。"

傅北辰看向皱起眉头的女孩，一字一句说："那又有什么关系，她不懂、不会的，我懂、我会就行了。她想要的，我都会替她取得。"

园园心道，傅专家说起"甜言蜜语"来也是专家水准啊……

这天傅北辰终于留在园园家吃了晚饭。离开的时候，园园送他。傅北辰的车子停在太平桥边的一棵槐树下。树很大，不知道已经长了多久，那满树的绿荫遮盖了天边的霞光。

暮色中，来往行人寥寥无几。

"园园，你不问我，为何我看到石碑上的文字会那么情难自禁？"

园园思索了一下，"那个故事……让你感同身受吗？"

傅北辰看着不明灯火里的人，轻而悠缓地说道："园园，如果我说，我是傅元铮，你信吗？"

园园瞠目结舌，因为实在惊讶，难以想象。好一会儿之后，她方点了头。随后，她突然想到第一次他吻她时呢喃出的名字，"那我是……宛玉吗，抑或是，我像宛玉？"

"我爱的是你。"他伸手将她轻轻拥住。

园园笑了，侧脸枕在他的肩膀上，低声问："北辰，我想再去看看那个石碑。你可以陪我去吗？"

傅北辰低头，凑近她的发间，轻轻落下一吻，回了声："好。"

这个时间，寺内很安静。文物局的人都已走了，和尚们正在大殿里做晚课。诵经声阵阵入耳，如山之群峦，峰回路转，连绵不绝。

走近石碑的时候，园园感觉到牵着自己的那只手微微地紧了紧。

她抬眼看他，说："刚才我想了一路，就算你拥有傅元铮的记忆，但你已经不是他了。那个亏欠了宛玉的傅元铮，无论怎样用一世又一世的寂寞和孤单去寻求救赎，当初的那个宛玉都回不来了。即使最后功德圆满，也再不是最初的那两个人。之前我问你，我是不是宛玉，无论你说是或者不是，我都不会开心。还好，你给了我最好的答案。"

傅北辰闻言，先是一愣，而后似有所悟地看着她。

园园看着他的样子，弯眼笑了笑，"走吧，就在前面了。"

傅北辰没有说话，但将她的手牵得更牢了些，一起往石碑发掘处走去。

就在两人走到伽蓝殿侧边时，园园头上的脚手架上蹿过一只黑猫，发出"喵唧"的一声。刹那间，傅北辰抱住她猛地一个转身！园园吓了一跳，本能地感觉到了危险，想要把他推开，但那一瞬间，傅北辰的身体紧紧包裹着她，双手护住她的头。

她听到了钢管重重落地的声音，而同时，身前的人仿佛受到了重击，向前踉跄一步，抱着她倒地滚到了一边。

"北辰？！"

傅北辰的双手松开了，慢慢地滑到了她的腰间。园园慌乱地挪开身体，坐起来看向傅北辰，只见他的头部不断流出鲜血，他却直直地看着她，轻声呢喃："没事吧？"

"你……"园园的泪水一下子流了下来，看着不断流出的鲜血，她的一颗心几乎要停止跳动。她一只手颤抖地抓住他的手，另一只手慌乱地掏着口袋找手机。她不停地告诫自己，要镇定，要赶紧找在寺里的姜小齐过来急救。

"放心，我不会有事……你别哭……"傅北辰撑着眼皮，一直看着园园，声音却明显比之前虚弱了。

园园咬白了嘴唇，"嗯……"

姜小齐接到电话吓了一跳，赶忙带着寺里的急救箱奔了过来。

模模糊糊地看到姜小齐的身影，傅北辰缓缓地闭上了眼睛，气息也变得更浅了，渐渐失去了意识。

在昏迷前，他脑中闪过了一句话，他分不清是来自前世还是这一世的记忆——

有生之年，为她豁出性命，承她所有灾祸。

一个火团正从高处落下。

"傅北辰，救我！"园园凄厉地喊着。

傅北辰很想冲过去，但浑身仿佛被什么东西紧紧绑住，每动一下都是彻骨裂心的痛。

完全，动不了。

眼看着那火团就要吞噬园园，他大惊失色，伸手往前一抓——

"北辰，你醒了！你醒了！"只听见有个声音既近又远地飘进了耳朵，傅北辰皱了皱眉，感觉自己的手正被另一只有点凉意的手紧紧抓着。这种触感，很熟悉。

他动了动唇，想叫园园，却发不出声音。

又过了一天，他才彻底清醒。

"对不起，我不该拉你去看石碑。都是我不好。"园园一边垂眼削着苹果，一边无比自责。

"不，我要谢谢你，给我机会英雄救美。"傅北辰眼里带着安抚，扬起嘴角笑了笑。

"你还说！你吓死我了。"园园丝毫没有被他的玩笑逗乐，傅北辰昏迷的时候，她觉得自己从来没有这么害怕过。

傅北辰一看她的表情，想伸手去安慰她，却不想扯动了吊针。

"哎呀，你别动！"园园赶紧放下手里的东西，回身按住他，"好了，我没事，就是被你吓的。"园园勉强挤出笑容。

"这个笑不好看，再笑一个。"傅北辰心疼她的黑眼圈，知道她一定是不眠不休地照顾他了。

"我可笑不出来，医生说你的额头会留疤。"园园知道他一直在逗她开心，可她还是无法笑出来。

"所以，我会变丑，然后你会嫌弃我……"傅专家露出一副"这可如何是好"的表情。

一片削好的苹果准确地塞进了他张开的嘴里。而他的舌头有意无意地轻扫过她的指尖，惹得园园一下子红了脸。

一片片地喂他吃完，她转身从抽屉里拿出两袋茶叶包，说："我妈来看你，给你带了两包茶叶。是什么品种我不知道，你自己喝吧。"

傅北辰看了她一眼，眼睑微敛，嘴角含笑，"古代聘礼里有茶，因为茶树不能移植，否则就会枯死，所以送茶表示一辈子不转移，古文里叫作茶不移本。"

园园虽然没听过，但他的意思她还是明白了，脸不由得更红了，过了好一会儿才回应说："嗯，那你就好好收下吧！等哪天，我去娶你。"

傅北辰在镇上的医院住了两天，之后转去菁海市的大医院又做了全面检查，除了之前诊断出的失血过多和轻微脑震荡，没有其他问题，园园这才终于放下心来。傅北辰没有住院的打算，当天就回了自己的住处。而傅北辰也没有告知傅教授他受伤的事情，以免老人家担心。

园园自然是请了假全程陪着他，而对于傅北辰如此"干净利落"的作风，其实是有些不满的。

"我没事了，真的。"走进医院的电梯里，傅北辰抬起紧握的那只纤手，吻了吻她的手心。这么一个英俊挺拔的男人，做这样柔情的动作，不免招来电梯里的许多目光。园园低头，轻声警告某人："咳，你态度端正点。"

回答她的是，傅专家轻轻捏了捏她的手。

这天上午，园园接到了一通电话，来自顾文麟的助理，说顾局让她传资料给园园。由此，园园拿到了很多关于玉溪镇这些古迹的一手研究资料。

园园想，这必然是傅北辰打的招呼。她想给他打电话，但想到他现在在上海出差忙碌，也就暂时不去打搅他了，想着等他回来再说吧。

上海浦东，玫瑰园公墓。

此刻的玫瑰园很安静，偶尔有风掠过，那呼呼的风声就格外清晰。一排排整齐的墓碑上，每个人的照片都是微笑的，仿佛无论一生顺遂还是坎坷，最后都归于一个美好的结局。

傅北辰独自站着，照片上的赵珏也正言笑晏晏地看着他。站了一会儿后，傅北辰放下手中的白菊。

"没想到你会来。"声音响起，是沈渝。

四目相望，傅北辰说："我在上海出差，就来看看她。"

沈渝低沉而缓慢地说："谢谢。今天是她生日。"

"嗯。"傅北辰还记得。

"我表姐从小就样样出色，我一直觉得，她是全世界最完美的人。小时候她教我画画，教我怎么快速解那些算术题。再大点的时候，她带我去买漂亮衣服，教我怎么打扮。她得了什么好东西，总会分我一半。她是老师口里最好的学生，是我姨父姨妈的骄傲。然而谁都没发现，她有那么严重的抑郁症，连我竟也……"说着，沈渝开始低声啜泣，虽然极力忍着，但双肩仍然禁不住地微微颤抖。傅北辰伸手过去，托住了她的肩膀。

沈渝又想到了那个博客，那里面呈现出来的赵珏，焦躁，偏执，厌世。

她有段时间寻求过心理干预，但没有成功。她确实喜欢傅北辰，但那种喜欢近乎扭曲，她将他们的合照放在皮夹里，幻想他是她的男友。但因为傅北辰待她虽一直客气，却从不为其所动，这加重了她的情绪化，最终成了压垮骆驼的最后一根稻草。但她却将那根稻草演化成了主因。

她想有人记得她。

"对不起。"傅北辰找不到更好的词。他无法回馈赵珏的感情，而那天，他也没能将她救下来。

沈渝知道他这句话并非说给她的，也便没有接口。两人沉默了一会儿，沈渝抬手抹去了眼角的泪渍，傅北辰也收回了扶着她的手。

沈渝顿时觉得肩上的温暖撤去，一阵寒意袭来。

"大师兄，我能再问你一个问题吗？"她上次问他还记得赵珏吗，这次，她想问问，他不动的心，为什么会为那个人而动了。

"你喜欢程园园哪里？"

傅北辰想了想，道："人的一生会遇到很多人，适合在一起的，也不少，但只有一个，能真正让你觉得，只有与那人相伴，这有生的岁月才不会孤单。"

这种话，真让人听着绝望。沈渝若有似无地苦笑了一下，"但我也知道，不是所有我想要的，都可以通过努力得到。大师兄，我已经申请到了公费去美国密歇根州立大学的名额。如果申请通过，明年我就会去那边了。

"好，祝你顺利。"

我一直在你身边 / 212

"谢谢，也祝你们幸福。大师兄，你先走吧，我还想再待一会儿。"

傅北辰点了头，道了别，便独自离开。

沈渝看着他远去的背影，垂下眼帘，浓黑的睫毛掩住了眸子。她本来只是个旁观者，可旁观久了，却也不知不觉地陷了进去，欣赏，佩服，继而心生爱慕，但她知道，那句话，她这辈子都不会对他说出口了。因为清楚不可能，她唯一可做的，大概就是保留住自己的骄傲。

时节悄悄入了冬。

这天傅北辰带园园去吃饭，走进装修得很中式风格的饭店前，傅北辰说明了来意："这是我一位朋友开的店，口味还不错。"

结果一进去，还真就遇到了熟人。

"园园？"程胜华有些诧异地看着眼前的两个人，目光从园园挪到了傅北辰，最后定格在他们十指相扣的手上。

"胜华叔叔……"园园赶紧想松手，因为害臊，但傅北辰却抓得更紧了。

"噗。"一道听得出憋了很久实在憋不住了的笑声从程胜华的对面传来。园园一转头，发现这笑出声的人居然也是眼熟的人，"你……"

何朴礼貌地站起来，笑着向园园自我介绍："园园姑娘你好，我姓何，何朴。"然后朝傅北辰看去，"你们这是……在约会？"傅大专家的投资，回报得够快的啊。

园园惊讶道："你们认识？"

"何止认识！"何朴口快，"还是发小……"

"啊？"园园迅速转向傅北辰。

这时，程胜华又开口了，带着明显的错愕，"园园，北辰，你、你们俩……"

"我跟园园在交往。"不等园园开口，傅北辰就单刀直入地点明了。他倒是坦荡荡，程胜华却被这确定答案弄得半晌没声音，实在是意外。

在一旁看着的何朴还唯恐天下不乱地故意问了句："北辰，你认识程老板？"

傅北辰不咸不淡地回了句："程大哥是我远亲。"

"大哥？园园喊程老板叔叔？"何朴一拍大腿，"乱了乱了，哈哈。"

园园被这话说得赧然，傅北辰朝旁边看了一眼，"你们慢用，我带园园去那边坐。"

园园赶忙朝程胜华点了下头，"叔叔，那我过去了。"

"好。"程胜华不想打扰了年轻人约会，所以也就没叫他们留下来一块吃。

傅北辰带着园园一走，何朴倒是问了程胜华一句："程总，园园是您的亲戚？"

"是我战友的女儿。"程胜华的语气里还是有些不可置信，"竟然跟傅家兄弟在一起了。"

这边园园刚坐下，突然就想到一件事——上次她收到的那些药。既然不是胜华叔叔送的，那应该就是……园园目光如炬地看着傅北辰，"是你，对不对？感冒药。"傅北辰只是一笑。

没否认，那就是了。园园郑重地说："谢谢你。"

"不怪我没对你说？"

园园"咦"了一声，道："我受你恩惠，为什么要怪你？"

傅北辰看着对面目光直爽而纯粹的人，他想，真的跟以前如出一辙。

傅北辰的手机响了声，他从衣袋里拿出来看，是何朴发来的短信：我刚问了下园园姑娘的年纪，才二十三呢，比你小了七岁。你这是老牛吃嫩草啊，你真好意思下口。

傅北辰自然没回这种短信。

而且，从某种意义上讲，何止七岁，都上千岁了。

这天晚上，程胜华回到家，路过程白的房间，他刻意地停了停，看见从底下门缝里透出来的那一束光，便知道程白已经回来。他犹豫着敲了门。

程白开门，看着站在门外直盯着他的父亲，有些不解。

"中午我遇到园园了，还一起吃了饭。"

"哦。"

"她和北辰在一起了，你知道吗？"

傅北辰吗……意料之中，但，为何此时听到会如此难受？

"是吗？那恭喜她了……"

转眼到了腊八。因为不是周末，园园不能赶回家陪妈妈过节，但却接到了朱阿姨的电话，让她下班后到程家吃腊八粥。园园想到上次见到胜华叔叔，都没能好好跟他报备下自己的情况，于是便答应了。之后她打电话跟傅北辰说了下，后者表示理解，并嘱咐她晚上到家后给他报声平安。

这位傅先生，越来越将她当孩子待了。园园好笑地想。

到了程家，园园没见到胜华叔叔跟程白，便溜达进了厨房。

"园园，来了！"

"嗯，朱阿姨。"园园甜甜地叫了声在择菜的朱阿姨，"我帮您。"

"别，你去喝腊八粥，在电饭锅里。"

"好，那我先喝粥啦。"园园说着，去盛了粥喝，刚喝第一口，就听到朱阿姨跟她说："园园，程白的耳朵治疗得怎么样了？"

园园疑惑地"嗯"了声，问："他耳朵怎么了？"

"你不知道？"这下倒是换朱阿姨讶异了，"程白之前去救灾的时候受了伤，加上他高中的时候右耳也受过伤，旧伤和新伤加一起，导致现在右耳几乎听不见了。"

"他高中什么时候耳朵受过伤？"

"哎呀。"这时朱阿姨才想起来，程白高中受伤这事儿老板曾关照过她别跟园园这孩子说的。但因为太久了，她一时给忘了，说出了口。

"阿姨，您倒是说呀。"

朱阿姨想，事情既然都过去那么多年了，当时不让跟园园说，估计就是怕吓着这孩子。如今程白可能会一只耳朵失聪，她实在是心疼程白这孩子，便跟园园一五一十地都说了。

园园茫然地听朱阿姨说了当年那个勒索事件的全部——这段仿佛是她童年记忆的一段缺失，如今，终于补全了。

园园心情极其复杂地走出厨房，一出来就差点撞到正要进厨房的程白，猛然间的四目相对，各自都愣了。

随后，园园一把抓住了程白的手臂，将他拖到了客厅角落，"程白，我……你，高中时候的那件事，我听朱阿姨说了。"

"嗯？"程白挑眉。

"就是你被叔叔厂里的人绑架的事情。"

程白蹙眉，许久才开口说了一句："知道了，然后呢？"

"对不起，是我一直误会你了。"园园郁闷地说，"为什么不告诉我？"他那年受伤的时候刚好是暑假，她在老家，加之没人告诉她，她才会一无所知。现在，事已至此，他还是没跟她说。

程白嘴角扯出一抹笑，"告诉你又怎么样？博同情，求回报？你不会，我也不屑。"

园园却还是很难受，就好像有什么东西堵住了鼻子、嘴巴，乃至全身的毛孔，使她有些无从呼吸。

"程园园，"程白看着她，语气沉缓，"我们认识至今一共十五年，我第一次在你家见到你时，我十岁，你八岁。如果，我现在得的是绝症，让你再拿出你十五年的时间，来换我的一条命，你乐意吗？"

园园没有一丝的犹豫，"嗯。"

"这就够了。"

她不再喜欢他了，他已经很清楚地一再认识到。

而很多年后，程白都没能想通，为什么最初他可以做到心念不动。

第二十五章
正是一年好时节

　　阳光明媚的午后，园园在电脑前打下了《玉溪钩沉》这篇稿子的最后一个字，也是玉溪镇专栏的最后一篇稿子。她靠到椅背上休息，阳光照在她的背后，暖洋洋的。

　　而越过她头顶的一束光刚好投射在她电脑屏幕上的两句话上——据菁海市文物局考证，玉溪镇最北面的那片废墟，原本应该是傅元铮的祠堂。而边上那棵千年红豆树，就是他手植的。

　　此刻，园园则在想镇里计划来年就重建傅元铮的祠堂的事——他们终于弄清，公主驸马祠里的驸马是傅元铎，没有错。而傅元铮，则是史料上记载的驸马，而非嘉纯公主真正的丈夫。且他的故事，更为动人和悲情。所以镇里想给他重新修祠堂，一方面也想借此进一步发展玉溪镇的旅游业。

　　"唉，为什么觉得很郁闷呢？以后红豆树那边会有更多人去了。"

　　而对于这件事，傅北辰却并不太在意。

　　她记得她当时问他想法的时候，他说的是：该找回来的，我已经找回来了。其余的都不重要。

这天下班，园园直接前往傅北辰的公寓。因为傅北辰说要做饭给她吃——傅专家最近在学做菜。两人说好，她自行过去他家，他去买菜——主要是园园的意见。

园园到小区时，天有点黑了，快走进大楼的时候，遇到了傅北辰对门公寓的邻居大姐正牵着七八岁的女儿下楼来散步。上次园园来时遇到过这位大姐，傅北辰跟对方介绍过她。

于是园园跟大姐打了招呼，大姐则笑着应了声，还轻拍了下小女孩的头说："欣欣，叫阿姨，她是你北辰叔叔的女朋友。"

小女孩盯着园园看了一会儿，突然扯大嗓门说："北辰叔叔是我的！"

园园一时竟无言以对。

"欣欣，晚上好。"这种慢慢悠悠又温和的声音，她一下就听出了是谁，回头看去，可不就是傅北辰。

傅北辰拎着一只装满东西的购物袋，脸上带着笑，他走近她们，先是摸了下小女孩的头，"欣欣，吃好饭了？"

"嗯！"小姑娘甜笑着点头。

"嗯，以后叔叔是这位园园阿姨的。"傅北辰声音温柔而认真，"因为如果她不要叔叔，叔叔会很伤心很伤心。"

小姑娘考虑了下，实在不愿意那么好的北辰叔叔伤心，于是勉为其难地点了头，对园园说："好吧，那叔叔给你吧。"

当晚，园园在点评傅北辰的厨艺首秀的时候，说了两点："一，做得还可以，但是比我差一点点，傅大专家继续努力；二，以后请不要在大庭广众之下秀恩爱，我会害羞的。"

傅大专家的回复是："一可以，二不行。"他等了那么那么久，才等来如今的好时光。

于是园园脸红，"好吧，我努力把脸皮练厚。"

腊月二十三那天刚好是周末，傅北辰跟园园说好了一起回傅家，园园以女朋友的身份正式见见傅教授。

"你说，你姑姑会喜欢我吗？"得知傅北辰的姑姑今天也在傅家，要见名人，园园心里有些没底。

"她很随和，你放心。"傅北辰笑着安慰。

傅姑姑果然一如傅北辰所说，人非常亲和，丝毫没有大名人的那种倨傲和难以亲近。

而傅姑姑在见到园园后，如此说道："几个月前，我跟傅教授通电话，问起北辰的人生大事。傅教授说，他问过北辰，北辰表示，他已有女友了，不劳大家再费心。我立刻就问是谁，傅教授得意地跟我说，那个姑娘跟嫂子一样，喜欢听戏……来，让我好好看看，这年代还喜欢听戏的姑娘长什么样。"随后看向傅北辰，说，"标致。"

傅北辰点头道："正是。"

园园微窘，原来傅北辰早就跟傅教授说了啊，他怎么也不知会我一声呢？她想到自己之前两次来拿稿子，还佯装镇定……而傅教授也表现得好淡定……

很快到了春节。园园的春节假期只有七天，于是她四天陪妈妈，一天傅北辰来找她，一天她去找傅北辰，在傅家吃了饭，最后一天她去程家，给胜华叔叔拜了年，也跟程白贺年："小白哥哥新年快乐，身体健康，以后成为了不起的大医生！"

程白没搭理她。

然后，园园又进入了"农忙期"。

玉溪镇那片废墟，也终于在立春后开工重建了。

动工第一天，就挖出来一个匣子。施工人员以为又有类似崇福寺石碑的古董现世。电话依旧打到了市文物局，说里头是用绸布包裹的一堆碎瓷片。顾文麟接电话时，立刻就想到了傅北辰。

他直觉他这位老友应该有兴趣，况且，这次发现的是碎瓷。他马上拨通了傅北辰的电话。

很多年以后，顾文麟依然记得当时傅北辰的表现。他细细地触摸着那一匣的碎瓷，仿佛是面对着一个爱入骨髓的情人。

匣子和绸布都是现代的东西，但那些碎瓷经鉴定却是宋代的官窑遗存。可见，它并不是自古就被埋在这里的。专家给出的解释是，有人将碎片埋于此。这件事处理得很快，在当地并没有引起如发现石碑那样的轰动。绝大多数居民包括戴淑芬，甚至都不知道这件事。

傅北辰主动请缨修复这件瓷器，因这件宋瓷相当精美，省博物馆也希望可以收作馆藏。

四月阳春天。

这天云淡淡，风轻轻，园园被傅北辰带去了省博约会。周一是所有博物馆的闭馆日，省博也不例外。但傅北辰却刷了门卡，轻松地带着她进去了。

平日里的省博虽然安静，但是人还是不少的，跟眼前这种空旷感完全不同。园园从来没有见过如此空荡荡的场景，这让她微微地有些小兴奋——包场的感觉。

在瓷器馆的中心位置，傅北辰停下了脚步。园园也跟着停了下来，随着他的视线看去，几秒钟后，她惊奇地看向傅北辰，"这是——"

傅北辰点了点头，"这就是你家祖传的玉壶春瓶。前些日子废墟破土，从地下挖出来的。"

园园张大了嘴，不敢置信。她慢慢地走近，伸手轻轻地抚上展柜的玻璃，隔着它，默默地画着那上面因修补留下的纹路。这就是家传的那只瓶子，她从小一直被奶奶同它联系在一起。奶奶说它消失了……

"它被挖出来的时候已经碎了，但包裹它的都是现代的东西。所以……"傅北辰缓缓地说着。

"所以，是奶奶。"园园明白了傅北辰的提示。她想起当时在医院，奶奶的那句"对不起"，或许，这不是奶奶对程家的祖先说的，而是要对她讲的。

园园收起回忆，双眼澄澈地看向他，"谢谢你，傅北辰。"

这曾是你为自己准备的嫁妆。这句话，傅北辰没有说出来，只是在心里轻声道。

他拉起她的手，轻轻地吻了她的手心，先左手，再右手。

她说过他已不是傅元铮，他是傅北辰。事实上，他既是傅元铮，也是傅北辰，他就像是个活了千年的人，煎熬了无数光阴流年，只为找回他一念丢失的、失了记忆的爱人。

而即使没有前世羁绊，这样的人，这样的她，也一点都不难让这一世的傅北辰爱上。

"园园，你愿意嫁给我吗？"

他从衣袋里拿出一只精致的缂丝锦袋，打开，里头是一枚别致的戒指。它用极细的金丝缠绕而成，中间镶嵌的是一颗红宝石，细看，形似红豆。

傅北辰右额角上已拆线的伤疤如末指大小，稀松的刘海微微遮住一些。他要单膝跪下时，园园拉住了他，她双手轻轻捧住傅北辰的脸，踮起脚尖吻了他的唇，然后轻声回应他："嗯。"

他满身风雨从远方而来，手里掬着一片阳光。

他将阳光给予她，她便得了百年岁月里最好的晴天。

被求婚的第二天，园园手上的戒指被王玥看到后，王玥送了她一份礼物，"给，姐送你的婚前礼物，结婚前让你男朋友签下——因为他一看就是很受欢迎的款，我怕你的魅力值不够，他被别人勾引走。拿好，回家再打开，跟你那位傅先生一起看。"

园园接过那只红色信封，呆愣地说："哦。"

"真乖！"王玥满意地离开。

那天下班后，园园被傅北辰接去了他的住处——明面上傅专家说的是让她给他的菜再做点评，看看这些天是否有进步。

傅北辰去房内换家居服的时候，园园坐在靠落地窗的实木书桌前，正看外头的风景时，想起来王玥给的礼物，于是从包里掏出信封，打开一看，她就傻眼了。

婚前协议：谁若出轨，就杖打三十大板！净身出户！

用的还是特大的初号字体！

换好衣服，正一边卷袖口一边走到她身后的傅北辰，看了一眼她手里的东西，本只是想看看她在看什么，倒是没想到是"婚前协议"。

园园发现了傅北辰，想要把那张恶搞的婚前协议毁尸灭迹，结果却被傅北辰先一步抽了过去。

"这是我同事送我的。"园园赶紧澄清。

结果，傅北辰却弯腰拿起书桌上的笔，潇洒地签了名，然后将纸、笔塞进已经呆掉的人手里，拍了下她的肩膀，柔声道："签。"

园园不得不在边上人紧迫的目光下签下自己的大名，刚放下笔，她的下巴就被人轻轻捏住了。傅北辰转过她的脸，吻便印了上去，不再是浅尝辄止，探入的舌带着点霸道的掠夺。园园心跳如擂鼓，不知被傅大专家品尝了多久。待他放开她，园园已有点不能呼吸，然后听到他低哑地说："我们得快点结婚才行。"

神志不清的人问："为什么？"

傅北辰拉起她，他坐下后将她抱坐在自己的膝上，头靠在她的颈项，带着点笑，说："拜堂成亲，洞房花烛。"

"……"

这年的国庆节，已婚人士程园园先回了老家。傅北辰因为有事要忙，说晚一天过去找她。

次日一早，园园起床打开窗户，便闻到窗外传来淡淡的桂花香。

她探出头去寻觅，果然，她家院子外面的那棵金桂开花了。她看了一会儿，心念一动，火速洗漱一番，便跑下楼，在楼下找了个小布袋子，便去后院采花了。

"采花大盗"很熟练地爬上树，在一根粗壮的树干上坐定，就开始用指尖轻轻地掐桂花的根部，因为这样采下来的桂花香气才会比较持久。这样采着采着，也不知过去了多久，就听到树下有人轻唤了她一声。园园低头，就看到树下站了一个人，因为桂花树的枝丫挡着，园园只能影影绰绰地看到一点，但她却一眼便认出了，是傅北辰。

"你来啦。"

"园园，下来，危险。"

"没事的，我小时候常爬，现在已经不恐高了。"说着举起挂在脖子上的布袋子晃了晃，"看，我的成果。"

正说着，她利落地从树上一纵而下，轻巧落地。因为下来时她一只手抓着一根枝丫，松手的时候，那枝丫抖动，抖落了些许桂花花瓣，有两瓣落在了他发间。

傅北辰面容白净，今天又穿了一身浅色纯粹的衣衫，更多了几分玉色，但此刻，他脸色却带着点严肃，"下次不许这么胡来。"

园园看着他，笑靥如花，"等你好久了。"

傅北辰看着她的笑，也生不来气了，"我来了。"

"嗯。"

花香满园，正是一年好时节。

她出生那年，他七岁。

她十三岁，他二十岁。两人在红豆树下第一次相遇。

她十七岁，他二十四岁。她念高中，他在H大读研，两人的学校仅隔了两条街。她喜欢吃的那家"玲珑馆"，他也常去。他就在她身边不远的地方，他们曾看过同一场电影，曾排在一条队伍里等待付款。

她二十岁，他二十七岁。她在慈津市读大学，他在慈津市陶瓷博物馆任职。甚至，他曾到过她的学校开过两场讲座。有一场，她从他讲座的教室门口经过，他不经意偏头，只看到乌黑的发尾一闪而过。

她二十三岁，他三十岁。景德镇再遇见，只一眼，他便已心起波澜。

平生不懂相思

1

    这个故事的开头，始于南宋景定元年，临安的春日并没有因为蒙古与大宋的战争而蒙上几许阴影，而这春色也未曾掩盖任何阴暗的污秽。

    有衣着富贵的小儿嬉笑着路过，指点着最前面因贫穷而卖儿卖女甚至自卖为奴的那些衣不蔽体的女人和小孩，更有胆大的捡了泥土块扔他们。

    有人愤怒，有人躲闪，有人谄媚，有人麻木。白玄跪在地上，只是冷冷地盯着那些人，以及他们身后厚重的三重围墙。他家道中落，负债累累，父母双亡，无枝可依，只得卖身为奴。风尘之变，世道炎凉，如他这样经历的，比比皆是。

    一道清丽的声音在不远处响起，白玄抬头瞥了一眼，是个看起来约莫十二三岁，粉雕玉琢般的女孩，她正看着他们这边，似乎是在和人牙子说着什么。

    白玄认识这张脸，去年他曾遇见过她，那时她在湖边嬉耍，初夏时节，荷叶连连，她去摘花，不小心落了水，他逼英雄跳了进去将她救起。她浑身湿透却看着他笑，"我五岁便会游水，但还是要谢谢你。还有，对不住，害你也弄湿了衣裳。"

不多时，那个人牙子大声笑了起来，"小姑娘，你要买下这里所有人？你知道这些人能卖多少钱吗？男娃一百贯铜子，女娃二百贯。除了宫廷，还没有人能一次性买下所有人，你有多少压岁钱，够买一个奴仆吗？"

周围人也跟着哈哈大笑，那小姑娘一张脸涨得通红，而后又化作雪白，她咬咬牙，犹豫地走到那排跪地的人面前。

所有人瞬间激动起来，挣扎着祈求她能买下自己，这阵势吓到了她，但她却没有转身逃开，只是咬着唇，目光慌乱。

她看着白玄，回头对那个人牙子说："那我只要他，一百贯我买了。"

白玄皱着眉盯了她一会儿，没想到，如今待救的人成了他，而逼英雄的，变作是她。随后他突然身体向后一靠，拉扯得那些被缚在一起的人也跌作了一团，恰巧使得那只妄图抓她的脏污的手错过了她的衣襟。

那人牙子眼珠一转，嘿嘿笑了，"小姑娘，这个已过舞勺之年，两百贯最低价，要是卖给那些寡妇可是更值钱，如何？"

她掏钱袋的手一滞，有些不敢置信地看看人牙子，又看看地上的人，最后在身后丫鬟的拉扯下被拖上马车走了。

在众人的嘲笑声里，白玄低笑着抱住头缩起身体，任那愤怒的人围住他拳打脚踢，直到人牙子觉得看够了戏，才吩咐看守将人打散。

白玄没想到的是，第二天，她居然又来了，带着钱买下了他。当时他已奄奄一息，人牙子嫌晦气也没刁难，挥挥手放了人。她带他去了个小客栈，留了钱让丫鬟请大夫照看，说她去去便回，但她这一去，就是三日。

三天后，她一瘸一拐地走进他的房间，眉开眼笑道："我来看你了，你身体可好？"

彼时他身体已恢复了大半，一双冷如寒夜银星的眸子看着她，依旧微皱着眉，"你的脚怎么了？"

"没事儿！"

后来他才知道，她家掌管为皇宫烧制瓷器的官窑，那次她偷了家里的瓷器去卖了才换得钱赎人，幸好瓷器上没有官印，否则就是株连全族的大祸，为此她被罚跪了三天三夜抄写族规。

这临安他是必须要离开的，不想再多欠她什么，他告诉了她自己要走的打算，并表示赎身的银钱以后会奉还。她笑嘻嘻地说："你的卖身契我已撕毁。"又问，"你还会回来吗？"

他沉默，没有承诺任何话——这世道，谁知道以后呢？

身后的丫鬟似乎十分不满，她却笑道："也罢，若是你哪日回来了，记得来找我，我带你去看烟火花灯，吃美食佳肴。"

那年他十六，她十三，她年纪尚轻，天真烂漫，不谙世事，只有一腔热情和良善。

此后五年，他游走各地，最后拜了元尊道人为师。元尊道人要去临安，他便重回了故地。

那日回来，他便得知她的事，那一天正是她殉窑之日。

师父问："这五年你一直记得她？"

"一直记得。"一直念着。

"她是为情而死，被窑火烧得灰飞烟灭，魂魄注定是损了。你若要护她转世不痴不傻，须给她一魄，且是那七情六欲这一魄。你给了，你便没了情欲。从此，生生世世，你不懂情爱，每一世都将孤独终老。直到哪一世，她遇到那个人，把欠她的情还回给她，两人相亲相爱，你才能得回那一魄，你才能真正懂情。你，这是何苦来哉？"

"你就当我是还债吧。"

半年后，一个男子寻到元尊道人，问是否有办法把这世关于他心爱之人的记忆保留至下一世。如果有，他愿付出任何代价。

等那个男子走了，白玄从大树后方走出来。元尊道人问他："阿白，你都听到了？"

他轻轻点头，"是。但与我何干？"

这一世，他跟她没有前世记忆。她在等那人来寻她，他在她身旁心念不动。

那个人最终寻到了她，前世今生，终得圆满。

周转轮回，他孑然一人。

平生不会相思。

才会相思，便害相思。

2

这年夏天雨水很多，程白看着后院那不知名的白花只怒放了两天，他记得那两天的黄昏，他都站在她房间的这扇窗户前，看着它们被晚霞染成红色，很美。后来，一阵骤雨就把它们打落了。

满地的花瓣，零落成泥。

现在窗外又是大雨，程白坐在窗边，她的书桌前。他的手里拿着一张泛黄的照片——这是一张合影，上面是一对穿着校服的少年，两人并肩站在一棵大树下，女生笑得无比灿烂，男生则表情淡淡。

程白也不知坐了多久，最后将照片放在了书桌上，站起了身。走到门边时，他回头看了一眼，曾经说要把这里改成自己的书房，但最终并没有改。除去那张小沙发上多了一些或叠着或翻开的书，这里一切都如故。

门缓缓地被合上，窗外院子里的最后一朵白花也落了下来，跌得支离破碎。

那晚，这辈子极少极少做梦的程白，做了一个梦。

那是夏末的一天，他中午去杂志社把她接了出来吃饭，吃完午饭后，两人去了附近的公园散步。

熏风杨柳，荷花池畔。

他问她："你要嫁给我吗？"

她惊讶极了，说："你这是……求婚？"

他见她没有立刻答应，只好引导利诱，"你想想，嫁给我，好处很多，不是吗？你只要说对一个，我就给你奖励。"

于是她想了想，答："我们不用为孩子跟谁姓而争论？"

那么一个开放性问题，只要抓住中心思想，怎么答都是正确答案。偏偏他的女孩就是答错了。

答错了的她，还是被奖励了——一枚闪亮的钻戒。

就这样，两人私定了终身。

程白醒过来，眼角流下了泪。

"我真喜欢你。"很轻的一声私语，散落在空荡荡的房间里。

如果他前生有记忆，那么这句话应是如此的——
我真喜欢你，
故而愿舍自己七情六欲只为护你世世清明；
我真喜欢你，

故而虽知你会爱别人也要守你此前不孤单；

我真喜欢你，

从那时到而今，每一分，每一刹。

焚心

三月三，上巳节。

十五岁的傅元铮就是在这一天第一次见到了十二岁的陆宛玉。那时候，他刚安葬了唯一陪伴他的老忠仆福伯，而陆宛玉则出身官宦世家，是修内司长官的独生女，因为醉心窑务，时常扮作男装，来往于各个窑口之间。

傅元铮是前翰林学士承旨傅俊彦的嫡孙，但父母早亡，全靠福伯打理一切。然而从这个春天开始，他除了那点仅够度日的家产，已经一无所有。当时陆宛玉刚从家里溜出来，一个人在河边玩水。玩着玩着，她就看到了傅元铮。

傅元铮正屈指扣着一杆青绿色的竹箫，缓缓吹奏。陆宛玉听着那似是循环往复、悠悠不尽的曲子，不自禁地居然生出了几分伤感之意。

一曲奏罢，她竟然一时忘了还要去窑场的事儿。

傅元铮也看到了她。

"此曲甚妙。"陆宛玉跑到近前，问道，"敢问兄台，曲名为何？"

"《忆故人》。"傅元铮淡淡道。

从那以后，陆宛玉除了去窑口，最紧要的事就是找傅元铮玩儿，听他吹曲儿。傅元铮最初不太愿意搭理她，但他谦恭有礼，经不住她的死缠烂打，也就任她坐在一边。时间久了，有这么一个人在，竟也成了一种习惯。

后来陆宛玉才知道，傅元铮不太搭理她的最大原因，是因为从一开始他就没有认为陆宛玉是个男人。男女授受不亲，这点他还是谨遵的。可是，陆宛玉一直也想不明白，自己在窑口混了这么久都没被认出来，这个人又是怎么一眼就把她看穿了的？但傅元铮就只是微笑，不肯说。

再后来，傅家宗族里的长辈们找到了他，把他交给了一个也在朝为官的族叔傅允淮抚养。此后，傅元铮住进了大屋子，有了一大串的兄弟。长辈们告诉他，他排行老六。

这样一来，宛玉要找他，就没有之前那么容易了。见得少了，陆宛玉觉得自己越发想念那个永远清雅恬淡的人。有时候想得晚上睡不着，好容易睡着了，梦里又都是他，书中所谓"寤寐思服，辗转反侧"，她算是彻头彻尾地明白了。晚上睡不好，白天她连窑口都不愿去了，就想坐在他身边，静静地听一支曲子。

于是得空，她就去他家巷口的茶寮坐着，两只眼睛就盯着大门，只要他出门，她就有办法把他拉走。就这样，她眼睁睁地看着他从一个老成的少年变成了俊挺的青年。再坐着听他吹曲的时候，她已经不再管曲子妙不妙，而只是直愣愣地盯着人看了。

傅元铮长大了，陆宛玉也到了及笄的年岁。那一日，她换上了女装，鹅黄的窄袖褙子，内搭胭脂红的抹胸，加上烟粉色的长裙，清新可人，亭亭玉立。傅元铮第一次见到着女装的她，素来平静的眼眸也泛起了些许波澜。

晚上，傅元铮读经，每一个字跳入眼中，都化成了女装的陆宛玉。一颦一笑间，尽是柳弹花娇之态。

忽而蜡泪滴尽，傅元铮正打算喊人来添，抬眼间，却见一道女子的侧影正在窗外。他暗自叹了口气，真真是害了相思了吗？

他起身去开门，往外一看，竟见着了一身是泥的宛玉，不禁吓了一跳，"你怎么进来的？"

她盈盈一笑，"翻墙呀。"

他愣在当场。

"明日我便及笄，可以嫁人了。"她睁着亮闪闪的大眼睛，直愣愣地看着他。

"嫁人……"他从未听过女孩子说嫁人说得那么理直气壮，他家里的妹妹们，对此都是羞于启齿的。

"爹说，工部员外郎家的二公子准备来提亲。"她红润的唇微微一努，娇羞满面。

傅元铮闻言，呼吸微窒。

"我要是嫁了他，从此以后，便不能再来见你了。"她又向他走近一步，抬头间，两人已近在咫尺。

双方一起沉默良久。

最后，还是傅元铮先开了口。他的气息有些不稳，声音有些沙哑："若我说，请你嫁于我，一辈子与我在一起，你愿意吗？"

话音刚落，只见陆宛玉就在他眼前嫣然一笑，轻启薄唇道："那你告诉我，一辈子是多久？"

"一辈子……"傅元铮被问住了，满腹的学问竟说不出一辈子的长短。

"一辈子就是……"宛玉突然踮起了脚，在他的唇角轻啄了一口，然后在他耳边一字一顿道，"至死不渝。"

傅元铮只觉得她前半句还如羽毛般挠得他浑身躁动，而后一句，却那样坚定，直击他的心弦。嗡的一声，他所有的理智霎时溃散，伸手便一把抱住了她，口中喃喃道："你放心，我会想办法。"

傅元铮避开护院，偷偷把宛玉送出后门，转身正要回房，却在廊前见到了他的四哥——傅元铎。在众多的兄弟里，傅元铮与这位四哥长得最相像，也最为亲近。

只是傅元铎从小身体就不好，一直病恹恹的。

"四哥？"

傅元铎轻咳了一声，欲言又止，最后只道了声："早些睡吧。"

"夜凉，我送四哥。"

"不必了。"傅元铎看了他一眼，径自转身，路上复又一阵轻咳。

三天后，工部员外郎家的二公子冯青从马上掉了下来，摔断了腿，据说还伤了脑袋。

傅元铮听到消息时，有些错愕。他本是想找族叔求情，赶在工部员外郎家之前去提亲。可恰巧这几日族叔公务繁忙，还出了城，以至于他手足无措，每日都如热锅上的蚂蚁，甚至还去求了四哥……

枯坐了一会儿，便有熟悉的咳嗽声从门外传来。没等傅元铎敲门，门便开了。

"有空吗？与我下局棋。"傅元铎看了他一眼，音色清冷。

傅元铮微垂了眼帘，似有些心不在焉。

傅元铎没有理他，径自走了进去，在棋桌旁坐下。

"常世伯月前推荐我去御书院考选棋待诏。"傅元铎缓缓伸手，从棋罐中夹起一颗黑子，放在左上的四四位，"昨日来人说，中了。"

傅元铎因为体弱，无法参加科举，这是他长久以来难以言说的痛处。棋待诏不是官员，没有品级，只是给了他一个去处而已，实在算不得什么喜事。傅元铮正不知是否要开口道喜，傅元铎便先道："今日由你执黑先行吧。"

"为何？"傅元铮一开口，便后悔不已。往日他与四哥下棋，四哥从未赢过。今日他心不在焉，听到让他先行，便脱口而出。走到棋桌前，他甚至窘迫地不敢去看傅元铎。

反而傅元铎倒并不在意，他漆黑的眸子流光一转，浅笑道："因为执白我也会输，那么倒不如显得大度一点。"

傅元铮看着他放下最后一颗座子，只觉心头一酸，"四哥哪里是棋不如我……"

傅元铎恬淡回应："输就是输，哪来那么多借口。以你的资质，要是不那么耿直，便真可承大父遗志，甚至更好。"

傅元铮不懂，四哥对他何来这样的评价。

"有些事，只要能达目的，便不择手段。"傅元铎悠然道。

傅元铮忽地看向他，不觉悚然一惊，以他的聪明，似猜到了什么，却不愿相信，"四哥，莫非那事是你做的？"

傅元铎莫测一笑，"你觉得是，那就是吧。"

傅元铮拿起棋子的手微微一滞，原来坠马一事不是天助，只是人为。

隔天，傅元铮吃了早饭就匆匆出门。不出所料，陆宛玉正一身细布襦衫端身坐在茶寮最外面的一桌。待傅元铮撩袍在她边上坐下，宛玉便朝他一笑，道："是你，对不对？"

傅元铮先是一愣，而后立马明白了，她是在问冯二公子落马事件。他没有扯谎的习惯，"是我四哥。"

她的笑开始扩散开来，"原来你还有同伙。"看来她认定了是他主宰了整件事。傅元铮也无意再解释，便没有答话。

宛玉见他不答，只当他是默认，咯咯地笑了，又道："一会儿我得去窑里走走，你陪我吧。"

"嗯。"

"中午请我去容月楼吃饭？"她开始得寸进尺。

"自然。"他温和轻柔地回答。

进出窑口需要特定的铜制腰牌，这个宛玉早已备好。离开茶寮时，就顺手塞给了傅元铮，"拿好了，不然你可进不去。"

傅元铮将铜牌拿到手中，翻来覆去地看了看，上头有姓名、职务、身高、特征等信息，不禁失笑，"原来我叫袁朗。袁朗，元郎？"

宛玉被他道破了用意，红了脸嗔道："不喜欢？不喜欢那就还给我。"

"不。"傅元铮赶紧藏入怀中，笑道，"我很喜欢。"

一入窑场，宛玉就如一尾活鱼入了水里，每个关键的地方都有她熟识的师傅。在坯房里，她一屁股就坐到了脏兮兮的凳子上，抱正泥头后，对着傅元铮一招手，"你来帮我转轮吧。"

傅元铮依言走过去，摇动石轮上的细长木棍，石轮就开始快速地转了起来。宛玉低着头，认真地提压，一挤一拉间，泥团就开始有了样子。

石轮很快慢了下来，傅元铮复又转了一次。直到拉完整个器形，宛玉都没有抬头。那一刻，金色的阳光从窗上的直棱间射进来，将她浓密的睫毛投影在红扑扑的双颊上。眸色已然被隐在了暗处，但却透出了认真而坚毅的光。傅元铮就在一旁静静地看着她。

一个经瓶成形了，宛玉小心翼翼地将它从石轮上取下，放到一边。此刻，一缕秀发从她发髻间溜了下来，她伸手想去整理，不料却抹了自己半脸的泥。她倒是毫不介意，转头对着有些失神的傅元铮展颜一笑。

傅元铮敛神正色，伸手去帮她整头发。宛玉嫣然一笑，嘴里说道："这个得放几天阴干，我带你去看烧窑吧。"

傅元铮是第一次见到这样的场面：大火从一个巨大的烟囱中喷涌而出，窑眼上红光阵阵，十分令人震撼。只觉得那不起眼的瓷土经过如此这般的烧造，居然就脱胎换骨，此中之道，太过玄妙。

从窑场出来，宛玉一直嚷着肚饿。傅元铮便径直带她去了容月楼。容月楼是京城最负盛名的酒楼。它的菜色很精致，布置很典雅，因此京城里的有钱人都趋之若鹜。

宛玉是第一次来，看着那光素漆盘中整齐排列的木刻餐牌，有些不知怎么选择。还是傅元铮曾经跟着族叔来过一次，对几道菜印象深刻，便由他都点上了。

"肫掌签、群仙羹……看起来就很好吃的样子。"宛玉看跑堂的一走，便揉了揉肚子，嘻嘻地笑。

傅元铮微笑道："你喜欢便好。"

菜上得不快，但每一道上来都极其漂亮。也许是饿了的缘故，宛玉吃东西很快，但是举止却不难看。傅元铮坐在对面，安静地看着，偶尔也拿筷子夹起一小点菜，用小碟子托了，送去她嘴边。

忽然，宛玉放了筷子，看向傅元铮，长久地凝视了一番，道："如果每天都可以与你这样对坐着吃，心愉悦便好食，我想我很快会变成膏人吧。"

傅元铮原本以为她要说出什么深情的话语来，结果却被噎出了一声大笑，"那你是想胖，还是不想胖呢？"

宛玉假装思考了一会儿，郑重地问："如果我变得圆圆滚滚了，你还要我吗？"

傅元铮也学着她沉吟半晌，等到宛玉都急了，他才缓缓道："只要是你，怎样都好看。"

宛玉被逗笑了，乐道："我曾经很恨自己不是男儿身，但我爹对我说，不是男儿才好呀，男儿生不了这么漂亮。你大约快赶上我爹了。"

"世伯高见。"傅元铮点头。

一日相处，两人直到日落西山才依依惜别。傅元铮坚持要在巷口看着宛玉进家门，而望着她渐行渐远的背影时，他突然很想很想立马就去提亲。

回到家，傅元铮在门口遇上了从宫里回来的傅元铎。此时，他正一身绯色，与去时不同。傅元铮知道，这大约是圣上有赏了。没等他问，傅元铎就开口道："赐穿绯服，享五品官员待遇。"他平静地说着，看不出喜怒。

"恭喜四哥。"

傅元铎看了他一眼，轻咳了几声，低哑道："明年是大比之年，到时便是我恭喜你了。"

傅元铮听了，心里有些发酸，但到了嘴边，只得一句："承四哥吉言了。"

一连几天，傅元铎都是早出晚归。傅元铮则是安心在家中研读经义，他与宛玉约定，金榜题名之日，便是备礼聘娶之时。当日，他曾将母亲遗物一枚玉环赠予宛玉，而宛玉亦曾许诺将还赠一礼。

这日中午，有下人送来一个精雕的木盒，说是有位公子赠予六少的。傅元铮心下疑惑，询问了半天，下人却说不出半点有用的字句来。他便打发了下人，兀自捧了木盒进屋，打开看去，是一个窄肩、瘦长的鸡腿式经瓶，腹部绘有一对展翅的凤凰，曲颈昂首，尾羽飘逸，配上肩颈部的缠枝花纹，极富动感。最令他惊喜的，是在腰部的隐秘处还堆雕了四个字：天长地久。傅元铮失笑，经瓶本为盛酒器，天藏地酒，天长地久，倒真是别有意思。

他珍而重之地将它放置到书案上，却在底部摸到了一个款识，倒过来看，恰是一个古篆的"玉"字。

再见傅元铎的时候，傅元铮觉得，他整个人更单薄了。寒冬刚至，他便披上了厚厚的狐裘，即便如此，他的脸看上去依旧是苍白似雪。这日，第一场冬雪纷扬而落，傅元铮敲开了傅元铎的房门。此刻屋内正燃着火炭，他进屋不久便热了一头的汗。

傅元铎笑道："在我这里还拘什么礼，非要把自己热出病来吗？"话没讲完，他便觉得喉咙有些痒，匆忙间随手摸出一条锦帕。

傅元铮正脱了外头的袄子，抬眼间就看到锦帕上隐隐有一枝山茶。因这锦帕是白色，而绣的山茶花也是白色，若不是他眼力好，还真不容易发现。他心中一怔，这该是女子之物，为什么四哥会有？

他没再盯着看，而傅元铎也很快收起了帕子，同时看向他，似有探查之意。傅元铮装作不见，心下暗想，四哥如此小心，应是有不便明说的隐秘。想他这些日子来，进出无非宫廷与家中内院，家中丫鬟自不可能，莫非……若是宫内之人，可绝非善事……

"找我何事？"傅元铎问。

"无事便不能找四哥了？"傅元铮反问。

傅元铎没有再纠缠，随口问了句："书看得如何？"

"四哥可要考考我？"

"那倒不必，你的成绩，只会远在我之上。"

傅元铎确实没有说错，大比之日，傅元铮登甲科进士，为钦点探花郎。他不负约定，于当晚便禀明族叔，愿尽快能去陆家下聘。族叔的神情有些晦暗不明，但究竟还是没有反对。

傅元铮回房时，廊下的夜风很大，很有些山雨欲来的味道。

傅家下了聘，请了期，陆家便开始张罗嫁妆。宛玉的闺房里一日一日地满当起来，到处堆着用红帛包着的器物。那些红帛映在宛玉脸上，一如窗外的春花。

在傅、陆两家纷纷忙碌的时候，傅元铎病倒了。

傅元铮得知后，去厨房拿了傅元铎的药，朝他房中而去。

屋中门窗紧闭，傅元铮推门进去，屋里幽暗不明，还有一股子腐朽的闷气扑面而来。他略皱了皱眉，喊了声："四哥？"

傅元铎侧身躺着，骤然而来的凉风和声音唤醒了他，他有气无力地回了声："六弟？"

傅元铮将药碗放到桌上，点亮了油灯。

"是我，我给四哥送药来。"

有了亮光，傅元铮总算看清了傅元铎的面容。他原本苍白的脸现下有些异常的红，原本总是闪着神采的目光也变得有些涣散。傅元铮走到床前，伸手一摸傅元铎的额头，便是一惊，"四哥，怎么这么烫？"

傅元铎没有多余的力气，只是半睁了眼睛，低声道："老毛病了，吃几帖药就没事。"

傅元铮赶紧扶他坐起，给他喂了药。傅元铎一声不吭地喝了，看着他把碗放了回去，又道："婚期定了吗？"

"定了，就在半年后。四哥快些好起来吧。"

傅元铎仿佛没有听到他后面的话，只是喃喃道："半年后……"

傅元铮离开的时候，傅元铎看着他的背影，心里沉重地叹了一声：对不起。

因为订了婚，傅元铮偶尔也会进出陆家。这日天好，陆家庭院中的玉兰已不见花影，而太平花却开得正盛。

"听闻六公子封了宝章阁待制？"宛玉躲在花间，东瞧西看，而这声"六公子"委实有打趣之意。

傅元铮看着她，只是柔声笑道："仕途未积跬步，不值一提。"

宛玉听着，更觉得他谦恭有礼，毫不因登科而自大，便又多欢喜了几分。忽地摘了一朵花，跑到他面前，娇笑道："这朵好看，你蹲下些，我与你簪上。"

傅元铮捉了她的手，摇了摇头道："太素了。"

宛玉任他握着，咻咻地笑着捉弄他，"也是，六公子前程似锦，应是姹紫嫣红插满头才是。"

傅元铮闻言，手上略一用力，便把她拉入了怀中，轻声道："敢笑我，要罚。"

"罚什么？"宛玉抬头，胸口怦怦地跳着。

傅元铮的眼中浮起幽光，伸手轻轻托起了她的下巴，细细地摩挲着，而后俯下身，在她的眉心处烙下了一吻，那里有一颗小小的美人痣。

这年的立夏不仅落了雨，还打了雷。

傅元铮从宫中出来的时候，没有上自家的马车，而是一路蹒跚着淋雨而去，仿佛被挖了心的比干。

赐婚嘉纯公主，这本应该是天下男子都引以为荣的事。嘉纯虽然母亲早逝，但母家是世家人族，历代在朝为官，根基深厚。且传言她貌有国色，人亦聪慧，一直得到当今天子特别的喜爱，从小便把她养在身边。长大后，天子还许她有自己择婿的权利。而如今，她谁也不选，就偏偏挑中了他——傅元铮。

圣旨已下，再无更改。

出宫时，他看到了一队宫人端着一盆盆的白茶花从他眼前过去。因为眼熟，不禁停下来多看了两眼。带路的黄门谄笑道："驸马爷也喜欢这白茶花吗？这可是嘉纯公主的最爱呢。"

那日，傅元铮是被家仆从城南的酒肆中抬回家的。他一向节制，从不醉酒，而这一醉，便天昏地暗地睡了过去。再醒来时，他见到的第一个人，是傅元铎。

傅元铎默默地喂了他醒酒的药汤。傅元铮半闭着眼，不言不语。

"午后你进宫，宛玉就来找过你。"傅元铎半天才开口。

"我明日便去看她。"傅元铮说着，突然睁眼，直直地盯着傅元铎，"四哥——你没有别的话要跟我说吗？"

傅元铎蹙眉凝视着他，欲言又止。

傅元铮冷笑，"四哥没有话对我讲，但我倒是有一句话想问四哥。不知四哥是否会为了所爱之人，不顾一切呢？"

傅元铎怔了怔，随即苦笑道："既然你都知道了，我不妨告诉你，如果可以两全，我不会逞一时意气。"

第二天，从陆家回来，傅元铮直奔屋里。方才她还兴高采烈地对他说，要自己亲手烧制嫁妆……这样的女子，他怎可相负？

可一到房中，傅元铮却怔住了。

傅元铎端坐在他房中，像一尊石佛，仿佛已经等了他很久很久。

"怎么了？四哥。"

傅元铎眼眸微转，指着对面的棋桌，轻声道："六弟，我这儿有一局棋，原是个番人摆的开局，有三十六座子，你可愿与我一试？"

傅元铮愣了愣，在这个节骨眼要对弈，他究竟是什么意思？

开局时，傅元铎开口："我不同意。"

凭什么？傅元铮不服，然心不在焉，中盘一再失守。

混战中傅元铎又说："如果你一意孤行地要抗旨，不仅这个家会被毁，她这辈子定然还是用不上那些嫁妆。"

不到收官，他便已溃败不堪。这是他第一次败给傅元铎，而且，是惨败。

傅元铎看着他，微微一叹，最后别有深意道："不是不让你娶，只是晚些时日。难道这样你也等不了？"

傅元铮冷笑，再娶，便不是妻了。他盯着那局残棋，不言不动，仿佛入定了一般。

晚上，傅元铮如游魂般在院中走着，心中一时像塞满了团团乱麻，一时又像被挖空了，有凉风簌簌地穿过。不知不觉间，他已到了后院。后院有一处禅堂，平日里只有家仆会去洒扫，而近日，里头却点起了烛火。

他走近，发现族叔和四哥正在里头。

"如今的朝廷，貌似繁华，实则腐朽不堪。我年轻时，曾经也有万千抱负，幻想要以一己之身，惩奸除恶，眼里不容一点沙子。如今才明白，那样是做不好官的……"族叔怅然。

傅元铎沉默不语。

族叔神情黯然，"如果当年不是我太过固执，一意不听你大父之言，赌气站在主和派一边，也不会让你被人夺去为质，又下毒阴害，以致成如今这番模样。"

傅元铮心中大骇，他一直以为四哥只是从小身体不好，原来这其中还另有缘由。

傅元铎终于抬起了头，轻咳了一声，波澜不惊地开口："父亲曾教儿，塞翁失马，焉知非福。我身子弱，不能科举入仕，又未尝不是老天眷顾。"

族叔眼中氤氲起水汽，喃喃道："可是这次……"

傅元铎打断道："若有嘉纯母家一系的支持，则劝说君王北定中原指日可待。六郎虽然初入官场，但以他的玲珑心窍，必能权衡利害。他会是个识大体的人，我信他。"

傅元铎的话不啻落石，重重地打在傅元铮的心上。当年，他的父亲就是位耿直的清官，每日所思所想，无非为国尽忠，为民请命。但如此宵衣旰食的结果，便是英年早逝，累死任上。他犹记得，父亲临终前的告诫："做忠臣，往往要比做奸臣更懂得诡诈阴险之道，方才能真正为国为民做点实事。"

他闭上眼睛倚向廊柱，心中苦涩至极。原来，现在他的选择已不止关系到他一人一家了。嘉纯公主的母家势力在朝廷内盘根错节，但对于北伐收复中原一事却一直态度不明。若他能做了嘉纯的驸马，傅家所在的主战派便多了一分胜算。若他真的因为一己之私欲，毁家去国，便是图了一时的畅快，然覆巢之下焉有完卵……

傅元铮最后平静地接受了赐婚，傅陆两家的订婚无疾而终。最讽刺的是，嘉纯公主的陪嫁瓷器，竟仍由陆家负责。

傅元铮没有再去陆家，但他每日出入傅府，都会停下来，静静地往巷口的茶寮处望上一会儿。

而陆宛玉也再没有来找过傅元铮，就像从此消失在了他的生命中。

天已入秋，婚期临近，关于陆家的消息却沸沸扬扬地传开了。据传，当今圣上某日穿了一件红袍自宫中一件白瓷旁走过，侧眼间，见那白瓷被映成了一种极诱人的红色，便下令修内司御窑场务必烧出这种红色瓷器。但此种红色釉极不稳定，特别不易烧成。如今，从窑工到修内司长官陆宗兴，均惶惶不可终日。

这日，傅元铮休沐在家。下人送来一封信，说是门外有位公子带给六少的。傅元铮伸手接过，只见信封上清清秀秀四个字：傅六亲启。

他心神一震，赶紧打发了下人，打开看去——

"秋风清，秋月明，落叶聚还散，寒鸦栖复惊。相思相见知何日？此时此夜难为情！入我相思门，知我相思苦，长相思兮长相忆，短相思兮无穷极，早知如此绊人心，何如当初莫相识。"

这每一个字，都如钉子般从他的眼中直戳到心里。尤其那最后几个字，每一笔都透着决绝的寒意。

陆府。秋叶萧瑟。临窗处，宛玉正翻着一本老旧的册子。此册是她某日在窑场得来的。说也蹊跷，那日一名生面孔的窑工迎面急匆匆地走来，还差点撞到她，这本册子就是从他身上掉下来的，但他走得急，宛玉后来一直没找到这个人。她翻看之下，发现这册子中专门记录一些奇闻逸事。其中一则写道：有孝女为救烧不出钦定瓷器的窑工父亲，以身殉窑，身死器成。

她数日未眠，整日整夜反复地看着这个故事。

此刻，她在等。若他能赶来告诉她，他不娶公主，那无论天涯海角，淡饭黄齑，她也愿生死相随，即使背上不忠不孝之名。但，若天黑前他不到……

"六弟。"傅元铎推门而入，这几天他的咳嗽似乎好了许多。

傅元铮把信藏到背后，攥了攥。

"不用藏了，她送来的时候，我正瞧见了。"傅元铎背对着夕阳的方向，脸上的表情隐在暗处，周身一片朦胧。

傅元铮心一横，道："如果我反悔，四哥会拦我吗？"

傅元铎冷哼一声道："计划我们都说定了，若你要反悔，现在放倒我很容易，踩着我的尸体，你走吧。"

傅元铮突然猛地一扑，刹那间，便将傅元铎扑倒在地。傅元铎的背重重地撞在地上，疼得他眉头抽了抽。但他没有喊出声，只是平静地睁开眼，盯着傅元铮看。明明是傅元铮扑倒了他，可傅元铮却颤抖得厉害，他叨叨地念着："为什么要逼我？为什么？为什么……"一滴泪砸在傅元铎的额上，又从边上滑了下去，留下一条冰冷的痕迹。

"六弟……"傅元铎闭上了眼睛，叹道，"我不逼你，你自己决定。"

片刻后，他觉得身上一松，傅元铮已卸了力道，跌坐一旁。

傅元铎松了一口气，他明白，傅元铮已经做出了选择。

落日隐去了最后一丝余晖。陆宛玉抬头看了看天，唇边浮起一抹微笑，眼泪却从眼眶涌了出来，模糊的泪光里，往日与他的欢乐一幕幕闪过，那样多的从前，原来都是假的。

　　钦定的交付日越来越近，窑场却始终烧不出那种红色的瓷器。

　　若是逾期，便是欺君。

　　翌晨，旭日初升，陆宛玉就到了窑场。不久前，她亲手做了一个净水瓶。那瓶形似庙里的净水瓶，但又有不同，它细颈，向下渐宽变为杏圆状垂腹，足圈外撇且较大，肩部一侧配以凤首流。在瓶腹处，她画上了小小的石头和蒲草，并配上了那首《秋风词》。

　　这一个瓶子与窑工们做的一起放入了窑中，这是他们最后的希望。所有人都悬着心，紧紧地盯着那冲天的窑火。

　　午间，大伙儿渐渐散了去吃饭。

　　突然间，窑内瞬间烈焰腾腾，从那个巨大的烟囱直冲云天。看色师傅正在吃饭，突然摔了碗，急冲了过去。

　　"有人殉窑了！"不知谁第一个喊了出来，随即窑场乱成了一片。

　　七日后，开窑。

　　满窑的瓷器都碎了。只有一个形似净水瓶的瓶子完好无损，且釉色殷红，晶莹润泽，宛如血染。

　　修内司长官陆宗兴将瓶献于殿上。今上大喜，欲加官封赏，陆宗兴坚辞不受，并以身体不堪留任为由请辞。今上挽留了几次，便随了他去。

　　嘉纯与驸马大婚日，此瓶便随嫁而去。

　　洞房中，巨大的龙凤红烛照得屋内如同白昼。傅元铮骤见那瓶子，看到那首早已烙入骨髓的《秋风词》，只觉喉头一股腥甜，随即一阵猛咳，他用手捂住嘴，有血染红了掌心。

　　冬天的第一场雪如期而至。驸马傅元铮的屋子门窗紧闭，一点声响都无。嘉纯身着狐裘，接过侍女手中的汤药，独自推开了房门。

"驸马，该吃药了。"她的声音如黄莺出谷，格外动听。

傅元铮默然，只静静地坐着。

嘉纯将药端到他面前，一口一口地喂着。看着他一点点吞咽下去，她的眼光渐渐温柔起来。

一碗汤药不知喂了多久，放下后，嘉纯从袖中抽出锦帕，替他将唇边残留的一点药汁擦去。

突然间，傅元铮一抬手，抓住了嘉纯的腕子。他用的力气极大，仿佛要将她的腕子捏碎。

嘉纯吃痛间，手一松，锦帕从指间滑落。傅元铮的眼光随着那帕子落到地上，落地后，上头赫然是一朵雪白的山茶！

他猛地笑了起来，又在狂笑中咳成了一团。

"你早就知道，四哥不是我？"他艰难地问了出来。

嘉纯点点头，没有隐瞒，"这不难知道。"

"那你还选我做驸马？你不怕……"

嘉纯的眼神很坚定，"我别无选择。赌了，不一定会赢；不赌，却一定会输。"

傅元铮颓然，"我赌了，输得精光。"

婚后，傅元铮第一次走出了驸马府。两个月了，有些事，他想印证。

然而，一到傅府门口，他便被眼前的景象惊了。整个傅府到处都缠了白色的布，一片凄凉景象。他蹒跚进门，家仆们都认得他，只呆呆地喊了一声又一声的"驸马爷"。

"我就知道，你迟早会来找我。"傅元铎披麻戴孝地跪在灵前，凄然道。

傅元铮看着傅元铎，看着那张与自己有七八分像的面孔，如今，因为他的病，两人倒是像足了九分。

"这是怎么了？"他的嗓子很哑，就像吞了炭火，毁了一般。

"父亲自请去了先锋营，可惜，没有马革裹尸。因为乱石之下，根本辨不清了。"傅元铎已尽力平静地叙述，然而声音还是禁不住地有些颤抖。

傅元铮跪下，在灵前磕了头，又上了香，"阿叔既是为国捐躯，何以家中这般凄凉景象？"他不解。

"父亲已经等了太久，这次的时机并不好，但他等不及了。其实你知道，想要朝廷收复失地的，从来就只有傅家。而一个嘉纯，终究还是无法动摇她整个母家的立场。"傅元铎眨了眨眼，然而，他的眼中已没有了泪水。今时今日，家破人亡，他不想再独自扛下那么多的秘密。既然傅元铮来了，他便要说出来。

"六弟，你还记得冯青吗？"

"工部员外郎家的二公子？"

"就是他。当年你认为是我一手策划了他的坠马，我没有否认，却也没有承认。"

傅元铮倏地看向他，傅元铎往灵前添了黄纸，继续道："当日坠马事件确是意外，而我，只是想借这个事，让你欠我一份人情。"

"为何？"傅元铮不解。

"因为父亲一直想要拉拢嘉纯的母家支持主战，而最简单的办法，就是我们两家联姻。若是联姻，圣上最宠爱的嘉纯公主无疑是最佳人选。至于我们傅家的人选，不用我说，你也懂的吧……"

傅元铮当然知道。每个人都说他最像大父，以后前途不可限量。

"按照父亲的计划，你必须要娶嘉纯。可你当时已对陆宛玉情根深种。我必须让你觉得，我是与你站在一边的，必要时候，才可劝得动你。况且陆宗兴原就不会让女儿嫁给冯青。所以，这个现成的人情，我如何能不借？"

"原就不会……"

“对，因为陆宗兴根本瞧不起冯家。冯家巴结宰相，其中勾当，臭不可闻。”

“现在说这些，还有什么要紧。我只想问，那日你露了嘉纯的锦帕与我看，是有意还是无意？”

傅元铎终于等到了他这句。提起嘉纯，他的心复又有了疼的感觉。

“果然瞒不过你。嘉纯有自己选择夫婿的权利，因此我以棋待诏的身份经常出入宫廷，便制造了与嘉纯的偶遇。我冒了你的名字，却没想到失了自己的心。”傅元铎眉头深锁，“果然，机关算尽，也算不过天意，算不得人心。”

“既然嘉纯有自己择婿的权利，那为何不能是你？”

“呵，呵呵，六弟，你是前翰林苑承旨的嫡孙，又是探花郎。我是什么人？我只是个出身还过得去的病秧子，借了点关系做了个没品没级的棋待诏，赐穿绯服对我来讲只有讽刺。我开始同意父亲的计划，因孝义，也因心里对你的嫉妒。但骑虎难下之后，我却不愿意骗你。”

“四哥……”

“那晚禅房内的话，虽是故意说与你听，然句句属实……”傅元铎仿佛要把一肚子压在心里不见光的秘密全部倒出来。

傅元铮突然打断道：“那晚阿叔说，说你的身体——”

“对，我不是天生的病秧子。”傅元铎的手在袖里紧了紧，“算了，时过境迁，也回不去了。不过，你派出去的人，因为见不到你，把一个东西送到了我手里。”

傅元铎起身道：“跟我来。”

再次进到傅元铎的房里，傅元铮只觉得恍如隔世。傅元铎拿出了一本老旧的册子。册子里有几页被翻破了，上面记载了一个故事：有孝女为救烧不出钦定瓷器的窑工父亲，以身殉窑，身死器成。

“来人姓程，说这是有人故意让陆宛玉看到的。至于是什么人，他说，朝堂权谋，你比他更清楚。”

"他人呢？"傅元铮颤抖地翻阅着那个故事，咬牙问。

"他说，这是欠你的人情，今后便两不相见吧。"傅元铎也看过这个册子，自然明白一切，"道高一尺，魔高一丈，看来，嘉纯的母家才是幕后的赢家。"

傅元铮听罢，前尘往事终于都明了。然而对于族叔和眼前人，他却也恨不起来。他们为了家国，利用他，算计他，让他失了心爱之人，可是一个丢了命，一个丢了心，又何尝好过？这一场博弈，没有赢家。即便是嘉纯母家那些自视高明的人，他们真的赢了吗？他笑，北边来的乌云已经盖顶，只是他们一叶障目，看不到而已。

"我终于全明白了。好，我成全你们。"傅元铮定了主意。

又是一年上巳。

这一天，嘉纯公主与驸马出奔。今上震惊，命大索天下，未果。不久，北人大举入侵，朝廷仓皇应战。嘉纯母家一系，因投敌叛国之罪证被人在朝堂上一一列数，不容狡辩，全族悉数被诛。

三年后，在樊丘的城郊，一座新建的民房内，一个书生模样的男子正在与一只母鸡斗争。这个书生面白胜雪，唇色略淡，但眉眼间尽是人间欢喜。屋内走出一年轻女子，虽是粗布荆钗的打扮，举手投足间却优雅至极。

"四郎，三年了，你还是如此狼狈。"她的声音温柔得可以滴出水来。

傅元铎转头，冲着嘉纯一笑，"明日是宛玉的祭日，六弟一定会来，我要亲手给他炖一锅鸡汤。"

嘉纯点头道："这几年，他是太苦了。"

"我从不奢望他会原谅我，但我会一直感激他的成全。"傅元铎神色暗了暗。

嘉纯走近他，拈着帕子替他擦了擦汗，柔声道："他想做的都已经做到了，至于那个子虚乌有的元尊，你还是劝他别再执着了。但愿这次，他可以留下来。"

傅元铎看着近在咫尺的妻子，伸手挽住了她的肩，点了点头，"嗯。"

那一天到了很晚，傅元铮才孑然一身，沐着月色从远处缓步而来。如今的他，竟病骨支离得比傅元铎还要瘦弱。那一身皂色的袍子在他身上，飘飘荡荡的，完全没了形。一头漆黑的长发草草束着，与那袍子倒是混成了一色。还有那一双眼睛，有如无底深潭，冰凉没有温度，只有间或转动时，才让人觉得他不是个瞽者。月下的他，肤色又极白，这黑白二色的冲撞，令人不敢直视。

傅元铎给他开门，引他坐下来，又盛了一碗鸡汤递给他，他接过去，却只喝了半碗。

"不好喝？"傅元铎问。

傅元铮摇了摇头，没有答话。这些年来，他的嗓子似乎越来越坏了，有时候，他自己也习惯了做一个哑巴。

"也许，神通广大的元尊真的只是一个传说，否则你找了这么多年，怎么就是没找到呢？"傅元铎叹息道，"别再找了，让我们照顾你，好吗？"

傅元铮的眼珠子动了动，张了张嘴，最终还是没有发出声响，只是缓缓地点了点头。

傅元铎没料到他能这么轻易地答应，一时间高兴得竟忘了回应。

第二天一早，天刚刚亮，傅元铮就走到了不远处的一个小土坡上。在那里，他曾埋下了当年陆宛玉第一次送他的经瓶作为坟冢，并留了一块木刻的碑牌，上书："爱妻傅氏宛玉之墓。"

早上的墓碑上凝了晨露，闪闪的，像泪。傅元铮从怀中掏出一块帕子，静静地擦拭着，一来一回，又复来回。等到旭日东升，那金灿灿的光落到了傅元铮的脸上，他浮起了一丝笑意。

这日，他亲手在陆宛玉的墓边种下了一棵相思树。他说，从别后，相思还如一梦中。

傅元铎发现，傅元铮的记忆正一天天地消退，他似乎越来越呆傻，忘了生是何人，身在何世，甚至，连傅元铎和嘉纯也认不得了。

一日，小雨渐沥，傅元铎去镇上采买些日用。在集市的尽头拐角处，被一个东西绊了下，差点摔倒。回头看去，竟是一个满身是血的黑衣人。他本不想惹事，然往前走了没几步，又听此人痛苦地呻吟了一下。心下一软，他又折了回去。翻过人身看到脸，他惊了——这张脸他认得，就是当日拿了那本老旧册子送到他手上的程姓男子。

傅元铮曾说过，此人是一个独来独往的杀手，只认钱做事。他无意间小小地帮过此人一回，他便心心念念要偿情。可见，此人虽为冷血之事，却不是无情的人。傅元铎决定救他。

踟蹰着将人背到住处，傅元铎却发现傅元铮不见了。他与嘉纯两人在附近找了半天，才在附近山上的竹林中找到了全身湿透的傅元铮。那时的傅元铮抚着一杆竹子，来回地看，又听着它被雨打时发出的声音。看到傅元铎的时候，他大着胆子冲过去，指了这枝求他砍了。

回去后，傅元铮把这竹子制成了一杆箫，成日就坐在屋前的大石头上，吹着那首《忆故人》。

又一段日子，傅元铎总觉得买来的纸少得很快。后来的一个夜里，他起来如厕，发现傅元铮安静地坐在月光里，正翻着一叠纸。

傅元铎心中疑惑，悄悄走近一看，每张纸上都画着一个女子，女子或坐或立，或颦或笑，十分传神——正是陆宛玉。

傅元铮突然转头，看到了傅元铎，他停了手上的动作，指着其中一张纸问："她是谁？"

　　傅元铎望着他——自己画的，却不知画的是谁。傅元铎要伸手去拿，他又不许，赶紧藏到了身后。

　　"六弟，她叫陆宛玉，是你的妻子，她最喜欢听你吹《忆故人》了。"傅元铎把他扶起来，轻轻地告诉他。

　　然而，隔天一早，傅元铎一出门，就看到了坐在屋前大石头上的傅元铮。他正吹完一曲，缓缓地放下手中的竹箫，回头竟然冲着傅元铎微微一笑。

　　傅元铎不知多久没见过他笑了，走上前去，笑道："这么早。"

　　"我要去找她。"傅元铮有些茫然地回答。

　　傅元铎疑惑道："找谁？"

　　"我的妻子，陆宛玉。"

　　"可是她已经死了。她的墓就在那边。"

　　傅元铮顺着傅元铎手指的方向看去，远远地，那光秃秃的小山坡上，有一棵绿绿的树。他遥望着那株不大的树，闷声咳了几声，嘴角却扬起了笑，"是啊，我要去找她了……"

　　生生世世，直至圆满终了。

因善得缘

　　《我一直在你身边》（以下简称《身边》）是我首次尝试创作的前世今生文，虽然涉及前世的内容并不多，但创作的过程充满了新鲜感。

　　虽然文中写到了古代，又明确说是南宋时期，但我得说明下，本文的古代背景没有切实的历史依据，也没有还原历史风貌的考据，大家不必深究。

　　但《身边》里的很多东西确实是有原型的——其实我在每本书中，或多或少都会展示一些我的现实生活。

　　比如，《身边》里的公主驸马祠，那是我从一位好友的"家族故事"里得到的灵感。

　　好友几年前曾对我讲起过，她奶奶的老家在绍兴的一座山里，族谱的源头是宋代的一对从朝堂上跑出来的公主和驸马。我问她是什么时代，又问人名，她都不知道了。她知道的一切都只是听她爸爸说的，她爸爸又是听她奶奶说的。一代传一代，具体的情况已经无从考据。

　　再比如和尚闺蜜，其实是我的小学同学。虽不熟悉，但我知道有这么一个人，从小立志做和尚，后来真的考上了佛学院，成为大师。

还有，我信佛，尤其信善有善报。于是我把这"信念"用在了程园园身上：一人，让她舍去了性命，另一人，她为他跪地三日三夜；一人，寻她为还情，另一人，护她为报恩。总之，我一直觉得吧，我们今生所遇到的好的缘分，都是因善而得到。

《身边》这本书，基本都是我宅在古朴宁静的老家里创作的，正好是看完了一场四季轮回，然后完成了它——晚霞下升起袅袅炊烟的玉溪镇，热闹而古老的崇福寺，傅北辰的红豆树，小白哥哥的一池荷花，园园的善有善报……也算是都交代清楚了。

这一世，傅六得到了圆满，下一世，在荷花池边等到她，跟她求婚的可能就是小白哥哥。谁知道呢？

最后，我得承认，《身边》比以前的那些故事，要平缓许多，没有那么多波折。可能是我年纪大了吧，越来越舍不得折腾人了。虽然创作过程中，屡经艰难，但总算是在我三十岁过完之前，把这本构思良久的作品完成了。至于是否能让君满意，只等君来说予我听。

2015年夏

图书在版编目（CIP）数据

我一直在你身边 / 顾西爵著. — 南昌：百花洲文艺出版社, 2015.6（2017.2重印）

ISBN 978-7-5500-1405-3

Ⅰ.①我… Ⅱ.①顾… Ⅲ.①言情小说—中国—当代 Ⅳ.①I247.5

中国版本图书馆CIP数据核字(2015)第115019号

出 版 者　百花洲文艺出版社
社　　 址　江西省南昌市红谷滩世贸路898号博能中心20楼　　　　邮编：330038
电　　 话　0791-86895108（发行热线） 0791-86894790（编辑热线）
网　　 址　http:www.bhzwy.com
E-mail　　bhz@bhzwy.com

书　　 名　我一直在你身边
作　　 者　顾西爵
出 版 人　姚雪雪
出 品 人　李国靖
特约监制　何亚娟
责任编辑　游灵通 黎紫薇
特约策划　何亚娟
特约编辑　燕 兮 悦 悦
整体装帧　郑力珲
绘　　 图　VIVID雨希
经　　 销　全国新华书店
印　　 刷　北京市兆成印刷有限责任公司
开　　 本　1/32　880mm×1230mm
印　　 张　8.25
字　　 数　215千字
版　　 次　2015年7月第1版
印　　 次　2017年2月第3次印刷
定　　 价　29.80元
ISBN 978-7-5500-1405-3